Entrez dans l'Histoire…

Si, comme de nombreux Français, vous aimez les grandes fresques historiques, alors, la prestigieuse collection Grands Romans Historiques vous est destinée. Tous les deux mois, vous y découvrirez de palpitants récits tenant à la fois de l'épopée et du roman intimiste. Car sait-on, au juste, quel est le poids de l'amour dans les affaires d'Etat ? Cette ambiguïté fait tout le charme de ces romans qui nous entraînent dans le passé : on s'y retrouve — et on s'y perd. Au fil des siècles et des contrées, vous découvrirez les arcanes de la vie quotidienne au temps jadis, et revivrez les heures exquises où le galop des messagers emportait à la fois les édits du roi et les billets du cœur…

La responsable de collection

Entrez dans l'Histoire...

[illegible]

Le responsable de collection

L'impudique

NAN RYAN

L'impudique

Grands Romans Historiques

HARLEQUIN

Cet ouvrage a été publié en langue anglaise
sous le titre :
THE SCANDALOUS MISS HOWARD

Traduction française de
ENID BURNS

HARLEQUIN®

est une marque déposée du Groupe Harlequin
et Grands Romans Historiques® est une marque déposée d'Harlequin S.A.

Illustration de couverture :
© THOMAS SCHLÜCK / ACCORNERO

83-85, boulevard Vincent-Auriol, 75013 PARIS — Tél. : 01 42 16 63 63
Service Lectrices — Tél. : 01 45 82 47 47
ISBN 2-280-10640-X — ISSN 1637-0414

À cette époque...

L'extraordinaire destin de Laurette, l'héroïne de ce roman situé durant la guerre de Sécession, ne peut manquer d'évoquer celui de Scarlett O' Hara dans *Autant en emporte le vent*, le célèbre roman de Margaret Mitchell dont a été tiré un film inoubliable. Scarlett et Laurette, en effet, après une enfance choyée, voient leur vie brisée par la guerre. Laurette se retrouve seule et ruinée à la tête d'un domaine dévasté. De même, quand Atlanta est prise, Scarlett retourne à Tara, la plantation familiale en ruines, et y trouve sa mère morte, son père devenu fou et ses sœurs malades. Pourtant, malgré leur peine, leur rage de vivre demeure intacte, comme en témoigne ce monologue intérieur de Scarlett: «J'en prends Dieu à témoin, les Yankees ne m'auront pas. Je tiendrai bon, et quand j'aurai surmonté tout cela, je n'aurai jamais plus le ventre creux. Non, ni moi ni les miens. Mais pour cela, je ne vais pas rester assise et attendre un miracle. Je vais me jeter au beau milieu de la mêlée et en retirer ce que je peux.» Laurette, elle aussi, se bat pour survivre et, après avoir perdu son grand amour, se résigne à un mariage de raison. Une union ratée qui, comme Scarlett, l'oblige à s'assumer financièrement. Enfin, de la même façon que Laurette fait fi des convenances en s'offrant sans réserve à un aventurier de passage, Scarlett découvre la passion physique dans les bras de son ennemi juré... et n'en éprouve nul remords. «L'homme qui l'avait emportée au milieu des ténèbres était un étranger. Et maintenant, elle avait beau essayer de le détester ou de s'indigner, elle n'y arrivait pas. Il l'avait humiliée, blessée, au cours de cette nuit de folie. Une dame, une véritable dame, ne pouvait relever la tête après pareille nuit. Mais, plus fort que la honte, s'imposait le souvenir de ces instants d'ivresse, des transports de l'abandon. Pour la première fois de sa vie, elle s'était sentie vibrer, soulevée par une passion primitive.»

Prologue

La porte se referma doucement derrière elle.

Elle s'arrêta, prêta l'oreille, perçut les crépitements du feu.

Qui avait allumé du feu dans *sa* maison ?

Elle avança, sur la pointe des pieds, jusqu'à la porte du salon. Son cœur battait très fort. Sur le seuil, elle s'arrêta.

Devant la cheminée dont les flammes éclairaient toute la pièce, il était assis, complètement nu, un verre à la main. Tournant la tête vers elle, il sourit et leva son verre en disant :

— Bienvenue à la maison !

Sa peur s'évanouit. Elle se mit en colère.

— Comment êtes-vous entré ? Je veille à ce que les portes soient toujours fermées à clé et…

— J'ai une clé, révéla-t-il posément.

— Vous avez une… Mais vous n'avez pas le droit !

— Ah ! mais si ! Je vous rappelle que cette maison m'appartient.

— Non, non, non… Faut-il que je vous l'apprenne ? La maison est propriété de la compagnie de la Baie Minette.

— La compagnie de la Baie Minette, c'est moi, lui dit-il avec une évidente satisfaction. Vous ne le saviez pas ?

Elle ne le savait pas, mais elle s'en doutait.

— Que faites-vous dans cette tenue ?

— Mes vêtements étaient mouillés. A ce que je vois, les vôtres aussi, d'ailleurs.

Elle le fusilla du regard pour le dissuader de formuler une proposition déplacée, puis retira sa grande cape dégoulinante qu'elle jeta sur lui en ordonnant :

— Rhabillez-vous et fichez le camp d'ici. Je ne veux plus vous voir.

D'un ton badin, il rétorqua :

— Déshabillez-vous, plutôt, et venez près de moi.

Elle tressaillit comme sous l'effet d'une gifle. Sa voix devint sifflante.

— Vous n'y pensez pas ? Vous êtes un être abject, répugnant ! Si vous ne quittez pas cette maison tout de suite, je demanderai l'aide des autorités pour vous expulser.

D'un geste vif il rejeta la cape dont elle l'avait recouvert, et se leva. Il la regarda en souriant puis avança d'un pas, d'un autre encore. Et il s'arrêta. Elle comprit alors qu'il lui donnait la possibilité de l'abandonner là et de fuir. Fuir ? Elle y songea bien. Mais comment fuir ce mâle magnifique, ce corps parfait que les flammes sculptaient de reflets cuivrés ?

Comment fuir des souvenirs brûlants ?

Impossible, tout simplement impossible !

Voyant qu'elle ne bougeait pas, il combla la distance qui les séparait et ouvrit les bras pour l'attirer contre lui. Elle eut une petite velléité de résistance, lutta pour se dégager, mais il avait la volonté mieux trempée que la sienne. En plus, il était beaucoup plus fort. Il lui prit les lèvres. Elle ne résistait plus. Le baiser la priva bientôt de souffle, tandis que son cœur se mettait à battre si fort qu'elle l'entendait sonner à ses oreilles, comme une cloche.

Enlacés, ils ne tardèrent pas à tomber à genoux devant l'âtre, en continuant à se dévorer de baisers. Puis il lui prit le visage entre ses mains et, la regardant droit dans les yeux, dit d'une voix rauque :

— Il faut que je vous fasse l'amour. Je ne peux plus attendre.

— Non ! s'écria-t-elle. Non, vous ne pouvez pas m'abandonner et réapparaître brusquement en espérant que je...

— J'avais une bonne raison de m'absenter.

Elle partit d'un rire amer.

— Une bonne raison ? Je serais curieuse de l'entendre.

— Dès que nous aurons fait l'amour, je vous dirai tout, répondit-il en lui caressant le cou de ses lèvres.

Elle ne tarda pas à gémir. Mais il ne s'agissait pas de céder. Question d'honneur. Elle s'insurgea faiblement :

— Arrêtez ! Ou vous me dites pourquoi vous...

Elle ne put continuer, le désir annihilant son peu de volonté. Bientôt elle se trouva toute nue et très contente de l'être.

Alors que la pluie giflait les vitres, il s'allongea sur le dos et l'attira sur lui pour lui murmurer à l'oreille la promesse de plaisirs inédits et interdits, dont elle savait fort bien qu'il était très capable de les lui donner.

Après quelques minutes de jeux sensuels, ils changèrent de position. Elle se retrouva allongée sur le tapis et lui, au-dessus d'elle, inséra son bassin étroit entre les jambes qu'elle lui ouvrait. Lentement il descendit en elle. Aussitôt, elle sentit son sang bouillir dans ses veines. Il pencha la tête vers elle et leurs lèvres s'unirent aussi.

Ils ne faisaient plus qu'un.

Pendant une demi-heure il lui fit l'amour de la façon qu'elle aimait, avec une lenteur calculée, en retardant sans cesse l'explosion du plaisir.

Avant, elle avait l'habitude de s'offrir, bras et jambes largement ouverts, pour s'adonner toute et sans pudeur au délicieux tourment ; mais pas cette fois. Non. Au contraire, elle s'agrippa à lui et lui planta ses ongles dans les bras et les épaules. Et en même temps qu'elle lui labourait les chairs, elle l'emprisonna de ses cuisses pour l'obliger à rester en elle...

Dans l'éblouissement du plaisir qui vint enfin, elle songea, avec tristesse, que c'était fini, qu'il repartirait pour ne plus revenir peut-être.

Sûrement.

Pour lui elle n'était qu'un jouet, dont on se lasse et qu'on rejette.

Elle ferma les yeux et ainsi ne vit pas le petit sourire de triomphe qu'il arborait alors que, lui aussi, connaissait le bonheur suprême.

Il pouvait être satisfait. La soirée se déroulait selon ses vœux, correspondait exactement au plan qu'il s'était tracé. Il avait obtenu ce qu'il voulait. Déjà — il en était sûr — elle reprenait espoir. Si l'amour avait déserté son cœur, ce qui était peu probable, il y reprenait place. De nouveau elle rêverait de lui appartenir corps et âme.

Mais alors...

Ils reposaient côte à côte, pantelants, en sueur. Quand elle eut retrouvé un peu de souffle, elle lui dit :

— Savez-vous que je suis toujours très fâchée contre vous ?

— Je ne vous crois pas.

— Vous devriez partir maintenant. Rentrez chez vous et laissez-moi en paix.

— Vous n'en pensez pas un mot.

— Mais si !

Elle se souleva sur un coude pour le regarder, sans doute lui montrer son visage redevenu sévère et prouver ainsi qu'elle ne plaisantait pas.

Il sourit et soupira :

— Vous vous conduisez comme une enfant gâtée.

— Savez-vous seulement ce que c'est qu'un enfant ?

— Mais oui, parce que j'en ai été un, autrefois. Et j'ai une excellente mémoire, figurez-vous…

PREMIÈRE PARTIE

1.

Mobile, en Alabama, le mardi 23 juillet 1844

C'était une journée étouffante, habituelle à Mobile tout au long de l'été.

A presque 15 heures, la ville était déserte, comme abandonnée. Dans les bureaux des maisons de commerce alignées le long de la rue du Port, les messieurs avaient quitté la redingote, dénoué la cravate et remonté leurs manches. Avachis dans leurs fauteuils de cuir, amorphes, certains somnolant même, ils attendaient la relative fraîcheur que leur amènerait la soirée.

Averties que l'après-midi serait redoutable, les dames avaient consacré la matinée à leurs courses et leurs visites. Calfeutrées dans leurs maisons, elles avaient trouvé refuge dans les chambres dont elles avaient rabattu les contrevents et tiré les rideaux, pour se protéger, mal, des ardeurs du soleil. A demi dévêtues, trop fatiguées pour se plonger même dans la lecture, elles tentaient de somnoler. Elles trouvaient le temps long.

C'est ce jour-là que, dans la chambre d'une belle maison au portique à huit colonnes, sise rue du Dauphin, une jeune femme à la peau luisante de sueur donna le jour à son premier enfant.

Elle s'appelait Marion Howard.

Le matin, elle s'était réveillée avec un fort mal de dos. Les premières contractions se produisaient. La naissance du bébé n'était pas prévue avant deux semaines, mais tout de suite Marion avait su qu'elle entrait en travail. Malgré ses souffrances et son anxiété, elle avait souri, rêveuse, en tournant le regard vers son mari endormi. Elle n'avait pas voulu le réveiller parce qu'il n'était même pas encore 7 heures du matin. Dans une heure, peut-être…

Marion avait attendu moins de cinq minutes. Effrayée par une douleur intense qu'elle avait ressentie comme un coup de poignard dans le ventre, elle avait crispé la main sur l'épaule nue de son mari.

Aussitôt il s'était éveillé et, lisant la panique dans les yeux de son épouse, il s'était assis en disant :

— Mon Dieu ! Votre heure est arrivée. Vous allez mettre notre enfant au monde.

— Je le crois aussi, mon amour, avait-elle répondu d'une voix ferme, parce qu'elle ne voulait pas montrer l'angoisse grandissante qui l'envahissait à l'approche de l'épreuve.

Fou de joie, T. Hershel Howard se leva et s'habilla en hâte.

— J'envoie Daniel chercher le docteur Ledette, annonça-t-il. Vous, mon amour, sonnez pour Délia. Dépêchez-vous, je vous en prie. Le bébé peut venir au monde d'une minute à l'autre.

Marion se mit à rire. Avant de tirer sur le cordon, elle répondit en ouvrant les bras :

— T.H., venez ici, je vous prie.

Le front plissé sous l'effet de l'inquiétude, le jeune homme s'approcha vivement et prit un siège en face de son épouse. Il questionna :

— Que se passe-t-il ? Vous pensez que je m'affole pour rien, que la naissance de notre enfant n'est pas pour aujourd'hui ?

— Si, dit Marion en lui prenant la main pour la poser sur son ventre rebondi. Mais ce n'est pas pour tout de suite. Maintenant, promettez-moi...

— Tout ce que vous voulez, mon amour. Vous n'avez qu'à dire.

Le sourire de Marion s'accentua. Elle tendit le bras et, du bout des doigts, caressa une mâchoire rendue rugueuse par la barbe, tandis que d'une voix douce comme le miel, elle énonçait :

— Promettez-moi que vous n'aurez pas une conduite inconséquente aujourd'hui.

T. Hershel Howard haussa les sourcils. Eberlué, il demanda :

— Marion, mon amour, m'avez-vous déjà vu me conduire de façon inconséquente ?

Souriant à cet homme qui l'adorait, elle lui rappela :

— En quelques occasions, oui ; quand j'étais si malade et vous si tourmenté. Vous vous rappelez ?

Il se rappela. Penaud, il hocha la tête.

Elle poursuivit :

— Aujourd'hui, vous ne devez pas vous inquiéter, T.H. chéri. Je suis jeune, en bonne santé et heureuse de donner naissance à notre premier enfant. Un accouchement n'est pas une partie de plaisir, mais je supporterai la douleur que mes semblables endurent depuis le commencement du monde. Vous serez fier de moi, mon amour. Je vous promets que vous ne m'entendrez pas gémir ou me plaindre. Maintenant, donnez-moi un baiser et filez.

— Oh ! mon Dieu, ! non... soupira Marion alors que la grande horloge du vestibule sonnait 15 heures.

Une nouvelle contraction tordit son corps délicat. Les larmes lui vinrent aux yeux et elle sanglota :

— Je n'en peux plus... Je n'en peux plus.

Complètement nue, ses longs cheveux collés sur son visage, elle gisait au milieu du lit humide de sueur. Les jambes ouvertes, elle essayait de suivre les indications du Dr Gérald Ledette, un petit homme bedonnant aux tempes blanchies ; et celles de Délia, robuste femme noire, sa gouvernante quand elle était petite fille, devenue, au fil des années, sa confidente et son amie.

— Allez, il faut pousser encore, aussi fort que tu peux, ma petite, lui dit celle-ci. Je crois qu'il n'y en a plus pour très longtemps et ensuite, tu verras, la douleur s'en ira d'un coup.

Elle lui tenait la main et lui passait un linge frais sur le visage. Dans la chambre se trouvaient aussi deux jeunes servantes qui s'activaient, apportant, à la demande du médecin, bassins d'eau chaude et serviettes propres.

Dans le corridor, T.H. faisait les cent pas.

Toutes les cinq minutes, il entrouvrait la porte pour demander des nouvelles de sa femme. Il avait eu l'intention d'assister à la naissance de son enfant premier né, mais le Dr Ledette l'avait houspillé en lui disant que la place d'un mari n'était pas dans la chambre d'une accouchée. T.H. avait protesté pour la forme mais, dans le fond, il était plutôt content, parce qu'il se connaissait et savait qu'il ne pourrait supporter de voir sa femme souffrir.

Il marchait, T.H. Serrant les poings et grinçant des dents, il se reprochait d'avoir infligé cette grossesse à Marion. C'était lui le responsable des terribles tourments qu'elle endurait ! Tout était sa faute. Il avait voulu un fils... Quel égoïsme ! Quelle insouciance ! Avait-on besoin d'un fils ou d'une fille quand on avait la chance d'avoir pour épouse une femme aussi exceptionnelle que Marion ? Dire qu'il risquait de la perdre...

Si l'accouchement durait si longtemps, c'est qu'il ne se déroulait pas aussi bien que prévu. Depuis sept heures déjà Marion était en travail et l'enfant ne se présentait toujours pas. Combien de temps encore pourrait-elle endurer cette torture, elle si fragile ?

T.H. s'arrêta, pétrifié d'angoisse, en entendant un long cri, terrible, de Marion. Il ferma les yeux et mit les mains sur ses oreilles, pour ne plus entendre. Tremblant, il s'attendit au pire.

Un murmure lointain de conversation interféra dans ses pensées lugubres. Cela venait d'en bas... Mais oui ! Les invités devaient arriver dans les pièces de réception. C'était lui qui les avait envoyé chercher, le matin même. Mais il les avait complètement oubliés.

Il descendit les saluer.

Le colonel George P. Ivy et sa femme, Martha, étaient arrivés, les premiers, de leur maison bâtie dans le quartier résidentiel de la Chênaie. Aussitôt ils demandèrent des nouvelles, que T.H., bouleversé, ne put leur donner.

Le célèbre avocat Paul Adair, sa femme Melba et Lydia, leur fille de douze ans, entrèrent à leur tour, Melba apportant un gigantesque bouquet de roses cueillies dans ses jardins, les plus beaux de Mobile, à ce qu'on disait.

Le juge Noble Parlange, sa femme Léna, étaient là aussi, arrivant tout juste de Caroline du Sud, où la femme de leur fils unique avait donné le jour à des jumelles, au début du mois de juin.

Presque en même temps, enfin, arrivèrent les Faraday, les Pirrilliat, les Caldwell et, bien sûr, les Douglas Dasheroon.

Le buffet, dressé dans la grande salle à manger entièrement meublée de bois de merisier n'avait pas eu beaucoup de succès. Les messieurs s'étaient réunis dans le fumoir pour parler des cours du coton, de la production de canne à sucre et des courses de chevaux, tandis que les dames, rassemblées dans un salon de l'autre côté de l'immense vestibule, comparaient les péripéties de leurs accouchements respectifs, celles qui n'avaient pas eu cette expérience les écoutant avec respect. Pour certaines c'était déjà de l'histoire ancienne.

Pour Carrie Dasheroon qui habitait rue du Dauphin, juste en face de chez les Howard, ces souvenirs avaient tout juste un an, jour pour jour.

Son fils, Ladd, cheveux presque noirs tout bouclés et grands yeux bleus, venait justement de descendre de ses genoux pour aller à la recherche de son papa. Avec amour, Carrie le regarda s'éloigner d'un pas encore mal assuré. Il était pour elle le plus joli bambin du monde. Chaque fois qu'elle posait les yeux sur lui, elle s'émerveillait ; elle trouvait incroyable qu'il fût son fils, à elle. Depuis le jour de sa naissance il ne lui avait donné que des joies.

Le voyant tomber au beau milieu du vestibule, elle se leva pour aller l'aider, mais elle se rassit aussitôt parce que déjà il se relevait. Sans un cri, sans une larme, il reprit sa progression vers le fumoir à la porte grande ouverte. Apercevant son père, il se précipita vers lui pour s'accrocher à la jambe de son pantalon. Le père sourit et lui ébouriffa les cheveux. Ladd se mit à rire. Carrie pouvait l'entendre. Elle songea qu'elle était la plus heureuse des femmes.

A l'étage, le drame se poursuivait, et ne se dénoua qu'à 5 heures, très exactement, quand, enfin, miss Laurette Taylor Howard annonça sa venue au monde par un cri perçant. Le cœur battant à tout rompre, T.H. se précipita dans la chambre et vit Délia qui, avec délicatesse, lavait le bébé tout rouge. Il se précipita ensuite vers le lit pour donner un baiser à son épouse exténuée, mais souriante.

— Comment vous portez-vous, mon amour ? lui demanda-t-il, en même temps qu'il jetait un coup d'œil interrogateur au Dr Ledette.

Celui-ci eut un hochement de tête rassurant et Marion répondit, d'une voix à peine audible :

— Je vais bien, mais je me rends bien compte que je vous ai déçu, mon chéri. Vous vouliez un fils, et c'est une fille que je vous donne.

— Je suis très content que nous ayons une fille ! s'exclama T.H. Quel bonheur ce sera d'avoir une petite fille aussi jolie que vous !

Délia apporta la nouveau-née enveloppée dans une couverture blanche et la plaça dans les bras de Marion.

— T.H., dit le docteur au jeune père qui contemplait son enfant avec émotion, je crois que vous devriez sortir car votre femme a grand besoin de repos.

— Bien sûr, répondit celui-ci. Mais quand elle sera un peu remise, pourrai-je lui amener quelques amis ?

Le médecin esquissa une moue, mais, du regard, consulta Marion qui lui sourit pour donner son accord. Elle savait quelle fierté aurait son mari à présenter sa première fille.

— Dans une demi-heure, pas avant, énonça le docteur ; et deux personnes à la fois, qui ne s'attarderont pas plus de cinq minutes. Ensuite, vous congédierez tout ce monde, afin que Marion puisse prendre le repos auquel elle a droit.

— Vous avez ma parole ! dit T.H. rayonnant de joie.

Prenant les marches quatre à quatre, il redescendit vers le rez-de-chaussée, s'arrêta au beau milieu du vestibule et, d'une voix de stentor annonça, pour les dames dans le salon et les messieurs au fumoir :

— Ma femme vient de donner le jour à une magnifique petite fille, que nous appellerons Laurette Taylor !

Ayant reçu les félicitations des uns et des autres, il ouvrit, pour les messieurs, une boîte de ses cigares les plus prestigieux. Puis l'on fit sauter quelques bouchons de champagne. Après une demi-heure de grande animation, T.H. leva de nouveau les mains pour demander le silence.

— Vous avez le droit d'aller jeter un petit coup d'œil sur ma fille, dit-il, mais seulement deux personnes à la fois.

Il se tourna vers Carrie Dasheroon qui tenait son fils sur ses genoux, pour l'inviter, ainsi que son mari, à monter avec lui. Ils prirent l'escalier en silence.

Sur le seuil de la chambre, Carrie expliqua à son rejeton qu'il devait être très sage, puis elle le posa sur le sol. Ils entrèrent, sur la pointe des pieds, sauf le garçonnet qui courut vers le berceau qu'il agrippa de ses deux mains, pour voir à l'intérieur. Mais il était trop petit. Frustré, il se mit à ronchonner.

— Non, Ladd, mon chéri, lui dit sa mère et le prenant par le bras pour l'éloigner du berceau. Tu sais que tu ne dois pas faire de bruit, pour ne pas réveiller le bébé.

— Bébé ! Bébé ! cria Ladd.

Carrie le hissa pour qu'il pût voir enfin. Puis, un doigt sur la bouche, elle lui rappela qu'il devait être très sage.

— Bébé ! Bébé ! glapit Ladd en se tortillant pour essayer d'échapper à l'emprise de sa mère qui maintenant se dirigeait vers le lit de Marion.

Celle-ci accueillit les visiteurs avec le sourire, malgré son immense fatigue. Elle parla avec eux cinq minutes, puis Carrie déclara :

— Nos amis nous en voudront si nous ne leur cédons pas la place. Mais nous reviendrons demain. Y a-t-il quelque chose que nous puissions faire pour vous, ma chère amie ?

— Non, soupira Marion en coulant un regard amoureux vers son mari. Je suis une femme comblée.

Douglas Dasheroon se pencha pour lui donner un baiser sur le front. Puis il serra la main de T.H. à qui il renouvela ses félicitations, et il sortit de la chambre, emmenant avec lui sa femme et son fils.

— Non, Ladd ! dit Carrie. Cette fois, ça suffit !

Le garçonnet pleurnichait. Il ne voulait pas quitter la chambre. Penché par-dessus l'épaule de sa mère, il tendait les bras vers le berceau dont elle s'éloignait inexorablement.

— Carrie ! dit Marion. Ne soyez pas si dure avec ce petit. Laissez-le voir ma fille encore une fois, s'il en a tant envie.

— Vous croyez ? dit Carrie dubitative.

— Mais oui, il ne fera pas de mal. Approchez-le.

Pendant que Douglas Dasheroon attendait à la porte, les bras croisés, Carrie revint vers le berceau et pencha son fils au-dessus.

— Tu peux lui faire une caresse, souffla-t-elle. Mais doucement. Il ne faut pas la blesser, ni l'effrayer.

Ladd, redevenu silencieux, presque grave, observa longtemps le petit être endormi. Puis lentement — avec recueillement, eût-on dit, — il avança la main et caressa la joue de Laurette.

— Bébé, murmura-t-il.

Dès ce moment, Laurette Taylor Howard exerça sur Ladd Dasheroon une fascination qui jamais ne se démentirait par la suite.

C'était fatal : leurs destins se confondirent.

Non seulement ils habitaient l'un en face de chez l'autre, mais ils appartenaient au même milieu social. Tous deux étaient issus de familles qui composaient l'aristocratie locale appelée, à Mobile, la *Vieille Garde*.

Douglas Dasheroon, le père de Ladd, âgé de trente-quatre ans lorsque Laurette était née, était un planteur dont les champs de coton et de canne à sucre s'étendaient jusqu'à la frontière avec la Georgie. Cet homme, à qui ses cheveux très noirs, ses yeux bleus et son sourire facile conféraient un charme ténébreux, avait un grand appétit de vivre. A peine sorti de l'académie militaire de West Point, il tourna le dos à une carrière prometteuse dans la cavalerie, parce qu'il avait rencontré, et épousé presque aussitôt, Carrie Lynn Crawford, fille d'une riche famille du Sud.

Pour sa jeune épouse il avait construit, dans le quartier chic de Mobile, une belle maison au style inspiré de la Grèce antique, et d'un luxe inouï. Il suffisait, pour s'en convaincre, de pénétrer dans le vestibule immense dont les grands miroirs, judicieusement disposés, multipliaient à l'infini les chandeliers de bronze et de cristal, les statues de marbre. Ce véritable palais comportait plus de vingt pièces, dont une salle de bal qui occupait tout un côté de l'étage et s'ouvrait, aux deux extrémités, sur le balcon où les invités, les soirs de fête, pouvaient se rassembler pour prendre la fraîcheur en admirant les beautés des jardins.

De l'autre côté de la rue, juste en face, la maison de T.H. Howard, négociant en coton et en sucre, ne suscitait pas moins d'admiration. A Mobile, on s'accordait pour reconnaître la qualité de chef-d'œuvre au grand bâtiment blanc précédé d'un portique à huit colonnes ioniques. L'intérieur provoquait l'émerveillement. L'amateur de belles choses, en foulant les tapis persans, ne savait où porter le regard, tant était grande la profusion d'œuvres d'art accrochées aux murs ou présentées dans des vitrines. Le mobilier avait été importé d'Europe ; le piano spécialement fabriqué à Baltimore pour la maîtresse de maison qui touchait le clavier avec bonheur. La bibliothèque, fierté de T.H., ne comportait pas moins de quatre cents éditions originales, certaines remontant aux premiers temps de l'imprimerie aux Etats-Unis d'Amérique. Tous ces volumes, reliés en cuir et alignés sur les rayonnages en acajou, donnaient plaisir aux yeux autant qu'à l'esprit.

En vérité, la vie était douce pour ceux qui avaient la chance d'habiter rue du Dauphin.

Carrie Dasheroon tint parole. Aussitôt que Douglas eut quitté la maison pour inspecter une de ses plantations, elle traversa la rue pour rendre une nouvelle visite à Marion et au bébé né la veille. Elle emmena Ladd, non sans l'avoir chapitré : il devrait rester sage afin de ne pas importuner la maman très fatiguée et la petite Laurette endormie.

Comme il lui souriait en hochant la tête avec insistance, elle soupira :

— Tu ne comprends rien à ce que je te raconte, n'est-ce pas ?

En réponse, elle reçut un nouveau sourire et un énergique hochement de tête. Elle éclata de rire. Tombant sur les genoux pour prendre son fils par la taille, elle le secoua avec gentillesse et répéta :

— Nous allons voir la petite fille et je veux que tu sois très sage. Est-ce bien compris ?

Elle lui donna un baiser sur le front, se releva, le prit par la main et l'entraîna dans le vestibule. Au moment d'ouvrir la porte, elle s'arrêta, se frappa le front.

— J'oubliais que Mattie avait préparé un délicieux gâteau au chocolat pour les Howard. Attends-moi ici.

Elle rebroussa chemin pour aller en cuisine.

Ladd la suivit des yeux et, dès qu'elle eut disparu de sa vue, il ouvrit la porte, sortit sur le perron, s'arrêta au bord des marches. Trop hautes pour ses petites jambes, il ne pourrait les descendre sans risquer de chuter et de se faire très mal. Il le comprit et trouva un moyen de remédier à cet inconvénient. Il s'assit au bord de la plus haute marche, se laissa tomber sur la suivante, puis sur une autre encore et ainsi de suite jusqu'à poser les pieds sur le sol gravillonné de l'allée. Alors il poussa un cri de triomphe et s'élança.

Revenant de la cuisine, Carrie Dasheroon vit la porte ouverte. Affolée, elle sortit, aperçut son fils qui courait vers la rue. Elle cria son nom. Il s'arrêta, se retourna, lui jeta le regard morne de la défaite acceptée. Sans hâte, le visage sévère, elle le rejoignit. Levant alors l'index des remontrances, elle énonça :

— Jeune garçon, tu sais que tu n'as pas le droit de sortir seul de la maison. Combien de fois encore faudra-t-il que je le répète ?

Penaud, Ladd baissait la tête. Elle l'apostropha plus rudement.

— Regarde-moi quand je te parle ! Tu ne m'écoutes pas, Ladd Dasheroon ! Je t'avais ordonné de m'attendre et tu ne m'as pas obéi. Méchant garçon ! Pour ta punition, tu ne viendras pas avec moi pour voir le bébé.

— Bébé ! cria Ladd en se retournant pour montrer du doigt la maison Howard. Bébé !

— Non, je viens de te dire que tu ne viendrais pas voir le bébé. Tu resteras…

Voyant que les larmes envahissaient les yeux bleus du garçonnet et qu'il était prêt à sangloter, Carrie s'interrompit. Etonnée de le voir si affecté par une punition qu'elle avait cru bénigne, elle se reprocha une trop grande sévérité. Retrouvant son sourire, elle reprit d'une voix douce :

— Tu veux voir le bébé, n'est-ce pas ?

— Bébé ! Bébé ! cria Ladd, fou de joie.

— Alors, c'est d'accord, tu viendras avec moi. Mais si tu te conduis mal, je te ramènerai aussitôt. Est-ce bien compris ?

L'air grave, l'enfant hocha la tête.

— C'est bien, conclut Carrie. Maintenant, allons porter cet excellent gâteau à mon amie Marion.

Abraham, le vieux majordome des Howard, vint ouvrit la porte. Il avait le sourire.

— Madame Marion vous attend avec impatience, annonça-t-il en prenant le gâteau que lui tendait Carrie. Vous pouvez monter.

Assise près du berceau, Marion Howard voulut se lever. Carrie la rabroua gentiment.

— Vous ne croyez pas qu'il serait plus raisonnable de rester dans votre lit ? Non, non ! Surtout, ne vous levez pas.

— Carrie, je suis heureuse de votre visite, dit Marion en tendant les mains vers son amie qui s'avançait.

Elle coula un regard en direction de Ladd resté en retrait, un doigt dans la bouche, et lui proposa :

— Veux-tu voir le bébé ?

Indécis, le garçonnet se tourna vers sa mère qui lui dit :

— Bien sûr, tu peux.

Tout frémissant de joie, il se dirigea vers Marion qui le prit sur ses genoux. Lui, n'avait d'yeux que pour le bébé endormi. Les mains crispées sur le rebord du berceau, il s'adonna à sa fascination.

— Bébé…

Quand la petite Laurette s'agita et émit un cri strident, il grimaça de déplaisir et se boucha les oreilles avec ses mains. En riant, Marion le reposa sur le sol. Elle se pencha pour lui donner un baiser, mais il lui échappa et prit en courant la direction de la porte. Il voulait échapper à ces cris qui lui brisaient les tympans. Il fuyait. Mais il rencontra le regard de sa mère et s'arrêta.

Marion prit sa fille dans ses bras. Les cris cessèrent comme par enchantement. Ladd trouva agréable le silence retrouvé. Il revint sur ses pas. Prudent, les mains derrière le dos, il se rapprocha pour étudier le petit être rougeaud.

Quand Laurette eut atteint l'âge de six mois, Marion autorisa Ladd à la prendre dans ses bras. Sous le regard anxieux de Carrie, il s'installa dans un fauteuil et écouta les instructions de la jeune mère.

— Laddie, je vais te confier mon plus précieux trésor. Mais je te demande d'être très vigilant. Prends garde de ne pas la laisser tomber. Elle est plus vigoureuse qu'elle n'en a l'air et en s'agitant, elle pourrait t'échapper.

Ladd hocha la tête en signe d'acquiescement et tendit les bras. Ayant reçu Laurette, dont la tête reposait contre sa poitrine, il referma les bras sur elle et la tint serrée comme une œuvre d'art, ce qu'elle était, en réalité, pour lui comme pour Marion.

A l'émerveillement de celle-ci, la petite fille ne pleura ni ne gigota. Tranquille, elle contemplait Ladd, en souriant.

Ravies et émues, les deux mères échangèrent un regard de connivence. Le garçonnet de dix-huit mois aux cheveux noirs et au teint mat, et la petite fille toute blonde qu'il tenait amoureusement dans ses bras, composaient un tableau tout à fait charmant.

Un spectacle merveilleux, que jamais elles n'oublieraient.

2.

— Le plus gentil des petits garçons, disaient invariablement les gens de Mobile quand le nom de Ladd Dasheroon était prononcé. Aucun autre ne peut lui être comparé.

C'était vrai.

Espiègle et plein d'énergie, Ladd savait se montrer réfléchi aussi, quand il le fallait. Il avait de bonnes manières et jamais n'avait blessé quiconque par une attitude ou des paroles malvenues. Expansif et affectueux, il aimait tout le monde et savait le montrer.

Il aimait surtout la petite fille toute blonde qui habitait juste en face de chez lui, de l'autre côté de la rue ; elle le lui rendait bien. Dès qu'elle commença à marcher, à l'âge de dix mois, Laurette Howard se mit à suivre Ladd Dasheroon, à le suivre partout. Et s'il s'éloignait trop, elle frappait du pied et hurlait pour le ramener à elle.

Ladd n'était que trop heureux d'obéir à sa mère, qui souvent lui recommandait de veiller sur la petite voisine. Pour lui, Laurette était plus ou moins un jouet vivant, aux réactions souvent inattendues. Elle lui appartenait, n'avait été mise sur terre que pour son plaisir. C'est pourquoi il aimait veiller sur elle, afin que personne ne la lui prît.

Ils devinrent très vite inséparables.

Si Ladd ne jouait pas chez Laurette, Laurette jouait chez Ladd. Pour elle, il déployait des trésors de patience. Il la protégeait. Si elle trébuchait et tombait, il la relevait et la consolait. Si elle s'agitait, il trouvait un jeu propre à la calmer. Avait-elle envie de dormir, il s'asseyait près d'elle et fredonnait une berceuse. Si elle était de mauvaise humeur, il lui montrait ses plus belles grimaces afin de la dérider.

Il faut dire que Laurette, enfant certes adorable, n'était pas de tout repos. Toute petite déjà, elle trouvait son berceau trop étroit et essayait de s'en échapper. Sitôt capable de marcher, elle se lança dans l'exploration du monde. Sa curiosité était insatiable. Tout l'intriguait, tout lui plaisait. Et si elle ne comprenait pas, elle questionnait Ladd qui était sa référence en toute chose, l'autorité vers qui elle se tournait en cas de besoin.

Il était son modèle. Elle l'imitait en tout, ne voulait pratiquer d'autres jeux que ceux qu'il lui enseignait.

Pas étonnant, donc, si à six ans elle était déjà devenue un véritable garçon manqué. Comme Ladd, elle courait, sautait, criait, se battait, se roulait par terre, grimpait aux arbres, sans jamais craindre de salir et de déchirer ses vêtements. Elle n'avait peur ni des plaies ni des bosses, ne refusait aucun défi, au grand dam de sa mère qui, sortant un jour de la maison, la vit marcher sur les mains et ainsi exposer aux yeux des passants les dentelles de son joli pantalon de dessous. Aussitôt elle la héla, lui ordonna de rentrer immédiatement.

Bien sûr, Ladd suivit, mais sur le seuil Marion l'arrêta avec ces mots :

— Non, s'il te plaît. Vous avez assez joué, tous les deux. Pour Laurette, c'est maintenant l'heure de la sieste.

Tenant sa fille par le bras, Marion la conduisit dans sa chambre, où elle lui donna une leçon, qui n'était pas la première.

Une fois de plus, elle lui rappela qu'il n'était pas convenable pour une jeune demoiselle de faire la roue ou de marcher sur les mains ; qu'il était très indécent de montrer ses dessous ; que dorénavant elle devrait choisir ses jeux avec un peu plus de discernement ; qu'en tout cas, pour conclure, elle n'était pas un garçon et ne pouvait, par conséquent, prétendre imiter Ladd en tout.

Cette leçon, comme toutes celles qui avaient précédé, resta lettre morte.

Ladd et Laurette s'entendaient comme larrons en foire. Ils n'envisageaient pas l'autre comme un membre du sexe opposé, mais comme un véritable *alter ego*, ce qui ne les empêchait pas de se quereller souvent.

Prompte à s'échauffer, Laurette avait généralement l'avantage sur Ladd, plus pondéré, plus mesuré. Certes, il ne rechignait pas à hurler ses arguments, mais jamais il n'eût levé la main pour affirmer sa supériorité. Laurette l'avait compris d'instinct. Aussi, lors d'une contestation plus vive que d'ordinaire, elle n'hésita pas, elle, à lui donner du poing sur le nez. Voyant jaillir le sang, elle regretta aussitôt son geste et oublia ses griefs.

— Oh ! Ladd, pardonne-moi ! balbutia-t-elle. Je ne voulais pas te faire mal. Je te le jure. Je t'en prie, pardonne-moi.

Pinçant son nez blessé et tenant bien haut sa tête, Ladd se détourna d'elle. D'une pichenette, il rejeta la main qu'elle posait sur son épaule. Elle n'avait pas le droit de le traiter ainsi ! Pour qui se prenait-elle ? Il décida de différer son pardon aussi longtemps que possible, mais comment en vouloir longtemps à la petite fille qui tournait autour de lui en se tordant les mains et en gémissant :

— Ladd, si tu voulais me pardonner… Je te promets que plus jamais je ne te taperai. Même si je vis cent ans !

Elle lui décocha un sourire plein d'espoir avant de lui offrir son mouchoir brodé. Ladd le prit et le posa sur son nez tuméfié en essayant de se montrer dur et indifférent. L'ennui, c'est qu'il ne le pouvait pas. Il ne parvenait pas à garder rancune à Laurette qui était sa meilleure amie, et même la seule qu'il eût. En plus, elle était amusante et très jolie, surtout quand elle souriait de cette manière.

D'instinct, Laurette sut que Ladd, déjà, s'adoucissait à son égard. Alors elle lui prit la main, l'entraîna derrière la maison, jusqu'à un banc en fer forgé, dans l'ombre d'une haute haie de buis.

— Assieds-toi là, ordonna-t-elle. Je vais te chercher un linge mouillé.

Elle rentra dans la maison, revint quelques minutes plus tard avec deux grands verres de limonade glacée et le linge mouillé qu'elle avait promis.

Sans un mot, Ladd s'allongea sur le banc et offrit son appendice nasal aux soins de son amie. Quand elle eut terminé, elle hocha la tête avec satisfaction puis, redevenant grave, elle demanda d'une voix hésitante :

— Sommes-nous toujours amis, Ladd Dasheroon ?

— Je suppose que oui, répondit-il. Mais il faudra que tu m'obéisses en tout pendant une semaine.

— C'est d'accord ! Que veux-tu de moi, pour commencer ?

— Une limonade, dit-il en retrouvant son sourire.

La petite fille s'empressa de lui donner un verre. Tandis qu'il buvait, elle demanda :

— Et maintenant ?

— Il fait très chaud. Je veux que tu m'éventes, Lollie.

Les sourcils froncés, elle chercha autour d'elle un objet qui pourrait servir d'éventail, ne trouva rien mais eut une bonne idée. S'agenouillant sur le banc de fer forgé, elle utilisa sa robe, dont elle agita vigoureusement les volants, au-dessus de Ladd qui, les yeux mi-clos, sirotait sa limonade.

— Maman, dit la très malheureuse petite fille de sept ans, je n'ai pas envie d'apprendre le piano. Je t'en prie, ne m'y oblige pas.

— Et moi qui espérais que tu serais contente, maugréa Marion, déçue. Sais-tu que c'est moi qui ai insisté pour apprendre, alors que j'étais plus jeune que toi ? Comment se peut-il que ma fille n'ait pas de goût pour la musique ?

La mère et la fille se trouvaient dans le salon de musique, assises devant le beau et immense piano alors que, dans une pièce attenante, patientait miss Jillian Foster, professeur de musique à Mobile, qui avait ses entrées dans toutes les maisons de la bonne société.

Agée de vingt-cinq ans environ, miss Foster aimait la musique et les enfants, dans cet ordre. Si elle découvrait un réel talent chez l'un de ses jeunes élèves, elle donnait des leçons supplémentaires, sans augmenter ses honoraires.

D'avance persuadée que la petite Laurette serait une recrue de choix, elle avait avec empressement accepté la demande de Marion Howard. Maintenant, elle attendait le moment des présentations, sans se douter que, dans une autre pièce, devant le piano, un vif débat opposait la mère à la fille.

— Je prendrai des leçons de piano si Ladd en prend avec moi ! décréta Laurette, le visage chiffonné par la contrariété.

— Mais voyons, Ladd est un garçon ! rétorqua Marion. Et j'ajoute qu'il n'est pas *mon* fils. Il n'est pas obligé d'apprendre le piano ; toi, si.

— S'il apprend, j'apprends aussi, reprit la petite fille obstinée. Ce ne serait pas juste s'il…

— Laurette Taylor Howard, je suis fatiguée des tes caprices ! s'écria la mère. Tu apprendras le piano, un point c'est tout. Maintenant, je vais chercher miss Foster et tu te conformeras exactement à ce qu'elle te dira, sinon gare à toi.

L'enfant baissa la tête. Elle était subjuguée… en apparence seulement car, se redressant d'un bond, les yeux brillants, elle demanda :

— Si Ladd voulait apprendre le piano avec moi, l'accepterais-tu comme élève ?

— Je suppose que oui, murmura la mère prise de court. Mais je ne pense pas que…

— Je vais le lui demander !

— Non, non, Lollie, soupira Ladd assis dans un fauteuil à côté du piano. Ce n'est pas comme cela qu'il faut faire, mais plutôt… Je vais te montrer.

Il prit place sur la banquette, se frotta les mains, posa les doigts sur le clavier et attaqua la *Polonaise* de Chopin, à l'étude depuis quelque temps.

Pleine d'admiration, Laurette écouta Ladd qui jouait tout le difficile morceau sans une hésitation, sans une seule fausse note. Découragée, elle soupira en songeant que jamais elle n'y arriverait.

Elle avait dix ans. Depuis trois ans, elle apprenait à jouer du piano en compagnie de Ladd, deux après-midi par semaine, sous la férule de la patiente miss Foster.

Dès le commencement, celle-ci s'était mise à louer le garçonnet et à répéter qu'il avait un véritable talent de musicien ; un talent prodigieux, se plaisait-elle même à préciser. Elle ajoutait avec insistance que s'il voulait bien se livrer chaque jour à des exercices qu'elle lui indiquerait, il avait toutes les chances de devenir le meilleur et le plus remarquable de tous les élèves doués qu'elle avait eu le bonheur de connaître.

A ces avances répétées, Ladd répondait toujours d'un sourire évasif, sans oser dire qu'il n'avait pas envie de consacrer à la musique plus de deux après-midi par semaine. Pour lui, deux après-midi étaient déjà beaucoup. La musique ne l'intéressait pas. S'il avait accepté d'apprendre le piano, c'était parce que Laurette l'en avait prié et supplié en promettant, pour emporter l'affaire, qu'elle serait toujours très gentille avec lui s'il voulait bien lui accorder *cette petite faveur.*

Il avait onze ans. Laurette assise à côté de lui, miss Foster debout derrière, il filait sa *Polonaise* et souriait. C'est qu'il goûtait le sel de la situation. Avec un minimum de pratique il jouait passablement ce morceau que Laurette massacrait toujours, malgré des heures et des heures d'exercices fastidieux imposés par sa mère. Hélas ! elle n'était pas douée ; lui, si.

— Bravo, bravo ! C'était parfait ! s'écria miss Foster dont les yeux brillaient d'admiration et de joie.

— A toi, Lollie, proposa Ladd. Tu devrais y arriver, cette fois.

Nerveuse, la petite fille hocha la tête en jetant un regard torve sur le clavier. Elle prit une longue inspiration et commença à jouer mécaniquement, en se mordant la lèvre inférieure. Au milieu du morceau, elle avait le front luisant de transpiration. Les fausses notes se multipliaient, pour le plus grand déplaisir de miss Foster qui ne disait rien mais levait les yeux au ciel.

Trouvant le supplice insupportable, Ladd se leva et murmura pour la demoiselle :

— Excusez-moi. Il faut que je m'en aille.

Aussitôt, Laurette cessa de jouer et pivota sur la banquette.

— Je vais avec toi, annonça-t-elle.

— Ce n'est pas possible. Tu n'as pas fini de jouer. En plus, il faut que je me prépare parce que nous attendons de la visite à la maison.

— Ah bon ? Qui vient chez vous ?

— Un monsieur qui s'appelle Darcy Tigart. Je n'en sais pas plus. Je ne l'ai jamais vu ; mes parents non plus.

— Vous invitez un homme que vous ne connaissez pas ?

— Tu sais que papa cherche un nouvel intendant depuis que Brady est parti sans crier gare ? Eh bien, le colonel Ivy lui a parlé hier de ce Darcy Tigart.

— Et alors, qu'est-ce que cela a à voir avec toi ? questionna Laurette, ignorant le regard impatient et les doigts agités de miss Foster.

— M. Tigart vient avec son fils, qui a le même âge que moi. Il veut que nous fassions connaissance.

Estimant qu'il avait donné assez d'explications, Ladd s'éloigna en reculant.

Laurette claqua le couvercle du piano, se leva d'un bond, rattrapa Ladd et le retint par le plastron en geignant :

— Je veux le rencontrer aussi, ton nouvel ami.

— Tu le rencontreras, promit Ladd en se dégageant. Mais pas aujourd'hui. Pour le moment, tu ferais mieux de te remettre à ta *Polonaise*. Vous ne croyez pas, mademoiselle ?

— Certainement, soupira le professeur exaspéré.

Le visage de Laurette se crispa dans une terrible grimace de mécontentement. Ladd éclata de rire et l'avertit :

— Prends garde, Lollie. Un jour tu resteras figée comme ça et tu ne seras pas bien belle à voir.

*
* *

Darcy Tigart et son fils arrivèrent chez les Dasheroon à 16 heures, par ce bel après-midi de mars.

Jimmy, un blondinet de treize ans dont les yeux noisette s'écarquillaient parce qu'il n'avait jamais vu de maison aussi somptueuse que celle-là, actionna lui-même le lourd marteau de bronze fixé à la porte monumentale.

A l'intérieur, Ladd cria à l'adresse du maître d'hôtel :

— J'y vais, Delson !

Il traversa en courant l'immense vestibule, ouvrit les deux battants de la porte et, en souriant, prononça ces paroles d'accueil :

— Monsieur Tigart, Jimmy, soyez les bienvenus à Mobile. Je m'appelle Ladd Dasheroon.

Les visiteurs hochèrent la tête. Il leur tendit la main et nota que Jimmy avait presque une tête de plus que lui. Ce détail lui déplut, mais il sut cacher son agacement et proposa :

— Voulez-vous entrer, je vous prie ? Mon père vous attend dans la bibliothèque.

Les Tigart suivirent, le père au teint cireux torturant son chapeau de ses mains maigres et presque décharnées, le fils dévorant du regard le cadre splendide qu'il découvrait.

— Papa, annonça Ladd en ouvrant la porte de la bibliothèque, voici M. Tigart et son fils Jimmy.

Douglas Dasheroon se leva, contourna son immense bureau d'acajou aux ornements en bronze, et s'avança au-devant de Darcy Tigart à qui il serra la main en disant :

— Je vous remercie d'être venus, vous et votre fils.

— Je vous remercie de nous avoir invités, répondit, d'une voix hésitante, l'homme qui semblait très mal à l'aise.

Douglas Dasheroon dirigea son regard vers le garçon resté en retrait de son père et lui tendit la main.

— Soyez le bienvenu, lui dit-il.

— Merci, monsieur, murmura Jimmy, timide.

Se tournant vers Ladd, Douglas Dasheroon proposa :

— Pourquoi ne ferais-tu pas connaissance avec Jimmy, pendant que son père et moi parlons affaires ?

— Tu veux aller dehors ? demanda Ladd.

Jimmy hocha la tête de façon presque imperceptible.

Ladd le conduisit dans le jardin, en sortant par la porte de derrière. Sur la pelouse, ils s'arrêtèrent. Après avoir observé un moment de silence, Ladd voulut commencer la conversation, en posant quelques questions auxquelles Jimmy répondit par oui ou par non.

En fait, Jimmy n'écoutait pas vraiment. Toute son attention était captivée par la maison. Jamais il n'en avait vu d'aussi belle ni d'aussi grande. Il ne lui avait pas fallu longtemps pour comprendre que la famille Dasheroon vivait dans un monde tout à fait différent du sien.

L'envie, déjà, le travaillait. Le sentiment d'injustice l'oppressait. Pourquoi n'était-ce pas lui qui était né dans cet univers d'opulence ?

Grinçant des dents, il regarda la pelouse aussi bien entretenue qu'un riche tapis d'Orient. Comme il serait bon de s'y prélasser, d'y jouer au croquet, ou de s'y promener en ayant à son bras une riche et jolie jeune fille.

— Et si ton père accepte la place d'intendant, vous habiterez à moins d'un mile d'ici.

Jimmy eut un sourire forcé. Il hocha la tête et se laissa tomber sur un banc en disant :

— Ce serait bien.

En général, il n'aimait pas la compagnie des enfants plus jeunes que lui. Il l'aimait d'autant moins qu'il s'était toujours senti beaucoup plus vieux que son âge. A treize ans, il préférait de beaucoup fréquenter des jeunes gens de quinze, voire de seize ans. Mais, pour Ladd Dasheroon, il voulait bien faire une exception. Ladd Dasheroon était différent, car il menait la vie, et probablement avait les amis, que lui-même eût tant voulu avoir.

— Si cela arrive, proposa-t-il, je pourrai peut-être venir te rendre visite, de temps en temps ?

— Bien sûr ! répondit Ladd avec un enthousiasme non feint. Peut-être aussi fréquenterons-nous la même école, et je pourrai te présenter à des gens que je connais. Tiens ! La prochaine fois que tu viendras, tu rencontreras Laurette Howard, mon amie. Elle habite juste en face, de l'autre côté de la rue. Elle est agaçante, parfois, mais je l'aime bien quand même. Pour moi elle est comme une petite sœur. Je veille sur elle, en quelque sorte.

— Je n'ai rien contre les filles, répondit Jimmy. Surtout quand elles sont jolies.

— Elle est jolie, dit Ladd. Je crois. En fait, je n'ai jamais prêté attention à ce détail.

— Mon amour, dit Carrie Dasheroon à son mari, vous êtes un homme exceptionnel, parce que tant de compassion ne se remarque pas, d'ordinaire, chez un homme.

— Est-ce seulement aujourd'hui que vous vous en apercevez ? demanda Douglas en souriant.

La jeune femme passa derrière lui, qui était assis dans un fauteuil. Elle se pencha sur lui pour l'enlacer.

— Non, je le sais depuis toujours. D'ailleurs, c'est pour cette raison que je vous aime.

A presque minuit, le mari et la femme devisaient dans leur chambre en se préparant pour la nuit.

Plus tôt, au cours de la soirée, Douglas avait raconté comment, après avoir vérifié les références de Darcy Tigart, il avait offert le poste d'intendant à celui-ci, qui l'avait accepté avec empressement. Carrie, pour avoir brièvement rencontré cet homme maladif, avait la conviction qu'il n'aurait pas la force d'assumer les lourdes tâches qui lui incomberaient. Pourtant son mari, bon et généreux comme il l'était, n'avait pas hésité. Elle lui sourit, tandis qu'il essayait de justifier son choix.

— Je suppose que j'aurais pu chercher quelqu'un de plus robuste, mais le pauvre homme nous arrivait du Kentucky avec la conviction qu'il avait un emploi assuré dans la papeterie de Batterly ; eh bien, pas du tout ! Quelle déception pour lui ! Le colonel m'a tout raconté en me priant de voir s'il ne pourrait pas faire l'affaire. Or, comme vous le savez, j'ai besoin de quelqu'un, tout de suite. Et n'oublions pas qu'il amène avec lui son fils, qui peut lui apporter une aide appréciable.

— Oui, bien sûr, murmura Carrie en s'asseyant sur le lit, à côté de son mari.

— Darcy Tigart s'est engagé à se mettre au travail dès demain matin. C'est un point positif. Brady n'est absent que depuis une semaine et déjà il y a du travail en retard partout, dans les champs. J'avais un urgent besoin d'un homme capable de…

Douglas s'expliquait. Carrie l'écoutait en souriant avec tendresse. Elle savait lequel des deux hommes trouvait le plus d'avantages au contrat : pas son mari, certainement pas. Ce n'était pas la première fois que celui-ci, par grandeur d'âme, oubliait son intérêt.

— Il suffit que je passe quelques jours avec lui pour lui mettre le pied à l'étrier, poursuivait Douglas. En un rien de temps…

Il s'interrompit, regarda en fronçant les sourcils sa femme qui souriait et lui demanda :

— Qu'ai-je dit de si amusant ?

— C'est vous qui êtes amusant, répondit-elle en lui caressant la poitrine par l'échancrure de la chemise qu'il venait d'ouvrir. Vous êtes très touchant, quand vous défendez ainsi votre cause.

— Parce que, selon vous, c'est ma cause que je défends ?

— Oui, et c'est tout à fait inutile, bien que j'apprécie le spectacle à sa juste valeur, vous pensez bien.

Carrie poussa un peu plus loin sa main. Ses doigts jouèrent dans la toison qui ornait la poitrine de son mari. Celui-ci lui lança d'un ton accusateur :

— Vous vous moquez de moi, n'est-ce pas ?

— Pas du tout, Douglas ; au contraire. Je trouve qu'il n'y a rien de plus touchant qu'un homme grand, fort et viril qui montre de la compassion pour son prochain. Cela me touche beaucoup. Je dirais même… que cela m'excite.

Disant cela, Carrie se pencha pour poser un baiser sur la poitrine de Douglas, qui referma les bras sur elle. Elle leva la tête pour le regarder dans les yeux, où elle vit danser une petite lueur qu'elle connaissait bien. Elle soupira d'aise. Puis elle eut un rire de gorge quand Douglas l'obligea à se lever du lit pour se tenir debout devant lui, entre ses genoux.

Les yeux mi clos, elle se laissa dépouiller de sa chemise de nuit, nuage de mousseline qui tomba à ses pieds. Tremblant de désir, elle reçut sur le ventre un baiser fervent, puis un autre. Une idée lui vint et elle s'assit sur les genoux de Douglas, pour la mettre en pratique. Lui prenant le visage entre ses mains, elle murmura d'une voix rauque :

— Savez-vous ce que j'ai l'intention de vous faire ?

Les yeux égarés, déjà, Douglas souffla :

— Dites-le-moi, mon ange.

Elle le lui dit. Le regardant droit dans les yeux, elle prononça des mots inouïs, indécents, choquants, scandaleux.

Douglas tressaillit. Entendre sa femme si élégante, si bien élevée, prononcer des mots pareils, le mettait dans un état…

Enchantée, Carrie sut que ses paroles produisaient l'effet recherché. Elle continua à couvrir de baisers le visage de son cher mari, en lui expliquant, toujours en termes très obscènes, tous les doux sévices qu'elle avait l'intention de lui faire subir. Il aimait cela. Elle savait qu'il aimait et elle adorait l'exciter ainsi, le mettre pour ainsi dire hors de lui.

Quelques années plus tôt, aux premiers temps de leur mariage, Douglas lui avait proposé, comme par manière de plaisanterie, de dire un mot interdit, un mot tabou. Choquée, la jeune Carrie avait rougi jusqu'à la racine de ses cheveux bruns et, d'un ton hautain, elle avait répliqué que ses lèvres n'avaient pas été formées pour prononcer de telles obscénités. Pour qui la prenait-il ?

Ils en étaient restés là.

Quelques jours plus tard, Douglas avait renouvelé son étrange demande, en expliquant que ces propos resteraient entre eux, ne franchiraient jamais la porte de leur chambre. Personne n'en saurait rien.

Carrie avait encore beaucoup hésité. Elle avait fini par céder aux tendres instances de son mari.

Peu à peu, elle avait appris à prononcer des mots qui eussent empourpré la face des plus rudes marins. Elle les employait au cours de longues nuits amoureuses ou de chauds après-midi, quand les époux se retiraient dans leur chambre pour donner libre cours à leur sensualité, dont les exigences ne pouvaient attendre le soir pour être satisfaites.

Ayant compris à quel point ces pratiques affolaient son mari, Carrie sut quel pouvoir elle avait sur lui. Elle en joua.

En public — au théâtre par exemple, au restaurant, au cours d'une promenade dans les lieux à la mode ou même pendant une réception chez des amis — elle soufflait à l'oreille de Douglas un de ces mots qui l'affolaient. Celui-ci, alors, ne se connaissant plus, se hâtait de prendre congé si nécessaire, pour ramener son épouse à la maison, la conduire dans leur chambre et la jeter sur leur grand lit.

Voilà pourquoi, ce soir-là, Carrie toute nue, assise sur les genoux de Douglas pour lui débiter des litanies très spéciales, émit un cri d'exultation quand il se leva brusquement pour la retourner et la plaquer sur le couvre-lit de soie. Le regard halluciné, il lui dit d'une voix rauque :

— Et maintenant, tu sais ce qu'il va t'arriver, petite dévergondée ?

Elle minauda.

— Je n'en ai aucune idée, monsieur. Il faut me le dire, monsieur.

Il dit.

Ensuite, il passa à l'acte.

3.

A la seconde même où Ladd présenta Jimmy Tigart à Laurette, celle-ci eut l'intuition que rien ne serait jamais plus comme avant.

Ce n'était pas qu'elle n'aimait pas Jimmy ; loin de là. Elle le trouvait même plutôt agréable et amusant. Mais elle n'était plus la seule amie de Ladd et elle le regrettait. Aussi loin que remontaient ses souvenirs, il n'y avait jamais eu que Ladd et elle. Mais maintenant que Jimmy s'était immiscé dans leur petit monde, Ladd la délaissait ; il ne lui prêtait plus autant d'attention.

Pendant un an, les trois enfants fréquentèrent l'école des Hautes-Terres, mais à son grand désarroi Laurette se voyait évincée des jeux que partageaient les garçons après les cours, cela pour le plus grand et très secret plaisir de sa mère. Pour Marion Howard, en effet, il était grand temps que sa fille eût des *amies* et non des *amis*. Pour l'encourager dans cette voie, elle l'inscrivit à la prestigieuse Académie des jeunes demoiselles, dirigée par Mme Hunnicutt.

Laurette prit ce changement d'école pour une brimade. Elle tempêta et jura qu'elle n'y mettrait jamais les pieds. Pourtant sa rage, qui semblait ne jamais devoir se calmer, prit fin quand elle apprit de Ladd que lui non plus ne fréquenterait plus l'école des Hautes-Terres à partir de la rentrée prochaine. Il était destiné à l'académie militaire privée, située à l'angle des rues Claiborne et Saint-Michel ; Jimmy l'y accompagnerait.

Si Ladd et elle restaient proches, ils se voyaient de moins en moins. Et il lui manquait. Heureusement qu'elle avait de nouvelles compagnes de jeux et de conversation, à l'Académie pour jeunes demoiselles : Missy Tyler, Belinda Vance, Paula Gentry… Mais elle n'y gagna que deux véritables amies, Juliette et Johanna Parlange, deux sœurs jumelles.

Après avoir perdu leurs parents dans l'explosion d'un bateau à vapeur, un an plus tôt, celles-ci étaient venues s'établir à Mobile, pour vivre désormais avec leurs grands-parents paternels. Cheveux aile de corbeau, peau de porcelaine, grands yeux émeraude, ces deux jolies fillettes étaient identiques en apparence ; mais pour ce qui était du caractère, c'était le jour et la nuit. Autant Juliette était calme, réservée et studieuse, autant Johanna se montrait fantasque, imprévisible, impétueuse.

Laurette les aimait toutes les deux, sans distinction. Elle leur rendait souvent visite dans leur maison de Springhill et en retour les recevait chaque fois que possible, rue du Dauphin. Naturellement, elle eut l'occasion de les présenter à Ladd et à Jimmy Tigart. Quand ceux-ci eurent pris congé, Johanna déclara tout à trac qu'ils étaient mignons tous les deux, mais que Ladd avait quelque chose en plus et que, pour tout dire, il était vraiment adorable. Laurette la fusilla du regard.

— Johanna Parlange, déclara-t-elle d'une voix sèche, Ladd Dasheroon est à moi. Tu ne t'approches pas de lui.

— Ne sois pas bête ! répliqua Johanna, riant à gorge déployée.

— Je ne suis pas bête et je te le répète : Ladd est à moi et j'ai l'intention de me marier avec lui dès que je serai assez grande.

Johanna rit plus fort encore. Mais elle voulut bien promettre que jamais elle n'userait de ses charmes pour conquérir Ladd.

Ce jour-là, les trois fillettes passèrent un long moment ensemble. Laurette et Johanna bavardèrent à perdre haleine. A tout moment, elles éclataient de rire. Un livre à la main, Juliette se taisait et les regardait en souriant.

L'amitié de Ladd et de Jimmy Tigart, déjà très solide, se renforça encore, un après-midi d'une chaude journée du mois d'août.

Les deux garçons — treize et quinze ans maintenant — avaient décidé d'aller se baigner à la crique du Pirate, petite plage retirée, un de leurs terrains de jeux favoris. Loin, très loin au large, dansait une bouée dont se jouait le vent soufflant au sud. Cette bouée, Ladd et Jimmy l'avaient souvent regardée. Ils rêvaient de l'atteindre à la nage. Jusqu'alors, ils n'avaient jamais osé mettre à exécution ce projet audacieux. Mais ce jour-là, Jimmy se sentait l'âme d'un aventurier. Les pieds dans l'eau tiède de l'océan, il repoussa en arrière sa chevelure blonde et, du regard, il défia son ami assis dans le sable.

— Je te parie, lança-t-il, que je nage jusqu'à la bouée sans m'arrêter.

— Tu n'oseras pas.

— Bien sûr que si.

— Alors, je vais avec toi ! décida Ladd en se levant.

Rieurs, ils parcoururent en courant et en s'éclaboussant la longue distance qui les séparait des hauts fonds. Puis ils plongèrent et commencèrent à nager, en silence, sous le soleil implacable qui faisait de la mer un miroir aveuglant.

A mi-chemin, Ladd sentit que ses bras et ses jambes commençaient à s'engourdir. Trop fier, il ne voulut l'avouer à son ami devant lui. Il continua donc de nager en essayant d'ignorer la raideur de ses membres, la brûlure de ses poumons. Mais après quelques minutes d'efforts violents, il se rendit compte qu'il ne toucherait pas au but.

Epuisé, il n'avançait plus. Ses membres lui semblaient de plus en plus lourds, tout son corps se paralysait. Pourtant il refusait encore d'appeler au secours. Heureusement pour lui, Jimmy se retourna et le vit en grande difficulté, prêt à couler. Aussitôt il rebroussa chemin et arriva pour le cueillir juste au moment où il allait disparaître sous l'eau.

— N'aie pas peur, lui dit Jimmy. Surtout, laisse-toi faire. Je te ramène à la plage.

Il fit comme il avait dit.

Quand Ladd, de retour à la maison, rapporta la conduite héroïque de son ami, ses parents éprouvèrent pour le fils de leur intendant une reconnaissance infinie qu'ils tinrent à lui exprimer. Jamais ils n'oublieraient son geste. Pour le prouver, Douglas Dasheroon s'entremit, en tant qu'ancien élève, pour lui réserver une place à l'académie militaire de West Point. Puis, quand Darcy Tigart mourut, au cours de l'hiver 1857, Jimmy et sa mère reçurent la permission d'occuper une maison de villégiature sise à la plantation de la Rivière.

Au début de l'automne 1858, Ladd, Laurette, leurs parents, les jumelles Parlange et quelques autres amis et proches se rassemblèrent au port fluvial pour faire leurs adieux à Jimmy qui s'en allait à West Point. On rit beaucoup, on rit trop fort, mais au moment des adieux le silence se fit et, aux mains des jeunes filles, quelques mouchoirs parurent.

Il sembla à Laurette que Jimmy avait pour elle un regard étrange et que son cœur battait bien vite alors qu'il la serrait dans ses bras pour la presser contre lui. Sur le moment, elle mit ces impressions sur le compte de l'émotion. Puis elle se demanda si elle n'avait pas tout bonnement rêvé. Au fond d'elle-même, elle savait que non.

Depuis quelque temps, Jimmy s'était montré très assidu. Il recherchait sa compagnie, pour lui décocher tour à tour compliments ou lazzis. Elle s'était convaincue qu'il ne s'agissait que d'un jeu. Tout à coup, elle en était moins sûre. Troublée, elle observa le garçon qui saluait Johanna, puis Juliette Parlange. Chacune reçut un bon gros baiser sur la joue, rien de plus. Certes, la tranquille Juliette en rougit, mais cela ne signifiait rien, car Juliette rougissait pour un rien.

Jimmy termina par ses adieux à Ladd. Les deux garçons s'étreignirent longuement, en silence, en s'accordant une profusion de tapes dans le dos.

Le bateau donna un coup de sifflet. Il était temps d'embarquer.

Laurette se sentait coupable. Inutile de lutter contre elle-même, elle était contente que Jimmy s'en fût allé. Enfin elle avait Ladd pour elle, rien que pour elle ! De nouveau il passait beaucoup de temps avec elle, comme autrefois. Mais, à sa grande déception, il continuait de la traiter comme devant ; c'est-à-dire comme une petite sœur ou comme un garçon.

Ne voyait-il pas qu'elle avait grandi ? Ne comprenait-il pas qu'ils ne pouvaient plus jouer comme des enfants ? Il semblait que non. Laurette multiplia les caprices et les foucades pour lui faire comprendre qu'elle changeait, devenait une femme ; en pure perte.

Un jour, pourtant, survint un changement que rien n'avait laissé augurer. Cet événement arriva au cours de l'hiver qui suivit le départ de Jimmy pour West Point.

Un jour très gris de décembre, Laurette, répondant à l'invitation de Carrie Dasheroon qui lui proposait de venir l'aider à décorer l'immense sapin qu'on venait d'installer dans le grand salon, traversa la rue du Dauphin. Elle frappa à la porte.

Ladd vint lui ouvrir.

A cet instant précis, il vit Laurette Howard comme il ne l'avait jamais vue et il en reçut comme un éblouissement.

— Hé ! bonjour ! lança-t-elle avec entrain.

— Bonjour, réussit-il à répondre après avoir vaincu une subite quinte de toux.

Hypnotisé, il la regardait sans s'apercevoir qu'il l'empêchait d'entrer. Il venait d'avoir une révélation : elle avait changé, elle n'était plus la même. L'enfant était devenue une femme. Dire que, jusque-là, il ne s'était aperçu de rien ! Il se demanda quand la transformation avait eu lieu, si elle s'était produite brusquement ou petit à petit. Il se demanda surtout pourquoi il n'avait rien vu. C'était comme s'il voyait Laurette pour la première fois de sa vie.

Il était enchanté.

A compter de ce jour, il changea d'attitude. Plus jamais il ne considéra Laurette comme un camarade de jeu ou sa petite sœur. Maintenant, quand il s'agissait de lui prendre la main pour traverser la rue, pour gravir les marches de l'église le dimanche matin, ou pour marcher le long de la rivière, il éprouvait un plaisir indescriptible.

Ladd Dasheroon, quinze ans, était tombé amoureux de Laurette Howard, quatorze. Il n'osait pas le lui dire. C'est qu'il la connaissait trop bien. Elle rirait s'il lui déclarait sa flamme ! Plutôt que de manifester ses sentiments, il agit en tout comme si n'avait rien changé en lui, ce qui n'était pas facile. Chaque fois qu'il apercevait Laurette, il sentait son cœur qui tressautait dans sa poitrine. Ses mains devenaient moites, ses genoux se mettaient à trembler, ses jambes menaçaient de ne plus le porter…

Il ne pouvait rien dire à Laurette, mais il fallait que quelqu'un devînt le dépositaire de son secret. C'est pourquoi il écrivit à Jimmy une longue lettre où il lui expliquait comment il s'était éveillé à l'amour.

Il ne savait pas que Jimmy avait découvert, bien avant lui, le charme de Laurette.

Il ne savait pas que Jimmy s'était promis de la conquérir.

Le samedi 23 juillet 1859, Laurette Howard fêta son quinzième anniversaire, Ladd Dasheroon son seizième.

Les cartons d'invitation avaient été envoyés une semaine plus tôt. L'orchestre, de vingt musiciens, venait de La Nouvelle Orléans. Le menu avait été préparé par les trois chefs les plus renommés — donc les plus chers — de Mobile. Melba Adair, comme d'habitude, composa de luxuriants bouquets avec les fleurs qu'elle cultivait dans ses fameux jardins.

La célébration conjointe de ces deux anniversaires était devenue peu à peu l'un des événements mondains de Mobile, et ce depuis 1845, l'année où Ladd Dasheroon avait fêté son deuxième anniversaire, Laurette Howard son premier.

Par ce beau samedi d'été, la célébration avait lieu chez les Dasheroon. Alors que la nuit commençait tout juste à tomber sur la ville, la grande maison était déjà éclairée *a giorno.* Dans l'immense salle à manger du rez-de-chaussée, un buffet véritablement royal, disposé sur de longues tables recouvertes de lin blanc, ne s'offrait encore qu'aux regards des serviteurs qui y mettaient une dernière main. A l'étage, des milliers de fleurs blanches — roses, camélias, gardénias — ornaient la salle de bal dont toutes les portes-fenêtres avaient été ouvertes. Ainsi les danseurs pourraient-ils, entre deux polkas, prendre le frais sur le balcon qui courait autour de la maison.

Les invités commencèrent à affluer dès que le soleil eut disparu. Comme il se devait, la jeunesse se présenta la première au portail. Par douzaines, les condisciples de Ladd et de Laurette envahirent la maison. En riant et en courant, ils montèrent l'escalier pour aller voir la salle de bal.

Puis arrivèrent les adultes, plus calmes et néanmoins tout aussi joyeux : le colonel Ivy, et Madame ; les Adair ; le juge Noble Parlange, et Madame ; miss Foster, professeur de musique ; les Faraday ; les Pirrilliats...

Les messieurs en frac noir, les dames en robes blanches, et ruisselantes de bijoux, se congratulaient. Tous se disposaient à passer une excellente soirée.

De l'autre côté de la rue, chez les Howard, l'atmosphère était très différente.

Alors que la soirée avançait, Laurette n'était pas encore prête, Laurette ne portait encore que sa camisole de dessous et ses jupons. Nerveuse, elle marchait de long en large dans sa chambre, sans aucun égard pour les jumelles Parlange qui s'impatientaient.

— Pour l'amour de Dieu, décide-toi ! soupira Johanna. Le bal va commencer. J'entends la musique.

— Je sais, je sais, marmonna Laurette, sourcils froncés.

Sur son lit gisaient six robes, toutes essayées et aussitôt rejetées. Laurette Howard n'avait rien à se mettre pour aller au bal, et elle se lamentait.

Ruby Lee, sa gouvernante pleine d'indulgence, jugea soudain que la coupe était pleine. Les poings sur les hanches, elle apostropha la jeune fille boudeuse.

— Laurette Taylor Howard, tu risques d'arriver en retard à la fête de ton anniversaire ! Si tu me demandes mon avis, je te dirai que ça ne se fait pas ! C'est très impoli.

— Mais ton avis, je ne te le demande pas, rétorqua Laurette. Qu'est-ce que je vais faire ? Mais qu'est-ce que je vais faire ? C'est affreux, je n'ai pas une robe décente ! Rien !

Ruby Lee leva les yeux au plafond, émit un gloussement ironique puis, d'un pas décidé, retourna dans la garde-robe de sa jeune maîtresse. Cherchant parmi des douzaines de robes de bal, toutes plus somptueuses les unes que les autres et dont la plupart n'avaient jamais été portées, elle finit par en choisir une qu'elle jeta sur son bras pour retourner dans la chambre.

— Si tu essayais celle-ci, poulette ? proposa-t-elle en l'élevant devant elle. On ne t'a jamais vue dedans et je crois que sa couleur s'accorde d'une façon merveilleuse avec celle de tes cheveux.

— Oui ! s'exclama Laurette avec enthousiasme. Oui ! C'est exactement de ça que j'avais envie ! Voilà enfin une robe qui a de l'allure ! Ce soir, ce sera moi la plus belle !

— Tu dis ça chaque fois que tu sors ! répondit Ruby Lee en souriant.

Elle enfila la robe par-dessus la tête de Laurette. Avec délicatesse, elle tira les tissus vers le bas. Boutonnant le dos, elle demanda :

— Qu'est-ce que tu bredouilles ? Articule !

— Je dis que ce soir, c'est différent.

— Qu'est-ce qui est différent ? demanda Johanna dont la curiosité s'était aussitôt éveillée.

Suivie par Ruby Lee qui terminait le boutonnage, Laurette s'avança vers Johanna, pour déclarer avec emphase :

— Ce soir sera différent, parce que j'ai l'intention de faire comprendre à Ladd que je ne suis plus une gamine.

Ruby Lee s'esclaffa bruyamment.

— Ecoutez-la ! *Je ne suis plus une gamine !* Bien sûr que si, ma petite, tu es encore une gamine ! A ce propos, laisse-moi te dire…

Laurette lui coupa sèchement la parole.

— Tu peux aller, maintenant. Je n'ai plus besoin de toi.

— Comme tu veux, je m'en vais, bougonna la gouvernante en sortant, la tête haute. Mais je n'en pense pas moins.

Laurette tourna devant la psyché, plusieurs fois, pour s'assurer de l'effet qu'elle donnerait en dansant. Elle jugea le résultat satisfaisant. Elle se pinça les joues, se mordilla les lèvres, essaya un sourire aguicheur. Elle tira son corsage vers le bas et se rapprocha du miroir pour examiner ses seins, y planta l'index. Ladd les remarquerait. Il ne pouvait pas ne pas les remarquer.

Jimmy, l'été dernier, rentré de West Point pour sa permission d'été, avait plusieurs fois marqué qu'il n'était pas insensible au charme des seins de Laurette.

Mais ce n'était pas l'hommage de Jimmy que Laurette voulait. Elle avait besoin des compliments de Ladd et les attendait encore. C'est pourquoi elle était décidée, ce soir, à employer les grands moyens. Elle prouverait, enfin, qu'elle était devenue femme. Il faudrait bien qu'il vît, enfin…

Un soupir exaspéré lui échappa. Elle n'était pas sûre du résultat.

— Qu'est-ce qu'il y a encore qui ne va pas ? demanda Johanna en la prenant par le bras pour la tirer en direction de la porte.

— Je t'assure, tout va bien, répondit Laurette, d'un ton pincé.

Rien n'allait, en vérité.

Depuis plusieurs mois, elle déployait des efforts insensés pour attirer sur elle l'intérêt de Ladd, l'intriguer, éveiller en lui le désir ; pour lui prouver, enfin, qu'il n'était plus pour elle un grand frère et qu'elle ne voulait surtout plus être considérée par lui comme une petite sœur.

Elle se demanda jusqu'où elle devrait aller pour amener Ladd à l'aimer autant qu'elle l'aimait ; à l'aimer de la façon qu'elle l'aimait.

Dans sa chambre dont les fenêtres ouvraient sur la façade de la maison, Ladd écoutait la musique, le brouhaha des conversations et des rires. Il méditait.

Alors que la soirée s'avançait, il eût dû se trouver dans le vestibule, en compagnie de ses parents, pour accueillir les invités, mais il n'était pas prêt ; pas encore habillé.

Il n'avait pas encore passé la chemise amidonnée d'un blanc éclatant, le pantalon noir et la redingote gris perle que Lucas, son valet, avait préparés pour lui. Il n'avait pas envie de mettre ces vêtements parce que, raisonnait-il, il allait ainsi ressembler à tous les messieurs présents à la soirée. Or, il ne voulait pas se fondre dans l'anonymat de la foule. Il désirait se distinguer.

Son rêve était d'entrer dans la salle de bal pour aussitôt être remarqué par Laurette. Le cœur battant, le regard brillant, elle viendrait à lui et alors…

En bas et sous-vêtements, Ladd se dirigea vers sa garde-robe aux portes restées grandes ouvertes. Parmi les innombrables vêtements alignés sur les cintres, il porta son choix sur une jaquette blanche, qu'il enfila en retournant vers le haut miroir sur pied, devant lequel il se planta.

Le spectacle de sa personne lui plut. Sa veste blanche offrait un joli contraste avec sa peau brunie par les longues journées de travail dans les plantations, ou de natation dans les petites baies qu'il affectionnait. Voilà ce qu'il lui fallait porter s'il voulait paraître à son avantage pour la déclaration qu'il avait décidé de ne plus différer.

Ce soir, enfin, il dirait à Laurette qu'il l'aimait. Ce moment serait sans doute l'un des plus importants de sa vie. Rien ne devait être laissé au hasard. Tout devait être parfait.

Enfin habillé de pied en cap, Ladd se remit devant le miroir pour un dernier regard sur lui-même. Il laissa échapper un soupir d'exaspération. Indisciplinée, une mèche de ses cheveux noirs lui barrait le front. D'un geste impatient, il la repoussa en arrière. Aussitôt elle retomba. Il n'y pourrait rien. En réessayant quand même, il quitta sa chambre, très vite parce qu'il était vraiment en retard.

Il dévala l'escalier et s'arrêta à l'entrée de la salle de bal où les danseurs tourbillonnaient au son d'une musique très entraînante. Son cœur s'arrêta net, puis les battements reprirent, douloureux.

Laurette, son bel ange blond, dansait dans les bras de son meilleur ami, Jimmy Tigart.

Elle souriait.

Elle avait les yeux brillants de bonheur.

Elle semblait s'amuser beaucoup.

Elle ne pensait pas à lui.

Jimmy la serrait de près. Il se pencha pour lui murmurer à l'oreille des paroles sans doute très amusantes, puisqu'elle se cambra et éclata d'un rire qui dura longtemps, avant de se transformer en un sourire mystérieux.

Misérable, Ladd pivota sur lui-même, lentement. Il avait l'impression d'avoir dix mille ans. Le pas lourd, il s'éloigna de la salle de bal, sans rien voir et sans rien entendre de ce qu'il se passait autour de lui. Il sortit de la maison. L'air un peu plus frais lui rendit un peu de ses esprits et de ses forces. Il s'élança pour courir jusqu'au fond du jardin.

Il voulait être seul.

Laurette, de son côté, avait hâte de voir se terminer cette danse pour quitter Jimmy Tigart. En quelques tours de piste dans les bras de celui-ci, elle avait obtenu le résultat qu'elle cherchait en vain depuis plusieurs mois.

Enfin Ladd l'avait regardée comme elle voulait ! En la voyant avec Jimmy Tigart, il avait connu les affres de la jalousie.

Pas trop tôt !

Laurette était aux anges.

Cela dit, Ladd n'avait pas besoin d'être jaloux, puisqu'elle n'avait aucun penchant pour Jimmy Tigart. Elle n'aimait que lui, Ladd. Jimmy n'était pas vilain garçon, surtout quand il portait son uniforme gris, mais, pour elle, il ne serait jamais qu'un ami. De toute son âme et de tout son cœur, elle appartenait à Ladd. Elle lui appartiendrait jusqu'à la fin de ses jours. Et, oh… comme Ladd était beau, ce soir ; beau à couper le souffle, avec ses cheveux noirs comme le jais, sa mèche indocile qui lui barrait le front, ses yeux bleu indigo, sa bouche parfaitement sculptée… Il n'était certes pas un anonyme parmi la foule des anonymes qui l'entouraient. C'était lui le plus beau, l'unique. Il y avait longtemps qu'elle en avait conscience. Depuis longtemps elle savait qu'elle était faite pour lui comme il était fait pour elle.

Enfin la valse cessa.

Aussitôt Laurette voulut échapper à Jimmy, mais il la retint en murmurant :

— Une danse n'est pas assez, ma chérie. Donne-m'en une autre.

Mais elle secoua la tête d'un air résolu et répondit :

— Désolée, Jimmy, mais c'est impossible ; pour le moment, du moins. Plus tard, nous verrons.

Elle se dégagea, s'éloigna. Il la poursuivit en disant :

— Mais si, c'est très possible. Reste avec moi, jeune fille.

Elle se retourna et lui jeta un regard impérieux.

— Si j'ai dit non, c'est non.

Elle pivota, s'éloigna d'un pas décidé.

Très digne, elle traversa la salle de bal.

Dans le vestibule, elle marchait un peu plus vite.

Pour descendre les marches du perron monumental, elle souleva sa robe.

Et dans l'obscurité du jardin, oubliant qu'elle devait être en tout une jeune fille très comme il faut, même quand on ne la voyait pas, elle ramassa toute la masse de ses jupons qu'elle hissa jusqu'à la hauteur de ses genoux, afin de pouvoir se lancer sans encombre dans une course folle sur les pelouses.

Comme elle s'y attendait, elle retrouva Ladd à l'extrémité du jardin, sous les bananiers qui, au-delà des buissons d'azalées et de camélias, marquaient la limite de la propriété. Assis sur un banc de pierre, les bras croisés, il tournait le dos. Laurette ne l'appela pas. Elle s'avança encore un peu, en silence, puis s'arrêta et attendit qu'il eût perçu sa présence.

Enfin il se retourna, sans hâte, avec hésitation peut-être. Il lui jeta un regard qu'il voulait sans doute plein de dureté. Mais il semblait si malheureux que Laurette sentit fondre son cœur. Vite elle combla l'espace qui les séparait, lui passa les bras autour du cou, et d'un air candide lui dit :

— Ladd, sais-tu que je t'aime ?

— Je sais, soupira-t-il. Moi aussi, je t'aime bien.

Décidément, il ne voulait rien comprendre ! Laurette reprit, puisqu'il fallait mettre les points sur les i :

— Je ne veux pas dire que je t'aime comme lorsque nous étions enfants. Je t'aime *d'amour*, Ladd. Tu comprends ce que cela signifie ? Et si toi tu ne m'aimes pas, je mourrai parce que tu m'auras brisé le cœur.

Cette déclaration provoqua chez Ladd un tel soulagement qu'il dut se retenir pour ne pas gambader en chantant sa joie. D'un geste nerveux, il referma ses bras sur la jeune fille qu'il adorait, et d'une voix brisée par l'émotion il lui dit :

— Moi aussi je t'aime, Lollie. Oh ! si tu savais comme je t'aime ! Je t'aime depuis toujours. Jamais je n'aimerai quelqu'un d'autre que toi.

— Moi non plus je ne pourrai aimer quelqu'un d'autre que toi, répondit Laurette dont la joue reposait sur la poitrine de Ladd. Tu es le seul homme que j'aimerai jamais.

Elle se redressa, le regarda dans les yeux et répéta avec solennité :

— Le seul… je te le promets.

Ebloui par cette révélation si soudaine, si inattendue, Ladd avait encore un peu de mal à croire à son bonheur. C'était si beau, trop beau peut-être… Tremblant de tous ses membres, il osa pourtant demander :

— Lollie… est-ce que je pourrais… te donner un baiser ?

— Oui, répondit-elle, sans l'ombre d'une hésitation.

Ils se regardèrent. Laurette reprit avec candeur :

— L'ennui, c'est que je ne sais pas comment on donne un baiser.

— Moi non plus, reconnut Ladd. Mais je pense que nous pourrions apprendre ensemble.

— Oui, dit-elle avec enthousiasme, en se hissant sur la pointe des pieds. C'est une très bonne idée. Nous apprendrons ! Ladd, donne-moi un baiser.

Timide, Ladd pencha la tête. De ses lèvres closes, il effleura les lèvres de Laurette, la gratifia d'une brève caresse plus que d'un vrai baiser. De cette expérience, cependant, ils tirèrent un plaisir immense qui les laissa sans voix et sans mouvement.

Se tenant les mains, ils se regardaient dans la froide lumière que la lune déversait sur eux. Ils écoutaient leurs cœurs qui battaient à l'unisson, quand tout à coup ils prirent conscience qu'ils étaient collés l'un contre l'autre, que leurs corps se touchaient. Ils en conçurent un renouvellement de leur plaisir, qui les incita à un nouveau baiser, puis un autre encore.

Oubliant la fête dont ils étaient les héros, ils passèrent toute une heure à échanger une multitude de baisers, en multipliant les serments.

— Jure-moi, Lollie, que tu ne laisseras jamais personne d'autre que moi te donner des baisers.

— Je te le promets, Ladd. Mes lèvres ne connaîtront jamais d'autres lèvres que les tiennes.

— Tu tiendras ta promesse même quand je serai loin, à West Point ?

— Bien sûr que je la tiendrai ! Mais nous n'en sommes pas encore là, heureusement. Nous avons une grande année devant nous, avant que tu ne partes.

— Oui… Voilà qui nous donne le temps pour plein de baisers.

— Nous aurons le temps d'apprendre ! s'écria Laurette en riant. Mais, dis, tu ne crois pas que nous devrions retourner auprès de nos invités ? Ils doivent se demander où nous sommes passés.

— Les invités ! soupira Ladd en se frappant le front. Je les avais oubliés… Mais avant d'y aller, donnons-nous encore un baiser.

4.

C'est ainsi, dans le jardin Dasheroon, par une belle soirée d'été, que commencèrent les innocentes amours de Ladd et de Laurette.

Dans les jours et les mois qui suivirent, ils furent toujours plus heureux de se retrouver pour échanger des baisers innombrables qui leur laissaient les lèvres tuméfiées et le cœur battant à tout rompre.

Ils ne déclarèrent pas immédiatement à leurs parents respectifs qu'ils avaient trouvé l'amour, de peur que ceux-ci ne leur interdisent de continuer à se voir. Mais, avec la permission de Laurette, Ladd put tout dire à Jimmy, le lendemain même de leur anniversaire.

— Elle m'aime ! s'exclama Ladd tout joyeux. Laurette m'aime tout comme je l'aime.

— Comment le sais-tu ? demanda Jimmy dont les sourcils s'étaient froncés. Je croyais que tu voulais attendre avant de lui faire ta déclaration.

— Je ne l'ai pas faite ! C'est elle qui a pris l'initiative ! reprit Ladd extatique.

— Excuse-moi, mais je ne comprends pas.

— Hier soir, Laurette est venue me retrouver dans le jardin, elle m'a dit qu'elle m'aimait et qu'elle espérait que je l'aimais aussi. Comme c'est le cas, je n'ai eu aucune difficulté à lui donner satisfaction. Je lui ai même promis de l'épouser.

— Je suis heureux pour vous, conclut Jimmy, dont les lèvres s'étirèrent un sourire mécanique.

L'automne arrivé, les deux jeunes gens comprirent qu'ils n'auraient pas la force de garder plus longtemps leur tendre secret. Au cours du repas de Thanksgiving qui réunissait les deux familles, alors que T.H. Howard découpait la dinde traditionnelle, Ladd annonça que Laurette et lui s'aimaient, qu'ils avaient l'intention de se marier et de passer toute leur vie ensemble.

Les deux familles s'enchantèrent de l'apprendre, elles se réjouirent de ce lien qui les rapprocherait davantage encore. Mais, avant le grand jour du mariage d'ores et déjà projeté, certaines obligations restaient à accomplir, ce que Douglas Dasheroon rappela au moment du dessert : la tradition familiale exigeait que Ladd entrât à l'académie militaire de West Point.

— Je le sais, déclara ce dernier. Laurette comprend, et approuve.

— Bien sûr qu'elle approuve, repartit T.H. Howard, mais vous rendez-vous compte, jeunes gens, que la tension entre le Nord et le Sud va grandissant, et qu'elle pourrait nous mener à la guerre ?

— T.H. ! s'exclama Marion Howard, sur un ton de reproche. C'est un jour de fête, voyons !

— T.H. a raison, soupira Douglas Dasheroon, l'air sombre. Les scènes de violence auxquelles nous avons assisté récemment pourraient n'être que le début d'une confrontation beaucoup plus grave. Le Sud est un véritable baril de poudre, qui n'attend qu'une étincelle pour exploser. Et si la guerre éclatait…

— Je servirais la Confédération, affirma Ladd, d'un ton décidé.

— Et moi, j'attendrais son retour, ajouta Laurette.

— Espérons que nous n'aurons pas à connaître d'aussi dramatiques événements, déclara Carrie Dasheroon, en jetant à son mari un regard sévère, pour l'inciter à changer de sujet.

Puis elle se tourna vers Ladd et Laurette. Avec un grand sourire elle ajouta :

— Tout ce que nous demandons, mes enfants, c'est que vous attendiez que Ladd soit officier pour vous marier.

Les parents Howard indiquèrent, d'un hochement de tête, que ce discours était aussi le leur.

Ladd et Laurette manifestèrent leur accord, bien sûr. Au fond d'eux-mêmes ils éprouvaient de la gratitude pour leurs parents qui ne les empêcheraient pas de continuer à se fréquenter hors de leur contrôle, comme ils l'avaient craint.

D'ailleurs, pourquoi leurs parents se seraient-ils alarmés de les voir passer ensemble beaucoup de temps, et seuls ? N'avaient-ils pas grandi ensemble ? N'aurait-il pas été insensé de vouloir les séparer maintenant ? Tout de même, d'autres parents, dans les mêmes circonstances, ne se fussent peut-être pas montrés aussi libéraux.

En leur for intérieur, Laurette et Ladd se promirent, à ce moment, d'être dignes de la confiance dont ils bénéficiaient. Ni l'un ni l'autre n'avait l'intention de blesser ou de décevoir ses chers parents. En outre, ils avaient été élevés dans le respect des convenances, et ils savaient ce que la société attendait d'eux.

Ils éprouvaient l'un pour l'autre un amour si passionné, si exigeant que, très vite, ils brûlèrent de partager plus que de simples baisers. Leurs sens exacerbés exigeaient des satisfactions plus radicales. Déjà leurs mains ne se contentaient plus de s'étreindre ou de se promener sur des étoffes. A plusieurs reprises, les doigts de Ladd avaient réussi à s'insinuer dans le corsage de Laurette. Elle n'avait pas trouvé en elle les ressources pour lui interdire ces privautés.

Un soir du début de janvier, ils se trouvaient de nouveau embrassés dans l'obscurité protectrice d'une voiture arrêtée devant chez Laurette. Perché sur le siège, insensible au froid, Moïse, le cocher des Dasheroon, attendait qu'ils sortissent. Mais ils s'attardaient. Alternant les baisers et les soupirs, ils ne parvenaient pas à se déprendre.

C'était comme cela chaque fois qu'ils se retrouvaient, maintenant. Le désir les embrasait, un désir si intense qu'il en devenait douloureux ; un désir qu'ils regretteraient, ensuite, de n'avoir pas satisfait. A quoi bon rester chaste jusqu'au mariage ? se demandaient-ils, chacun dans sa chambre.

Les bonnes intentions qu'ils avaient prises devant leurs parents commençaient à se fissurer, à se lézarder.

Un long, très long baiser les laissa sans forces, affalés contre la banquette. Mais Laurette émit un faible cri quand une main de Ladd, qui reposait sur son ventre, se mit à glisser insensiblement vers le bas.

Elle rouvrit les yeux, croisa le regard de Ladd, si bleu, qui se troublait alors qu'il osait une caresse inédite. Il lui sembla que les doigts de celui-ci brûlaient le tissu de sa robe pour s'ouvrir un chemin vers sa peau. Elle aima cette sensation nouvelle. C'était bon... trop bon ! dangereux donc. Aussi murmura-t-elle :

— Ladd, il faut que tu arrêtes. Je t'en prie, arrête.

— Excuse-moi, répondit-il en retirant aussitôt sa main. Je sais que je n'aurais pas dû.

Grinçant des dents, il essaya de recouvrer ses esprits en s'adressant les plus vifs reproches. Voilà à quels débordements l'entraînait sa folle passion pour Lollie ! Il se consumait d'amour pour elle, il en perdait le sommeil et, quand il se trouvait avec elle, il ne se connaissait plus. En même temps, il l'aimait tant, d'un amour sincère et si pur, qu'il avait la volonté de la protéger, y compris contre lui-même.

— Rentrons, soupira-t-il en lui prenant la main. Il commence à se faire tard.

Laurette opina, mais ne bougea pas.

— Je suis désolée, dit-elle d'une petite voix plaintive. Ladd, j'espère que tu ne m'en veux pas.

Il réussit à sourire.

— Jamais je ne serai fâché contre toi, Lollie. C'est juste que... Oh ! mon amour... Je n'y peux rien, c'est plus fort que moi. J'éprouve tant de désir pour toi... que ça me fait mal.

— Je m'en doute, souffla-t-elle.

Elle le savait d'autant mieux qu'elle connaissait les mêmes tourments. Plus d'une fois elle s'était demandé s'il était nécessaire de les endurer encore longtemps.

Soudain elle décida que non et, aussitôt, posa une main décidée à l'endroit où elle soupçonnait que siégeait la virilité. Elle sut immédiatement que ses conjectures n'étaient pas fausses : Ladd aussitôt se mit à haleter et gémit :

— Lollie, qu'est-ce que tu fais ?

— Je t'aime, répondit-elle en refermant sa main. Je t'aime tant que je ferais pour toi tout et n'importe quoi. Je ne veux pas que tu souffres, Ladd. Là, je sais que tu as mal ; alors, je veux te soulager.

— J'ai promis à ton père que je te ramènerais avant 22 heures.

— Je sais...

— Il est presque 22 heures et…

— Et demain sera un autre jour, souffla Laurette dont la main commençait à s'activer.

— Oui, c'est cela, demain ! s'exclama Ladd. Nous pourrons passer toute la journée ensemble, si nous voulons.

— Nous pouvons, dit Laurette avec un sourire espiègle. Tu n'as pas oublié, je pense, que nos mères sont invitées chez Marie Lassat, à Spring Hill, où elles vont passer toute la journée.

— J'ai entendu ma mère en parler. Il s'agit de préparer Mardi Gras, n'est-ce pas ?

— Exactement ! Marie Lassat est l'ordonnatrice des fêtes de Carnaval dans cette ville.

— Des fêtes que nos mères ne voudraient manquer pour rien au monde, dit Ladd avec le sourire.

— Pour rien au monde, ajouta Laurette en écho, avec le même sourire.

A Mobile, en effet, les fêtes de Carnaval clôturaient la saison d'hiver. Les dames de la bonne société avaient à cœur de participer à leur préparation, Carrie Dasheroon et Marion Howard organisant plus particulièrement le bal des camélias qui en constituait l'apothéose, le soir de Mardi Gras.

C'est dans ce but qu'elles devaient passer toute la journée du lendemain chez Marie Lassat, une dame qui se flattait d'avoir dans les veines du sang aristocratique et d'être la descendante directe d'un colon français arrivé à Mobile au début du XVIIIe siècle. C'est dire quelle place elle tenait dans cette ville. Toute la *Vieille Garde* mettait un point d'honneur à se rassembler autour d'elle en ces circonstances. Carrie Dasheroon et Marion Howard faisaient partie de la *Vieille Garde.*

— Elles seront absentes la plus grande partie de la journée, reprit Laurette.

— Toute la journée, murmura Ladd.

Muets pendant un moment, ils échafaudèrent, chacun à part soi, les plans d'une journée qui se dessinait bien, mais où rien, cependant, ne devait être laissé au hasard si on ne voulait pas connaître de désagréments.

— Je crois que j'ai une idée, suggéra Ladd. Si nous allions de l'autre côté de la baie, au fort espagnol ? Il y a là-bas plein de petits coins tranquilles, surtout dans les bois après le village. Nous en trouverons bien un où personne ne viendra nous déranger.

— Oui ! s'exclama Laurette avec enthousiasme. Nous n'aurons qu'à dire à nos parents que nous allons pique-niquer sur la côte et que probablement nous y passerons la journée.

— Je demanderai à Moïse de nous conduire au port.

— Et moi, je demanderai à Hannah de nous préparer le pique-nique ainsi qu'une couverture.

— Je passe te prendre à 10 heures ?

— 10 heures, c'est bien. Oh ! oui ! Je serai prête, tu penses !

A cet instant, Ladd se demanda si Laurette et lui croyaient vraiment à tout ce qu'ils disaient. Pensif, il plongea son regard dans celui de la jeune fille et lui demanda :

— Tu es sûre de toi ? Vraiment sûre ?

— Plus que sûre ! répondit-elle sans hésiter.

Elle se pencha vers lui pour un ultime baiser. Quand leurs lèvres furent jointes, elle murmura :

— Je t'aime de tout mon cœur et de toute mon âme. Je veux t'appartenir complètement.

*
* *

Ils ne pouvaient y croire. Avaient-ils vraiment réussi à n'éveiller aucun soupçon chez leurs parents respectifs quand ils leur avaient annoncé qu'ils iraient pique-niquer au bord de l'océan et qu'ils seraient absents toute la journée ? Il semblait que non. Carrie Dasheroon avait bien élevé une objection, mais elle concernait le temps.

— Un pique-nique en plein mois de janvier ? avait-elle dit. Il risque de faire un peu froid, non ?

— Ta mère a raison, avait ajouté Douglas Dasheroon. Pourquoi ne pas pique-niquer ici, à la maison ?

Chez les Howard, l'affaire avait été menée encore plus rondement.

— Quelle bonne idée ! avait dit Marion à l'annonce de ces projets par sa fille. J'avais un peu honte de t'abandonner pendant toute la journée. Mais je serai très occupée et tu sais que ton père ne peut pas abandonner son travail pour rester avec toi.

T.H. Howard avait exprimé la même préoccupation que Carrie Dasheroon :

— Pourquoi aller si loin ? Tu sais, ma petite, qu'il peut faire encore assez froid ? Nous ne sommes pas encore sortis de l'hiver. Vous êtes sûrs que c'est une bonne idée ?

Laurette affirma que c'était une excellente idée et on en resta là.

Voilà pourquoi, en ce samedi matin, une voiture descendait la rue du Dauphin au petit trot de ses chevaux, en direction du front de mer. A l'intérieur, Laurette et Ladd se tenaient les mains et parlaient peu, toutes leurs pensées se focalisant sur ce qu'il allait se passer dans la journée, et les conséquences qui pouvaient en résulter. C'est que leur vie entière risquait d'être affectée. Cependant, ils n'étaient pas nerveux ; pensifs seulement, et étrangement calmes.

Le destin semblait se mettre de leur côté puisqu'il faisait beau, très beau même. C'était une de ces belles journées ensoleillées et assez chaudes qui sont parfois données comme cadeaux à l'Alabama vers la mi-janvier. Dans le ciel d'un bleu intense, pas le moindre nuage ne passait. L'air un peu lourd était chargé de fragrances florales qu'aucun souffle d'air ne dissipait. Ce matin si beau, si agréable, semblait appartenir au mois de mai.

Laurette soupira de contentement. Ce climat subtropical était l'une des caractéristiques qu'elle appréciait le plus dans son existence à Mobile. Cela, ainsi que les larges avenues ombragées de chênes séculaires distribuant les demeures de la bonne société. En vérité, Mobile était une belle ville, une très belle ville où elle avait envie de vivre jusqu'à la fin de ses jours. Et dans la voiture, se trouvait près d'elle le beau garçon qu'elle espérait avoir à ses côtés tous les jours qu'il lui serait donné de vivre… toutes les nuits aussi. Laurette tourna les yeux vers lui et sourit. Il lui sourit en retour, lui pressa les mains et murmura :

— Je crois que nous sommes presque arrivés au port.

Elle acquiesça d'un hochement de tête. Par la fenêtre, elle avait déjà aperçu le vieux fort Condé et, au-delà, les eaux calmes de la baie. Plus loin au sud s'étendaient les immenses plages de sable blanc, le but du voyage.

La voiture s'arrêta. Ladd et Laurette sortirent. Elle dit à Moïse :

— Tu viendras nous rechercher à 16 heures, n'est-ce pas ?

— Je serai exact au rendez-vous, répondit le vieux serviteur en souriant de toutes ses dents. Profitez bien de votre journée, les enfants.

— Compte sur nous, lui répondirent-ils à l'unisson.

Il se pencha pour tendre le panier de pique-nique et la couverture, que Ladd reçut dans ses bras et, sans attendre fit claquer son fouet en agitant la main pour un dernier au revoir qui passa inaperçu, les deux jeunes gens courant déjà sur la passerelle du *Trèfle-A-Quatre-Feuilles*, le bateau qui les mènerait de l'autre côté de la baie, vers le vieux fort espagnol but de leur escapade, avant de continuer vers Daphné et Fairhope, terminus au Point-Clair où la bonne société de Mobile, y compris les Dasheroon et les Howard, aimait villégiaturer pendant quatre ou cinq semaines au plus fort de l'été, pour échapper aux chaleurs étouffantes qui s'abattaient alors sur la ville.

Pendant la courte traversée de la baie, Ladd et Laurette restèrent sur le pont. Le dos au bastingage, ils regardèrent la cité qu'ils abandonnaient pour la journée. Un moment, ils s'amusèrent à observer les évolutions d'une volée de pélicans. Puis, se tournant vers la proue ils virent, le cœur battant, que la côte se rapprochait déjà.

A 11 heures, le *Trèfle-A-Quatre-Feuilles* s'amarrait au quai de bois que dominait le fort espagnol. Ladd et Laurette étaient les seuls passagers à descendre à cet endroit. Cela leur convenait. Ils n'avaient pas besoin de compagnie.

Ils avaient besoin d'être seuls.

Accroché à la pente, presque au sommet de la colline, le village de pêcheurs semblait désert. Il fallait, pour y accéder, emprunter un escalier de bois.

Les deux jeunes gens parvinrent au sommet presque sans effort. En haut des marches, ils marquèrent un temps d'arrêt pour se tourner, une dernière fois, vers Mobile dont les séparait une immense masse d'eau claire et brillante. Puis ils se prirent la main et, courant et riant, poursuivirent leur chemin.

Ils contournèrent le village et empruntèrent un étroit chemin qui filait vers l'est. Infatigables, ils couraient. Mais à environ un mile du fort espagnol, Ladd s'arrêta soudain et entraîna Laurette dans l'ombre de la forêt qu'ils longeaient à ce moment. Ils y trouvèrent un sentier sinueux et malaisé, plein de fondrières.

— Tu sais où nous allons ? demanda Laurette après avoir trébuché plusieurs fois dans les pièges qui se multipliaient sous ses pas.

La forêt devenait de plus en plus sombre et dense.

— Je le saurai si nous arrivons au but, répondit-il avec un sourire plein d'insouciance.

Leur progression devenait de plus en plus difficile. A tout moment il fallait se baisser pour passer sous les branches qui barraient le chemin, sauter pour éviter d'énormes racines, parfois même enjamber un tronc abattu. Le sentier étroit ne leur permettait plus de progresser de front.

Ladd avait pris la tête et signalait les obstacles. Ils marchèrent ainsi pendant un demi-mile dans la touffeur verte et oppressante, avant d'émerger dans une petite clairière gazonnée, d'un ovale presque parfait, au bout de laquelle une cascade dévalant de hauts rochers noirs alimentait un bassin d'eau claire.

Ladd et Laurette admirèrent en silence, puis se regardèrent avec un sourire de triomphe. Ils avaient trouvé l'endroit idéal. Sans un mot, Ladd déposa dans l'herbe le panier et la couverture.

Devenue soudain nerveuse, Laurette se laissa tomber à genoux. A grands gestes saccadés et maladroits, elle étendit la couverture. Puis, quand elle en eut terminé, elle s'assit pour retirer ses souliers et ses bas de coton blanc. Elle agita ses orteils comme pour s'assurer de leur bon fonctionnement, puis se remit à genoux.

Le garçon l'imita, mais il resta debout pour retirer ses souliers et ses bas. Puis, timide et comme gêné par cette nudité partielle, il eut pour Laurette un sourire contraint. Elle lui tendit la main, dont il baisa chaque doigt, pensif, en se demandant pourquoi il s'était mis dans cette situation.

Bien sûr, il aimait Laurette. Il la désirait. Mais il ne connaissait rien aux choses de l'amour. Il était d'une ignorance totale. Pourtant, il avait grande envie de plaire à Laurette, il ne voulait surtout pas la décevoir. Il devait lui donner du plaisir, car il savait, au moins, qu'en cette affaire il était surtout question de plaisir. Hélas ! il était rien moins que sûr d'y parvenir. Il ne savait même pas comment elle était faite. De son propre corps il ne savait pas grand-chose non plus.

A genoux sur la couverture, Laurette s'avisa de l'expression soucieuse, presque angoissée, qui affectait le beau visage de Ladd. Elle sut ce qui le tourmentait. Elle comprit qu'il avait besoin d'être rassuré. Alors elle se pencha pour lui enlacer les genoux et, posant sa joue sur une cuisse, elle leva les yeux vers lui pour murmurer :

— Il n'est pas nécessaire que tout soit parfait, tu sais. Nous avons tout le reste de notre vie pour apprendre à faire l'amour.

Ladd exhala un long soupir de soulagement. Par chance, Laurette, qui avait de l'intuition, voulait bien se montrer compréhensive. Voilà qui lui retirait un grand poids du cœur. Plein de gratitude pour elle, et retrouvant confiance en lui, il se laissa lentement tomber à genoux. Les yeux dans les yeux, il murmura :

— Même si je devais vivre cent ans, je ne t'aimerai jamais plus que je t'aime en ce moment.

Laurette l'enlaça à la taille, le serra contre elle, lui posa un baiser dans le cou et répondit d'un air mystérieux :

— Moi, je crois qu'à la fin de cette journée, tu m'aimeras beaucoup plus qu'à cette minute.

Pendant un long moment ils restèrent ainsi, sur les genoux, à se regarder sans bouger.

Paralysé par l'appréhension, Ladd avait peur, en commettant quelque impair, de ruiner la beauté magique de cet instant. Il se posait d'angoissantes questions. Si la vue de son corps nu… Parce qu'il faudrait se dévêtir, n'est-ce pas ? Si la vue de son corps nu choquait, dégoûtait Laurette ? Elle pouvait changer d'avis et le prier de la ramener à la maison sur-le-champ.

— Quand te décideras-tu à me donner un baiser ? finit-elle par lui demander, boudeuse.

Il eut pour elle un sourire timide. Ses mains tremblaient. Il lui prit le menton avant de répondre :

— Oui, je vais te donner un baiser, mon amour. Et si tu décides que tu ne veux aujourd'hui que des baisers, n'hésite pas à me le dire.

— Je te le dirai, promit-elle.

Il referma les bras sur elle. Lentement, il pencha la tête, s'arrêta quelques secondes au moment décisif, puis unit ses lèvres à celles de Laurette. Il oublia alors ses angoisses et donna un baiser comme jamais il n'en avait donné. Il y mit tout son amour, toute la passion qu'il éprouvait pour elle. Contre lui, Laurette gémissait. Elle s'abandonnait à lui. Il songea que c'était merveilleux.

Quand ils se désunirent, Laurette tremblait de tous ses membres. Son corps, secoué par les frissons d'une fièvre étrange, s'agitait contre Ladd. Leurs cœurs battaient à l'unisson, leurs souffles se mêlaient. Ladd sentit que l'anxiété le reprenait, mais, en même temps, il avait envie de rire. Une idée lui vint.

Il prit dans ses mains la tête de Laurette, lui baisa la joue et lentement descendit en direction du cou.

Enhardi par cet exploit, il l'aida ensuite à s'asseoir et, la regardant droit dans les yeux, il déboutonna par-derrière le haut de la robe bleue afin de pouvoir dénuder une épaule dont il baisa aussitôt la chair pâle. Puis il continua de déboutonner, de plus en plus vite.

Laurette émit un faible gémissement, mais n'éleva aucune protestation. La dépouiller de sa robe ne fut, au total, que l'affaire de quelques secondes.

Ladd jugea qu'à ce moment s'imposait un nouveau baiser, qu'il voulut plus sensuel. Il osa, de sa langue, pénétrer la bouche de Laurette, tandis que ses doigts s'activaient sur les crochets fermant la camisole.

Parvenu au terme de cette tâche, il interrompit le baiser et n'hésita qu'un très bref instant avant d'ouvrir les deux pans de batiste blanche. Ses yeux s'écarquillèrent. Sa respiration se bloqua et reprit, plus rauque. Puis il fit glisser la camisole le long des bras de Laurette. Il l'en dépouilla et la jeta sur la robe.

Le premier mouvement de Laurette fut de couvrir sa poitrine avec ses mains pour protéger sa pudeur. Mais elle n'en fit rien. Bien au contraire, elle se redressa et jeta sa poitrine nue contre celle de Ladd, dont les yeux exorbités brillaient d'un tel feu qu'il semblait prêt à se consumer tout entier. Il avait le souffle court et brûlant.

— Tu es… murmura-t-il, parfaite… Tu es… très belle… incroyablement belle.

Bouleversé, il chevrotait. A quelques reprises, il claqua des dents. Laurette se trouva très contente de l'effet qu'elle produisait. Pour Ladd, elle voulait être belle et désirable. Elle ferma les yeux et retint sa respiration quand il lui prit un sein qu'il serra avec douceur. Quand, du pouce, il caressa le mamelon, elle poussa un petit cri et dit :

— Déshabille-toi.

Un moment de répit : voilà de quoi elle avait besoin.

Elle observa Ladd qui se hâtait de retirer sa chemise pour la jeter au loin. Elle n'eut que quelques secondes pour observer le torse bronzé car déjà il se jetait sur elle pour l'enlacer. Leurs corps, nus au-dessus de la ceinture, entrèrent en contact pour la première fois. Les seins de Laurette s'aplatirent contre la dure poitrine de Ladd.

Chacun d'eux trouva cette situation très agréable. Ils soupirèrent d'aise et se mirent à se frotter l'un contre l'autre, en un mouvement sensuel qui leur procura un plaisir de plus en plus grand. Raidis, les mamelons de Laurette faisaient crisser la toison rêche dont était couvert le torse de Ladd.

Comme des enfants découvrant les infinies possibilités d'un cadeau de Noël, ils jouèrent longtemps l'un avec l'autre, avec émerveillement. Puis Ladd murmura à l'oreille de Laurette :

— Enlevons le reste de nos vêtements, mon amour.

Sans attendre qu'elle lui dît oui, il la prit par les mains pour l'aider à se mettre debout et, d'un mouvement brusque, la débarrassa de son jupon. Laurette rougit. Elle n'était plus vêtue que de son pantalon blanc orné de dentelle. Comme la position debout lui causait quelque gêne, elle voulut tomber à genoux de nouveau, mais Ladd l'en dissuada avec ces mots :

— Non, Lollie, pas encore.

La gorge serrée, elle hocha la tête. Tout son corps se tendit quand les mains de Ladd s'introduisirent dans la ceinture du pantalon pour franchir la barrière des hanches, descendre avec lenteur le long des cuisses jusqu'aux genoux. De là, le mince vêtement n'avait plus besoin que de son propre poids pour s'effondrer jusqu'aux pieds, autour desquels il se répandit en corolle.

Les mains sur les épaules de Ladd, Laurette ferma les yeux.

S'attendant qu'il se remit debout, elle patienta. Mais comme il ne bougeait plus et ne disait rien, elle rouvrit les yeux. A genoux, assis sur les pieds, il avait le regard rivé sur sa toison de boucles blondes. Puis il y porta la main, esquissa une caresse.

Laurette tressaillit. Le visage en feu, elle voulut faire de ses deux mains un bouclier protégeant sa pudeur.

— Non, mon amour, dit-il en lui prenant les poignets pour écarter ces mains qui voulaient le priver de sa contemplation. Laisse-moi te regarder encore. Encore une minute, juste une minute.

Il lui caressa alors les hanches en soupirant et, pris d'une impulsion, l'attira à lui pour poser la joue sur son ventre. Il s'y frotta. Laurette se mit à trembler. Elle savait que les beaux yeux bleus de Ladd étaient fermés, parce qu'elle sentait l'agacement des cils contre sa peau dont les sensations s'exacerbaient.

— Mon bel amour, murmura-t-il.

Il déposa un baiser dans le nombril puis leva la tête vers elle.

— Ladd, souffla-t-elle. Viens !

Il se remit sur pied, l'enlaça pour un baiser dévorant. Ce n'était pas ce qu'elle voulait. Elle commençait à ne plus se satisfaire de caresses et de baisers, si ardents fussent-ils. Ils s'en étaient déjà tant donnés ! Prise d'une fièvre qu'elle ne s'était jamais connue, il lui semblait que le moment était venu de franchir une nouvelle étape dans la découverte des plaisirs de l'amour, mais que Ladd n'y était pas résolu.

Pourquoi ne se mettait-il pas nu, lui aussi ? Il n'allait pas renoncer, au moins ? Il n'avait pas l'intention de lui dire que, peut-être, il valait mieux en rester là et que plus tard… un autre jour…

Comme s'il avait deviné les pensées qui la tourmentaient, Ladd se déprit d'elle. Ses bras retombèrent le long de son corps, ses mains s'insinuèrent entre eux et s'activèrent. Son pantalon ne tarda pas à descendre et il réussit à s'en débarrasser au moyen d'un savant jeu de jambes. D'un geste vif, il n'avait plus qu'à envoyer pantalon et caleçon au loin.

Puis, de nouveau, il enlaça Laurette qui tressaillit de surprise. Elle interrompit le baiser et, les deux mains sur la poitrine de Ladd, s'écarta de lui.

Elle voulait voir.

Elle vit.

D'instinct, elle sut que Ladd avait le pouvoir de combler une femme.

En même temps, elle s'effraya.

— Ladd…, gémit-elle en se serrant contre lui, nous ne pourrons jamais.

— Qu'est-ce que nous ne pourrons pas, mon amour ?

Elle leva la tête, le regarda avec un immense chagrin.

— Faire l'amour. Nous ne pourrons pas. C'est impossible.

Le visage de Ladd se crispa un bref instant. Puis, avec calme, il reprit :

— Tu sais combien je t'aime. Tu sais tout le désir que j'éprouve pour toi, Lollie. Mais si tu ne veux pas que nous fassions l'amour, nous ne le ferons pas.

— Ce n'est pas cela. Je te désire autant que tu me désires, mais… mais…

— Mais quoi ? Qu'est-ce qui t'inquiète ? Dis-le-moi.

Laurette hésita, s'empourpra. Plusieurs fois elle fit non avec la tête en se mordant la lèvre. Comment pourrait-elle dire ses craintes ? C'était si gênant…

Avec gentillesse, Ladd insista.

— Lollie, regarde-moi. Tu sais que je t'aime. Tu peux tout me dire. Tu le sais bien.

Finalement, elle hocha la tête et se lança.

— C'est que… Je sais que je suis trop étroite pour… Je veux dire que jamais mon corps ne pourra… Oh ! Ladd, tu es trop gros ! Tu ne pourras pas entrer en moi.

Il ne protesta ni ne se moqua. D'une voix caressante, il objecta :

— Tu as peut-être raison, ma chérie, mais comment le savoir si nous n'essayons pas ?

Lui passant les bras autour de la taille, il la ramena contre lui et poursuivit :

— Maintenant, si tu ne veux pas essayer, nous n'essaierons pas. Je serai heureux simplement si tu me permets de passer tout l'après-midi allongé près de toi.

— Tu crois que nous pourrions ?

Ladd prit une longue inspiration, ferma les yeux.

— Bien sûr que nous pouvons. Viens près de moi. Tu veux bien ?

5.

D'un lent mouvement de la tête, Laurette acquiesça. Alors que Ladd ouvrait les bras en reculant d'un pas, elle porta sur lui un regard plein de curiosité.

Comme elle, un moment plus tôt, il voulut se dérober à son regard.

Comme lui, elle lui prit les mains pour l'en empêcher.

— Non, protesta-t-elle. Tu dois me laisser te regarder.

C'était à lui de s'empourprer maintenant, et de baisser la tête. Il semblait si vulnérable sous les yeux scrutateurs de Laurette.

Oubliant sa propre nudité, elle examinait en détail le garçon qu'elle aimait. C'était, bien sûr, la première fois qu'il lui était donné de voir un homme entièrement dévêtu.

A ce moment lui revinrent certaines conversations de ses amies, à l'Académie pour jeunes demoiselles, celles-ci rapportant ce qu'on leur avait dit à propos du corps des hommes : qu'ils étaient durs de partout, pleins de poils, très laids, vraiment dégoûtants. En pouffant, elles ajoutaient que, l'heure du mariage venu, elles autoriseraient certes leur légitime époux à leur faire l'amour, mais toujours dans le noir complet.

Ses amies avaient tout faux !

Il n'y avait rien de laid ou de dégoûtant dans le corps de Ladd ; au contraire ! Grand, musclé et bronzé, il donnait de la virilité une image exaltante.

Cherchant dans ses souvenirs scolaires, Laurette y trouva les images d'Adonis et d'Apollon : Ladd ne leur était pas inférieur. Le cœur gonflé par l'orgueil, elle se dit que ce dieu grec descendu sur terre était à elle, à elle toute seule.

Gêné par la scrutation prolongée dont il faisait l'objet, Ladd tomba soudain sur les genoux et tendit une main à Laurette, qui la prit pour s'agenouiller à son tour. Il l'attira contre lui et murmura :

— Je te l'ai dit : nous allons nous allonger et nous serrer l'un contre l'autre. C'est tout ce que je te demanderai aujourd'hui.

Conscience du désir qui animait le garçon à l'air si malheureux, elle répondit :

— Ladd, tu sais que je t'aime, que je t'appartiens. Essayons de faire l'amour quand même.

— Mon amour ! murmura-t-il, la voix cassée par l'émotion.

Maladroit, il voulut étendre la jeune fille sur la couverture. Elle tomba à la renverse. Il se laissa tomber à plat ventre à côté d'elle. D'une main tremblante, il lui emprisonna un sein. Puis il se souleva sur un coude pour lui prendre les lèvres.

Une question le tourmentait depuis un moment. Comment Laurette, aussi expérimentée que lui, savait-elle qu'ils ne pourraient pas faire l'amour ? Et si elle avait raison ? Il se demandait aussi comment il saurait qu'elle était prête à le recevoir en elle. Pour lui comme pour tout homme, la constatation était évidente ; mais chez une femme ?

Leur baiser dura longtemps, trop longtemps. C'est Laurette qui y mit fin pour dire :

— Ladd, je… je ne sais pas ce que je suis censée faire. Veux-tu me montrer ?

— Je ne sais pas, avoua-t-il. Lollie, je suis vierge, comme toi.

— Je le sais. J'en suis heureuse.

— Moi aussi. L'ennui, c'est que je ne sais pas comment t'aimer. Je ne voudrais pas te décevoir.

Laurette lui décocha un sourire encourageant.

— Le mieux, c'est d'apprendre à nous aimer comme nous avons appris à nous embrasser. Tu ne crois pas ?

— Oui, murmura-t-il avant d'initier un nouveau baiser.

Un peu par hasard, il posa sa main sur le ventre de Laurette. Il esquissa une caresse, puis descendit un peu plus bas, plus bas encore. Laurette poussa un cri, se cambra en soupirant :

— Ladd… Ladd…

— Je sais, répondit-il en continuant à la caresser pour la préparer à le recevoir.

Mais elle avait d'autres idées en tête. Se soulevant sur un coude, elle dit :

— Je… je voudrais te toucher comme tu me touches.

— Non ! protesta-t-il vivement. Non !

— Pourquoi ?

Affolé, il songea que si elle mettait son projet à exécution, il ne pourrait se retenir. Mais comment l'expliquer ? Il bredouilla :

— Parce que je… Ce ne serait pas… Tu ne peux pas…

— Mais si, je peux, répliqua Laurette en souriant.

Elle se redressa d'un coup, s'assit et, décidée, tendit la main vers lui qui tressaillit et se mordit cruellement l'intérieur de la joue quand elle prit possession de lui.

— Allonge-toi, ordonna-t-elle.

Il n'avait plus de volonté. Dans un état second, il se laissa aller sur le dos et s'abandonna. Les yeux clos, il suivit par la pensée le travail que Laurette accomplissait sur lui. « C'est un bâton de dynamite qu'elle tient, songea-t-il drôlement. Et si elle n'y prend pas garde, la dynamite va lui exploser entre les doigts ! »

Pour échapper à cette fatalité, il se rassit, prit la main de Laurette pour l'éloigner de lui et, pressant les épaules de la jeune fille, il l'obligea à se remettre sur le dos. Puis il s'allongea sur elle.

Il ne pouvait plus attendre.

Toutefois, un scrupule l'obligea à déclarer :

— Si je te fais trop mal, tu n'as qu'à me le dire. Je m'arrêterai.

D'un seul coup de reins, il la pénétra.

Il la sentit qui se raidissait. En même temps, elle poussa un cri qui n'exprimait pas le plaisir. Des deux mains, elle tenta de le repousser.

Il comprit ce que cela signifiait.

Son cœur lui commanda de cesser aussitôt.

Son corps s'y refusa.

Le désir était plus fort que lui. Il y avait si longtemps qu'il attendait ! Renoncer, maintenant ? Jamais ! Alors, avec un égoïsme dont il était conscient, il ignora les larmes et les gémissements de Laurette.

De toute façon, l'eût-il voulu qu'il n'aurait pas pu s'arrêter. Son corps était devenu incontrôlable. Ses mouvements s'accélérèrent.

Très vite, il eut la sensation d'exploser.

La vue brouillée par les larmes, Laurette observa le beau visage de Ladd déformé par le désir, les veines de son cou qui gonflaient de façon étrange. Elle se demanda s'il souffrait, lui aussi.

Poussant un cri qui semblait bien exprimer la douleur, il s'affaissa sur elle, puis se retira et roula sur le dos. Il ferma les yeux. Il haletait. Son visage était couvert de transpiration.

— Ladd, murmura Laurette en se dressant sur un coude. Est-ce que tu vas bien ?

— Oh ! mon amour ! Je…

Il ouvrit les yeux, la regarda, ouvrit les bras pour l'attirer contre lui et poursuivit :

— Je suis si désolé de t'avoir fait mal ! Cela ne se reproduira plus jamais. Je te le promets. Tu verras, j'apprendrai à devenir un bon amant. Je saurai te combler d'un plaisir comme celui dont tu viens de me gratifier.

Touchée par cette promesse, Laurette oublia le désagrément qu'elle venait d'endurer. Se penchant pour poser un baiser sur la poitrine de Ladd, elle répondit :

— Mon plaisir, c'est d'être dans tes bras. Je ne demande rien d'autre.

Les bras de Ladd se resserrèrent davantage autour d'elle.

— Tu es si douce, murmura-t-il d'une voix éperdue. Je veux que tu sois la plus heureuse du monde. La prochaine fois, tu verras, ce sera mieux.

Laurette sourit et soupira. Pendant un grand moment, ils restèrent ainsi, étroitement enlacés sur leur couverture. Ils ne disaient plus rien, n'avaient plus envie de parler. Finalement, c'est Ladd qui rompit le silence.

— Crois-tu que la rivière soit froide ? Nous pourrions prendre un bain…

Laurette redressa la tête, croisa le regard du garçon, se mit à rire. Elle redevenait la petite fille d'autrefois.

— Serait-ce un défi que vous me lancez, monsieur ? demanda-t-elle.

— C'en est un, mademoiselle, répondit-il sur le même ton.

D'un bond ils se mirent debout. Riant et criant, ils coururent vers la rivière en se tenant par la main. Laurette cria plus fort quand elle pénétra dans l'eau, si froide qu'elle eut l'impression d'avoir les mollets cisaillés. Mais, courageuse, elle poursuivit sa progression vers le milieu de la rivière, et s'immergea jusqu'aux épaules, en retenant au-dessus de sa tête sa longue chevelure qu'elle ne voulait pas mouiller.

Autour d'elle, Ladd faisait le fou. Il courait et, par de grands moulinets des bras, l'éclaboussait. Tout à coup, il se rapprocha d'elle, la serra dans ses bras pour lui donner un baiser. Claquant des dents, elle demanda :

— Tu n'as pas froid, toi ?

— Non.

— Menteur !

Il éclata de rire, souleva Laurette et l'emporta vers le rivage. Dans l'herbe il se mit à courir pour la déposer plus vite sur la couverture, qu'il enroula autour d'elle. Il grelottait. Laurette ne voulut pas le laisser dans cet état. Elle rouvrit pour lui la couverture, l'invita à la rejoindre. Serrés l'un contre l'autre, ils se séchèrent mais ne parvinrent pas à se réchauffer. Ils claquaient encore des dents et ils avaient la peau toute bleue quand ils décidèrent de se rhabiller.

La faim les tenaillait. Aussi se jetèrent-ils avec avidité sur les provisions préparées pour eux par Hannah. Ils dévorèrent tout. La dernière bouchée absorbée, ils s'allongèrent de nouveau sur la couverture. Pas tout à fait rassasiés, ils soupirèrent quand même de contentement. Ils s'étirèrent, se prirent la main, tournèrent le regard vers le ciel, s'endormirent.

Une heure plus tard, Laurette s'éveilla en sursaut. Le soleil avait disparu, le ciel n'était plus bleu, mais gris. L'air avait beaucoup fraîchi. Elle frissonna de façon convulsive. Ce brusque mouvement réveilla Ladd qui aussitôt s'assit et demanda :

— Que se passe-t-il ?

Laurette secoua la tête, ne répondit pas. Elle tremblait comme une feuille. Pour trouver le réconfort, elle se laissa tomber dans les bras de Ladd, se pelotonna contre lui. Elle avait peur, sans savoir pourquoi. Ladd lui caressa le dos et posa une autre question.

— Pourquoi es-tu devenue soucieuse, mon amour ? Y a-t-il quelque chose que tu désires me dire ?

Enfermée dans ces bras vigoureux, Laurette retrouva un semblant de sérénité. Après s'être bien mordu la lèvre inférieure, elle finit par répondre :

— Non, il n'y a rien... C'est simplement que... Je t'aime tant que... parfois... ça me fait peur.

Il lui caressa la tête et murmura :

— Je comprends. Et veux-tu que je te dise, Lollie ? Tu as tout à fait raison.

Elle leva la tête.

— Raison ? A propos de quoi ?

— Ce matin, tu m'as dit qu'avant la fin de cette journée, je t'aimerais encore plus qu'avant. Ta prédiction est avérée.

D'une voix brisée, elle dit alors :

— Ladd, je t'en supplie, garde-moi avec toi ; toujours. Ne me laisse jamais m'éloigner de toi.

6.

Les menaçantes rumeurs à propos d'une guerre imminente avaient commencé à enflammer les passions dans le Sud.

Au début du printemps 1860, les conversations devenaient vite tumultueuses. L'opinion générale était qu'il était grand temps de remettre le Nord à sa place, et si, pour cela, le sang devait couler, eh bien, « qu'il en soit ainsi ! » concluait-on invariablement. Les braves du Sud étaient prêts à combattre pour mettre tous les Yankees, jusqu'au dernier, dans la tombe.

Comme tous les citoyens de l'Alabama, Ladd et Laurette avaient souvent entendu ces diatribes, mais ils y prêtaient peu d'attention. Ni l'un ni l'autre ne croyait à l'éventualité d'une guerre opposant les Etats du Nord à ceux du Sud. Sans doute une affaire aussi horrible ne pourrait se produire en Amérique, pays de civilisation.

En outre, ils ne se préoccupaient que d'eux-mêmes. Tout le reste n'avait que peu d'intérêt. Leur perception de l'avenir ne concernait que l'organisation de leur bonheur.

Ils étaient si amoureux, si fous l'un de l'autre, qu'ils avaient beaucoup de peine à dissimuler l'intimité de leurs relations. Certes, ils avaient très bien compris que la discrétion était de mise, mais ils éprouvaient le plus grand mal à s'appliquer cette règle d'élémentaire prudence. Ils saisissaient la moindre occasion de s'isoler, ne fût-ce que pour quelques minutes.

En cette affaire, le printemps était leur allié, car de nouveau ils pouvaient sortir, s'éloigner, échapper aux regards de leurs parents et des serviteurs. Heureux comme jamais ils ne l'avaient été, ils s'ingéniaient à trouver toujours de nouveaux lieux où faire l'amour. A peine capables de retenir leurs mains en présence d'autrui, ils se dépouillaient de leurs vêtements dès qu'ils étaient certains de ne pas être dérangés.

Ils s'aimaient dans les granges et les remises de l'une et l'autre propriété ; sur l'herbe au clair de lune, loin de la ville ; à l'occasion dans un kiosque à musique ; chaque fois qu'ils le pouvaient ; toujours dans l'urgence ; jamais sans angoisse d'être surpris. Mais ces moments merveilleux leur paraissaient valoir les risques qu'ils prenaient.

Fragile comme les roses, le printemps céda très vite la place à l'été écrasant de chaleur, dont les interminables journées de soleil étaient souvent ponctuées, en fin d'après-midi, par des orages à la redoutable violence. Dans l'atmosphère poisseuse qui recouvrait Mobile, il devenait même difficile de respirer. La ville s'enfonçait dans l'indolence.

Ce temps excessif en tout avait l'avantage de convenir à Ladd et à Laurette. En effet, quand la chaleur et l'humidité devinrent vraiment insupportables, tant les Dasheroon que les Howard décidèrent que, cette année-là, ils passeraient les deux mois de juillet et d'août, en entier, de l'autre côté de la baie, au Point-Clair, et qu'ils logeraient au Grand Hôtel, établissement très romantique bâti pour les amoureux de tous les âges.

Les vastes et élégantes suites comportaient toutes un balcon permettant d'admirer l'océan. Le luxe y était raffiné, le personnel nombreux et dévoué ; cela allait de soi. Mais ce qui faisait, surtout, la réputation du Grand Hôtel, c'étaient les attentions délicates que recevaient tous ceux qui avaient le privilège d'y séjourner.

Chaque jour, d'innombrables activités étaient programmées pour les hôtes craignant l'ennui : promenades en bateau ou à cheval, parties de pêche, pique-niques, chasses au trésor, jeux de cartes, concours d'échecs, présentations de mode, concerts… La liste en était interminable et toujours renouvelée.

Quant à ceux qui ne souhaitaient que se reposer, ils pouvaient se diriger vers la véranda, et là, confortablement installés dans de grands fauteuils à bascule capitonnés de coussins blancs, des boissons fraîches à portée de la main, ils profitaient de la brise marine, en regardant les estivants adeptes de plus d'agitation.

Le soir venu, tout ce beau monde se retrouvait dans la salle à manger avant de passer dans la salle de bal, pour danser jusqu'au moment où les premières lueurs de l'aube faisaient pâlir la lumière des chandeliers de cristal.

Il était, pour ainsi dire, obligatoire de se montrer gai quand on séjournait au Grand Hôtel. Les messieurs se faisaient un devoir d'oublier leurs affaires, leurs préoccupations. Les dames s'émouvaient de retrouver, chez leurs maris, les jeunes hommes romantiques qu'elles avaient connus, autrefois…

Pour Ladd et Laurette, ce long séjour au Grand Hôtel avait la saveur d'une escapade au paradis. Dès leur départ, ils eurent la certitude que ce long été, tissé de plaisirs ininterrompus, resterait dans leur mémoire pour toujours.

En effet, les journées pleines de soleil se révélèrent parfaites ; et enchanteresses les nuits chargées de lourds parfums. Obligés de participer aux activités de leur petit monde privilégié, les deux jeunes gens trouvaient quand même à se réserver de longs tête-à-tête. Et ce temps distrait à la société, ils savaient l'employer au mieux.

Ils devaient faire preuve de la plus extrême prudence, parce qu'ils connaissaient personnellement la plupart des hôtes résidant au Grand Hôtel, qu'il s'agît des amis de leurs parents ou des riches estivants venus de la côte Est. Ils dînaient souvent avec le colonel George Ivy et Martha, la femme de celui-ci. Paul et Melba Adair étaient là aussi avec Lydia, leur fille qui ne trouvait pas à se marier.

Les jumelles Parlange, toujours les meilleures amies de Laurette, occupaient une suite avec leur grand-mère Léna ; le juge Noble Parlange était subitement décédé au cours de l'hiver précédent. La placide Juliette aimait s'installer dans la véranda pour lire, tandis que Johanna, comme d'habitude en quête d'amusements inédits, recherchait beaucoup la compagnie de Laurette.

Attentifs à leur comportement, Ladd et Laurette se montraient gracieux et aimables avec tout le monde. Mais quand ils dînaient avec leur famille et leurs amis, quand ils virevoltaient sur la piste de danse, ils comptaient les minutes qui les séparaient du moment où ils pourraient, enfin, être un peu seuls.

Au cours d'une magnifique soirée de pleine lune, vers le milieu du mois d'août, ils participèrent à une brillante réception donnée sur les pelouses de l'hôtel. L'air encore chaud s'était chargé du parfum douceâtre des gardénias. Dans le pavillon de danse, construit en treillis de bois blanc, la jeunesse, au coude à coude, tournoyait avec difficulté.

C'est près de ce pavillon que se trouvaient Laurette, fraîche et juvénile dans sa robe blanche d'organdi ; et Ladd à côté d'elle, bien sûr, qui la tenait par la main. Ils avaient déjà dansé.

Ils avaient bu d'innombrables verres de jus de fruits glacés. Ils avaient parlé avec de nombreux invités.

Johanna, qui leur avait imposé sa présence depuis le début de la soirée, venait tout juste d'accepter une invitation formulée par un jeune homme venu de Georgie. Ladd et Laurette étaient donc seuls et libres ; enfin !

Il était presque 23 heures.

Laurette avait la permission de minuit.

Du coin de l'œil, Ladd la regardait. Elle était si belle, si innocente. Il sentait son cœur qui s'affolait ; son corps aussi.

— Viens, lui murmura-t-il à l'oreille.

D'un imperceptible hochement de la tête, elle acquiesça. Alors ils se mirent en mouvement, avec lenteur, car il s'agissait de ne pas attirer l'attention par une fuite précipitée. Peu à peu ils s'éloignèrent de la foule et, quand ils eurent la certitude que personne ne leur prêtait attention, ils se mirent à courir de toutes leurs forces. Laissant derrière eux les pelouses illuminées, ils piquèrent vers l'océan, ne s'arrêtant que lorsqu'ils parvinrent sur la plage.

— Sais-tu combien de temps s'est écoulé depuis notre dernier baiser ? demanda Ladd, alors qu'ils se glissaient dans un bouquet d'arbres dont les feuillages se penchaient au-dessus des eaux marines.

— Cinq heures et demie, répondit Laurette, sans hésiter.

— Tu veux que je te dise ? C'est trop long.

Joignant le geste à la parole, Ladd prit Laurette dans ses bras et lui donna un baiser. Puis ils firent l'amour, en hâte, sans même prendre le temps de se dévêtir complètement. De l'hôtel leur parvenaient les échos assourdis de la musique de danse. Après quoi ils rajustèrent leurs vêtements et remontèrent vers l'hôtel, en courant de nouveau, car minuit approchait.

Passant devant le fumoir dont les fenêtres grandes ouvertes laissaient échapper les volutes bleues des innombrables cigares qui s'y consumaient, ils saisirent les bribes d'une conversation fort animée ; d'une dispute plutôt. Curieux, ils s'arrêtèrent pour écouter.

—… et vous, monsieur, vous êtes stupide si vous pensez que le Sud renoncera à faire valoir ses droits !

Ils reconnurent la voix puissante de Douglas Dasheroon, père de Ladd.

— Je suis sûr, au contraire, que vous ne céderez sur rien, répondit un homme dont l'accent trahissait les origines nordistes. Vous autres, gens du Sud, vous êtes si capricieux et si têtus que vous ne serez pas satisfaits tant que vous n'aurez pas eu votre guerre ; une guerre que vous perdrez.

A cette arrogante prédiction répondit une houle de protestations. Les messieurs descendus de la côte Est ne voulurent pas être en reste et élevèrent la voix à leur tour. Tous avaient ingurgité trop de bourbon et de champagne pour se montrer accommodants.

Saisie d'horreur, Laurette crispa sa main dans celle de Ladd. Il devenait de plus en plus difficile d'ignorer les rumeurs guerrières. Son sang se glaça. Ladd, l'amour de sa vie, avait maintenant dix-sept ans. Dans un mois, il entrerait à West Point. Si la guerre éclatait pour de bon, il serait appelé au combat.

Trop vite, le temps béni de la villégiature prit fin. Il fallut rentrer à Mobile que Ladd quitterait dès le lendemain, pour se rendre à West Point.

Cette nuit était la dernière qu'il pouvait passer avec Laurette.

*
* *

A l'occasion de ce départ, les Dasheroon donnèrent une grande fête à laquelle participèrent au moins deux cents personnes. Tous les invités eurent à cœur de venir.

Ladd et Laurette avaient espéré que toute cette nuit serait à eux, en sachant d'avance que ce ne serait pas possible. Alors, faisant contre mauvaise fortune bon cœur, ils parlèrent et rirent avec tous, donnant l'illusion qu'ils se divertissaient sans arrière-pensée.

Après le dîner, les messieurs voulurent dire quelques mots à Ladd, pour lui donner des conseils et lui souhaiter bonne chance dans sa nouvelle vie.

Pendant ce temps, Laurette se tint en la compagnie des jumelles Parlange, mais elle entendait à peine ce que Johanna lui racontait. Le regard fixe, elle essayait d'écouter la conversation de Ladd avec les messieurs. Elle avait hâte de se jeter dans ses bras, pour la dernière fois avant longtemps.

Son cœur bondit de joie quand, enfin, Ladd put se tourner vers les parents Howard pour prononcer à haute voix :

— Avec votre permission, j'aimerais vous enlever Laurette pour une courte promenade.

A peine dehors, ils s'enlacèrent et échangèrent des baisers passionnés en se disant à quel point ils se morfondraient quand ils seraient séparés.

— J'ai tant de désir pour toi, Lollie, murmura Ladd d'une voix éperdue. Faisons l'amour une dernière fois.

Le cœur battant à tout rompre, haletante, elle répondit :

— Ladd, c'est impossible. Tu sais bien que c'est impossible.

— Mais non ! Tu vas voir.

La prenant par la main, il l'entraîna plus loin, aux limites du parc, et la fit pénétrer dans un bouquet de saules pleureurs au feuillage si dense qu'ils se retrouvèrent isolés, dans une obscurité complète.

— Ladd ! murmura Laurette. Je ne peux même pas voir ton visage.

— Mais tu sais bien que je suis là, répondit-il en la serrant contre lui pour un nouveau baiser.

— Je le sais, souffla-t-elle ensuite.

En silence ils se dévêtirent, très vite. Toute nue, Laurette se pressa contre Ladd qui, d'un mouvement du bassin, lui fit percevoir sa virilité dressée. Avec un petit rire, il demanda :

— Alors, est-ce que je ne suis pas là, et bien là ?

— Si… Tu sais, moi aussi j'ai envie de toi. Je ferai tout ce que tu voudras.

La prenant par les épaules, il l'obligea à lui tourner le dos, et, l'enveloppant dans ses bras, il se pencha sur elle pour lui baiser le cou et l'épaule.

— Qu'est-ce que tu sens bon ! lui glissa-t-il à l'oreille.

Puis il lui mit un doigt sur les lèvres et ordonna :

— Lèche.

Avec application elle lécha le doigt qu'elle fit ensuite entrer dans sa bouche. Elle suça longuement. Après quoi elle commenta :

— Toi aussi, tu sens bon.

— J'aime te l'entendre dire, susurra-t-il en lui prenant les seins qu'il pressa avant de faire rouler les mamelons entre ses doigts. Tu aimes ce que je te fais ?

— C'est merveilleusement bon, soupira-t-elle. Continue.

Ladd continua, et innova. Ses mains se séparèrent bientôt. Tandis que son index gauche montait vers la bouche de Laurette pour y subir une nouvelle succion, sa main droite glissa le long du ventre pour s'insinuer entre les cuisses.

Laurette ne put retenir un cri. Si ce jeu continuait encore un peu, elle allait connaître seule l'apogée du plaisir.

Comme s'il avait lu dans ses pensées, Ladd lui imprima un nouveau demi-tour pour la remettre face à lui. Puis il la prit sous les cuisses pour la soulever et lui recommanda :

— Viens sur moi, mon amour.

Accrochée aux solides épaules de Ladd, Laurette se laissa glisser sur le sexe offert. Bientôt tous deux se mirent à gémir à l'unisson. C'était la première fois qu'ils faisaient l'amour de cette manière étrange, mais plus satisfaisante que bien d'autres, expérimentées au cours de l'été. Ils s'aimèrent avec la fureur que leur inspirait l'imminente séparation. Au moment suprême, Ladd scella de sa bouche les lèvres de Laurette, pour l'empêcher d'exhaler une stridence qui eût alerté parents et amis. Ensuite ils s'écroulèrent dans l'herbe.

Enlacés, la main dans la main, ils reprirent leur souffle en écoutant leurs cœurs dont les battements ralentissaient peu à peu. Soudain Laurette se jeta contre Ladd et l'implora.

— Ne pars pas, s'il te plaît ! Refuse d'aller à West Point demain. Si tu me quittes, je suis certaine que je ne te reverrai plus jamais. J'ai un pressentiment.

— Mais si, tu me reverras, répondit-il d'une voix qu'il voulait rassurante. J'en ai la certitude : que cette guerre ait lieu ou non, nous nous reverrons. N'oublie pas que nous devons nous marier. Ensuite, nous passerons tout le reste de notre vie ensemble.

— Mais si tu...

— Si je quoi, hein ?

— Si tu te... fais...

— Non, je ne me ferai pas tuer. C'est une promesse que je te fais. Contente ?

— Mais si tu m'oubliais ? Tu rencontreras peut-être une autre fille et alors…

— Lollie, Lollie ! Tu sais bien que je ne puis aimer personne d'autre que toi. Sans toi je ne pourrais pas vivre. Je vais te dire : même quand nous serons séparés, tu seras près de moi. Sais-tu pourquoi ? Parce que tu es ici, dans mon cœur.

— Ladd, je t'aime tant…

— Moi aussi, je t'aime. Maintenant, promets-moi que, quoi qu'il arrive, tu m'attendras.

— Je te le promets, soupira Laurette au bord des larmes. Je t'attendrai jusqu'à mon dernier souffle, s'il le faut.

Le vendredi 21 septembre 1860, Ladd Winston Dasheroon, dix-sept ans, arriva à West Point.

Debout à la proue du bateau à vapeur qui remontait lentement l'Hudson, les mains en visière au-dessus des yeux pour les protéger du soleil matinal, il prit une vue d'ensemble de la prestigieuse académie militaire des Etats-Unis d'Amérique. Son cœur se gonflait d'orgueil.

Beaucoup des hommes ayant contribué à l'histoire de ce pays avaient fait tout ou partie de leurs études dans cet établissement fondé quelque quatre-vingts ans plus tôt. Il était enthousiasmant, pour Ladd, de savoir qu'il ferait partie de cette aristocratie.

En même temps, l'anxiété le poignait. Son père, diplômé de la promotion 35, l'avait chapitré sur la discipline, stricte ; et sur les cours, difficiles. Il lui avait dit et répété qu'il devrait travailler beaucoup et s'attendre, dans les premiers temps du moins, à de durs traitements infligés par les élèves des promotions plus anciennes. C'était la coutume.

— « Devoir, Honneur et Patrie », voilà ta devise désormais, la formule qui doit guider toute ta vie et te faire devenir un homme, au sens le plus noble de ce terme.

Lisant l'inquiétude dans les yeux de Ladd, Douglas Dasheroon avait poursuivi, avec moins de solennité :

— Ne t'en fais pas, tu y arriveras. Après tout, tu es mon fils.

Quand le bateau accosta, Ladd éprouva une bouffée de joie. Sur le quai de bois, il venait d'apercevoir Jimmy Tigart, splendide dans son uniforme, qui lui adressait de grands signes de la main. Il fut l'un des premiers à dévaler la passerelle pour se précipiter vers son ami.

— Jimmy !

— Laddie ! répondit Jimmy en lui ouvrant les bras pour une accolade fraternelle.

— Qu'est-ce que je suis content de te revoir ! Tu sais que tu nous as beaucoup manqué, cet été ? Pourquoi n'as-tu pas profité de ta permission pour venir faire un tour chez toi ?

— C'est que, justement, je n'ai pas de *chez moi* à Mobile, répondit Jimmy en tapotant le dos de Ladd. Rappelle-toi que ma mère est rentrée dans le Kentucky pour se rapprocher des siens. Où veux-tu que j'aille ?

— Chez moi, voyons ! s'exclama Ladd incrédule. Tu sais que tu seras toujours le bienvenu, rue du Dauphin.

— C'est très gentil, je te remercie, mais en fait, j'ai été très occupé cet été. Plein de choses à faire, si tu vois ce que je veux dire.

— Oh ? dit Ladd dont les sourcils se haussaient. Une jolie fille, peut-être.

Jimmy se rengorgea et, clignant de l'œil, procéda à cette mise au point :

— Le pluriel est de mise. Il convient de dire : « plusieurs jolies filles ». Les femmes ne sont pas mal, à New York. Il faudra que je te présente et…

— Je te remercie, s'empressa d'objecter Ladd, mais ce ne sera pas nécessaire. Pour moi, il n'y en a qu'une.

— Tiens, tiens… murmura Jimmy, la voix soudain plus métallique. Laurette, je suppose ? Comment va-t-elle ?

— Elle a bien grandi et elle est plus belle que jamais.

— Pour moi, elle sera toujours la petite Laurette…

Détournant les yeux, Jimmy changea de sujet.

— Bon ! dit-il. Nous n'allons pas passer la journée sur ce quai. Il faut que je te fasse faire le tour du propriétaire.

— Merci, Jimmy, dit Ladd en soulevant sa valise.

— A West Point, il n'y a plus de Jimmy. Il faut dire : « cadet Tigart ».

— Certainement, cadet Tigart. Allons-y.

Les deux amis s'engagèrent dans un sentier assez escarpé, qui conduisait au plateau où se disséminaient les bâtiments de l'académie militaire.

La matinée était belle, pas trop chaude ; le ciel d'un bleu profond. Sur la place d'armes où se préparait une revue, la fanfare se rassemblait ; on accordait les instruments. Un clairon jeta quelques notes éclatantes au son desquelles Ladd sentit monter en lui une nouvelle bouffée d'orgueil. Bientôt il participerait à ce genre de cérémonie. Bientôt il serait élève officier.

A ce moment, il ne douta pas de réussir dans cette carrière, comme Jimmy. Avec celui-ci, il voulut partager ses pensées. Alors que les deux jeunes gens atteignaient l'angle de la place d'armes, il déclara avec enthousiasme :

— Tu dois être fier d'étudier à West Point, surtout que tu te tiens parmi les premiers de ta promotion.

Les mâchoires de Jimmy se contractèrent. Puis il martela ces mots :

— West Point est l'un des rares lieux sur terre où le sort d'un individu dépend exclusivement de ses mérites.

— Oui ! approuva Ladd. C'est bien ainsi que je l'entends et...

Le regard de Jimmy se planta dans celui de Ladd.

— Ici, le fils de l'homme le plus pauvre et le plus obscur a chances égales avec le fils de l'homme le plus riche et le plus puissant. Ici la naissance, la fortune et les relations ne servent à rien quand il s'agit de recevoir les récompenses et les punitions.

Frappé par la soudaine froideur de ces propos, Ladd ne sut que répondre. Il ne lui était jamais apparu que son ami, qu'il avait toujours traité en égal, pût être dévoré de jalousie. D'où venait ce sourd ressentiment ? Désireux de mettre un terme au malentendu, il commença :

— Ecoute... Jimmy... je...

— *Cadet Tigart.* Et ne te fatigue pas. Nous arrivons.

Le cadet Tigart précéda Ladd dans un bâtiment dénommé *Vieux Sud.* Ils montèrent jusqu'au deuxième étage, entrèrent dans une pièce au mobilier spartiate où deux autres jeunes hommes s'occupaient à défaire leurs bagages. Voyant qui arrivait, ils se mirent au garde-à-vous.

— Repos, messieurs, commanda Jimmy qui avait retrouvé un ton aimable. Je vous amène Ladd Dasheroon, votre compagnon de chambrée. Faites connaissance, prenez vos marques, et si vous avez besoin de quoi que ce soit, n'hésitez pas à me le demander.

— Merci Jimmy, dit Ladd. Excuse-moi. Je voulais dire : *cadet Tigart.*

Ladd et ses compagnons de chambrée ne tardèrent pas à devenir d'excellents amis.

Tous trois étaient sudistes. Thomas Little, petit, trapu et très brun, venait de Nashville, Tennessee ; grand et mince, blond comme les blés, Vance Granger ne jurait que par Macon, Georgie, sa ville natale. Il sembla bientôt à Ladd qu'il connaissait ces deux garçons depuis toujours.

Quant à Jimmy, il ne le vit plus beaucoup. Il en était déçu, mais pas vraiment étonné puisque Jimmy appartenait à la promotion supérieure. Pourtant, l'expression qu'il avait lue dans les yeux de celui-ci le jour de son arrivée, les propos qu'il lui avait tenus ne laissaient pas de le troubler. Il les gardait dans un coin de sa mémoire, y pensait souvent.

Décidé à être un excellent élève officier, il consacrait chaque soir de longues heures à l'étude personnelle.

Au cours de leur première année, les cadets devaient se colleter avec l'algèbre, la géométrie et la trigonométrie, mais aussi avec l'histoire, le français, la littérature, la philosophie et la chimie. Méticuleux et volontaire, Ladd organisa au mieux son temps de travail pour réaliser ses ambitions. Il s'adapta sans trop de mal aux rigueurs de la vie à West Point.

Comme il s'y attendait, il eut à subir les brimades infligées aux nouveaux par les élèves des promotions supérieures. A tout moment il fallait essuyer leurs invectives, obéir à leurs ordres absurdes. Ladd endura avec philosophie ces humiliations qui faisaient partie des traditions de West Point. Tout cela n'aurait qu'un temps et bientôt ne serait plus qu'un mauvais souvenir.

Il s'inquiétait beaucoup plus à propos de Gilbert LaKid, un ancien qui, dès les premiers jours, l'avait remarqué et avait décidé d'en faire son souffre-douleur.

Taillé comme un bûcheron, très laid, doué d'un tempérament sadique, Gilbert LaKid harcelait Ladd au-delà de tout ce qui était admis par les usages de l'académie. Pour sa part, Ladd s'évertuait à l'éviter, ce qui s'avérait souvent impossible. Où qu'il allât, il rencontrait Gilbert LaKid qui, pour commencer, lui infligeait cent pompes à exécuter sur-le-champ, ou lui ordonnait de monter une garde de plusieurs heures, sous la pluie, avec dans chaque main un seau plein d'eau. Une douzaine de fois il l'amena dans sa chambre pour un ménage à fond, à moins qu'il ne s'agît de repasser ses uniformes et de cirer toutes ses chaussures. Avec ses exigences sans limites, Gilbert LaKid accaparait beaucoup du temps dont Ladd n'avait pas assez pour ses études.

Ladd endurait ces épreuves en silence, sans jamais se plaindre, car c'eût été s'abaisser devant un être qu'il méprisait. Dans ses moments de doute et de découragement, il pensait à la prochaine lettre de Laurette, qu'il lirait et relirait jusqu'à la connaître par cœur.

Chaque jour il attendait avec impatience la distribution du courrier. Et tous les soirs, quand la lumière s'éteignait, il restait éveillé le plus longtemps possible pour penser à Laurette et pour rêver du jour où, muni de son brevet d'officier, il retournerait à Mobile et épouserait la femme de sa vie, son ange blond.

A Mobile, Laurette se sentait abandonnée.

L'absence de Ladd était pour elle une véritable souffrance, qu'elle ressentait dans sa chair. Elle avait mal partout. La séparation se révélait une expérience plus terrible que tout ce qu'elle avait imaginé. Depuis longtemps elle savait qu'elle aimait Ladd. Maintenant, elle prenait conscience qu'il était tout pour elle. Sans lui, le monde n'avait plus de signification, la vie plus aucun sens.

Sa douleur était d'autant plus intolérable qu'elle ne pouvait en révéler toute l'étendue à ses parents. Elle avait gardé assez de bon sens pour savoir que si elle s'abandonnait à des confidences trop appuyées, ils pourraient suspecter la véritable nature de ses rapports avec Ladd. Donc, elle s'évertuait à donner l'illusion de la sérénité et même de la joie de vivre.

Elle fréquentait assidûment l'Académie des jeunes demoiselles où elle se faisait remarquer par l'excellence de son travail. Elle prenait toujours ses leçons de piano, accomplissant dans cet art des progrès sensibles, pour la plus grande joie de miss Foster. Elle acceptait toutes les invitations de ses amies. Bref, elle donnait l'impression d'être toujours la jeune fille enjouée qu'elle avait toujours été.

Mais quand venait l'heure de la solitude, quand venait le moment de s'enfermer dans sa chambre pour la nuit, elle s'abandonnait à son malheur.

Sûre de pas être dérangée, elle pouvait lire et relire les lettres de Ladd, les presser sur son sein, les mouiller de larmes. Ce rituel vespéral était le prélude à une insomnie qui, souvent, l'emmenait jusqu'aux petites heures du jour. Pendant des heures et des heures, assise sur le rebord de la fenêtre, les genoux sous le menton, Laurette pensait à Ladd ; Ladd qui lui manquait tant ; Ladd qu'elle désirait avec ferveur.

Elle rappelait ses souvenirs et son cœur se mettait à battre plus vite. Comme il était bon d'être nue dans les bras de Ladd ! Elle frissonnait, soupirait, gémissait…

Au cours d'une de ces nuits interminables, alors qu'elle se remémorait par le menu certains souvenirs torrides, elle sentit son ventre se contracter et ses seins devenir aussi sensibles que s'ils eussent été caressés et pressés par les mains de Ladd.

Ses lèvres serrées laissèrent filtrer un sourd gémissement. Il lui apparut que sa chemise de nuit, devenue très incommode, lui collait à la peau. Elle ruisselait de sueur. Elle se sentait misérable.

Lui vint une envie bizarre.

Elle se pencha pour vérifier que personne ne passait dans le jardin, que personne ne pourrait la voir. Rassurée, elle pivota pour poser les pieds sur le parquet de sa chambre, et elle se dépouilla de sa chemise de nuit humide, qu'elle jeta comme une guenille.

Toute nue, elle se rassit sur le rebord de la fenêtre. Et là, le menton sur les genoux, elle s'adonna de nouveau aux méditations moroses que lui inspirait son malheur, en murmurant sans fin, comme une psalmodie, le prénom de l'être aimé.

— Ladd... Ladd...

Les yeux fermés, elle porta une main hésitante sur son sein gauche, esquissa une caresse. Puis, imaginant que c'était la main de Ladd, elle se pinça le mamelon, très sensible. Elle joua ainsi pendant un moment, en rappelant ses souvenirs. Quand les doigts de Ladd cédaient la place à sa bouche...

Que c'était doux...

Que c'était bon...

Brûlante et tremblante de désir, Laurette laissa sa main glisser vers le bas pour se poser sur son ventre, qu'elle caressa longuement. Elle y trouva un réconfort provisoire et très vite insuffisant. Alors sa main descendit encore.

Anxieuse et maladroite, elle inaugura un mouvement de va-et-vient, de plus en plus rapide, de plus en plus frénétique. Quelques secondes plus tard, le corps arqué, elle devait se mordre le dos de l'autre main pour ne pas crier la joie que lui donnait la délivrance.

Aussitôt prise de honte, elle quitta le rebord de la fenêtre et repassa dans sa chambre. Les jambes molles, elle fila vers la salle de bains, où elle s'obligea à une toilette complète. Puis, pensive, elle revint dans sa chambre, où elle ramassa sa chemise de nuit. Elle l'enfila, en se demandant si elle ne venait pas de commettre une terrible faute dont elle aurait, tôt ou tard, à payer les conséquences.

Tout de même, elle devait admettre qu'elle se sentait mieux, et comme délivrée. Soupirant d'aise, elle reprit place sur le rebord de la fenêtre pour méditer encore sur tous les moments merveilleux passés en compagnie de Ladd.

Puis elle calcula le temps qui restait à s'écouler avant l'été, qui verrait Ladd revenir à Mobile pour sa première permission.

Le sourire aux lèvres, elle imagina la scène : une belle et chaude journée sous le ciel si bleu d'Alabama. En robe légère, toute blanche, elle se rendrait sur le quai pour attendre le bateau. Sur le pont elle apercevrait Ladd, splendide dans son uniforme de cadet. Ils échangeraient de grands signes. A peine la passerelle serait-elle jetée entre le bateau et le quai, que Ladd accourrait. Elle se jetterait dans ses bras.

Ensuite…

Ensuite…

Le sourire de Laurette se fana. Inquiète, elle rouvrit les yeux. Pourquoi ne parvenait-elle pas à contempler plus avant son bonheur futur ?

Les sourcils froncés, elle essaya encore. Mais la scène qu'elle appelait de ses vœux ne lui apparut pas.

Elle ne voyait plus rien.

Elle frissonna d'angoisse.

7.

La guerre éclata avec la soudaineté d'un orage, le 12 avril 1861 à 4 h 30 du matin, quand la garnison de l'île Morris, en Caroline du Sud, bombarda le navire qui s'approchait pour approvisionner Fort Sumter, propriété fédérale, puis attaqua le fort lui-même qu'elle enleva à l'issue d'une bataille qui dura trente-trois heures.

A Charleston, on s'enthousiasma pour cette victoire facile. A Washington, les journaux stigmatisèrent ce fait d'armes que rien n'autorisait, et appelèrent aux représailles. Dans le nord comme dans le sud, les jeunes gens se rassemblèrent sous les bannières.

A West Point, les cadets se répartissaient presque également entre nordistes et sudistes. James Tigart, natif du Kentucky, choisit pourtant de rester fidèle à l'Union, c'est-à-dire au Nord ; alors que Ladd, en vrai fils du Sud, quitta aussitôt l'académie pour se rendre en Virginie, afin de s'enrôler dans l'armée commandée par le général Robert E. Lee.

Au moment où les deux amis s'engageaient sur leurs chemins divergents, ils se retrouvèrent sur la place d'armes de West Point pour se dire adieu.

— Je serai toujours loyal envers l'Union, déclara James Tigart, non sans emphase, une main posée sur l'épaule de Ladd.

— Je te comprends, répondit Ladd. Mais moi, je dois être fidèle à la Confédération. Cependant, jamais je ne te considérerai comme un ennemi, Jimmy.

Jimmy hocha la tête et demanda :

— Alors, toujours amis ?

— Bien sûr, dit Ladd en tâchant de sourire malgré son émotion. Si je te rencontre sur un champ de bataille, je promets de ne pas essayer de t'abattre.

— Même chose pour moi, fit Jimmy en éclatant de rire. Nous aurons l'occasion de nous revoir, j'en suis certain. Adieu donc, et prends garde à toi.

— Toi de même. A bientôt, j'espère. De toute façon, nous nous reverrons quand cette affaire sera terminée.

Cette fois, Jimmy ne répondit pas. Les deux jeunes gens se donnèrent l'accolade et s'éloignèrent dans deux directions opposées.

Aucun des deux ne se retourna.

Dans la ferveur et l'enthousiasme, Mobile se préparait à la guerre désormais inévitable.

Tous les hommes, jeunes et vieux, faisaient leurs adieux à leur mère, leur femme ou leur fiancée et tâchaient de les convaincre que la Confédération avait besoin de tous ceux qui étaient capables de tenir une arme.

Dans sa belle maison de la rue du Dauphin, T.H. Howard, lui aussi, se préparait à partir sous le regard plein de larmes de son épouse qui l'aidait à empaqueter ses affaires.

— Mon chéri, déclara-t-elle, je vous mets deux jolis pyjamas de soie, afin que…

— Marion ! soupira-t-il en lui souriant avec indulgence. Croyez-vous que, là où je vais, j'aurai besoin de pyjamas de soie ?

— Non, bien sûr que non, répondit-elle après y avoir réfléchi quelques secondes.

De la malle, elle retira les pyjamas de soie, les pressa contre sa poitrine et soudain pleura à chaudes larmes. T.H. se porta vers elle, la prit dans ses bras pour essayer de la consoler.

— Mon amour, mon amour, ne pleurez pas. Vous verrez, je ne serai pas absent très longtemps. Cette affaire sera vite réglée. Les Yankees, nous allons les battre comme de rien. Ils ne sont pas de taille !

Il lui donna un baiser sur le front avant de retourner vers sa valise, qu'il ferma.

— C'est l'heure, annonça-t-il.

Le regard morne, Marion acquiesça d'un hochement de tête. Ensemble ils sortirent de la chambre. A pas lents, ils descendirent l'escalier au pied duquel les attendait Laurette, au visage ravagé par le chagrin. Posant sa valise à ses pieds, il ouvrit les bras à sa fille et la pressa contre lui en murmurant :

— Mon petit, je sais que tu t'inquiètes pour Ladd, mais je suis certain qu'il s'en sortira. C'est un brave garçon, plein de courage et de ressource. Après seulement un an à West Point, il fera un superbe soldat.

— Papa, répondit Laurette qui n'avait pas l'air convaincue, j'ai un terrible pressentiment. Je crois que je ne le reverrai jamais.

— Folie ! dit-il en la serrant plus fort. Cette guerre sera terminée aussitôt que commencée. Ladd sera de retour avant l'été, et moi aussi.

— J'espère que vous avez raison, murmura Laurette.

— J'ai raison, déclara T.H. Vous verrez, toutes les deux.

De l'autre côté de la rue se déroulait une scène presque similaire. Douglas Dasheroon s'apprêtait lui aussi à quitter Mobile. Il avait l'intention de reprendre ses anciens grade et commandement, pour mener la vie dure aux Nordistes.

Comme Marion Howard, Carrie Dasheroon pleurait à chaudes larmes.

— Ce n'est pas juste ! clama-t-elle en sanglotant. Pourquoi faut-il que je perde mon mari et mon fils ? De nous, cette confédération exige trop. Ladd n'est encore qu'un enfant. Songez qu'il n'a pas encore dix-huit ans… Douglas, je vous en supplie. Si vous le rencontrez, ordonnez-lui de rentrer à la maison.

Sans ciller, Douglas la prit par les épaules. La regardant droit dans les yeux, il lui fit cette réponse de vrai patriote :

— Ma chère épouse, mon amour, prenez sur vous et tâchez de vous montrer courageuse. Dans les circonstances présentes, nous devons tous consentir à des sacrifices. Mais ne vous alarmez pas inutilement. Ladd et moi serons de retour à la maison avant qu'il ait atteint ses dix-huit ans.

Huit mois passés à West Point n'avaient pas préparé Ladd aux horreurs de la guerre. Les combats se révélèrent meurtriers et terrifiants. Il eut grand peur. La mort et la destruction devinrent pour lui des compagnes de tous les instants. Tout ce qu'il voyait et entendait renouvelait sa terreur ; une terreur qu'il prenait soin de ne pas montrer, car il ne voulait pas être traité de poltron et de lâche.

Après les quelques batailles sanglantes qui marquèrent le début de la guerre, il se rendit compte que l'affaire ne se conclurait pas aussi vite que prévu, et que donc il ne reverrait pas Laurette à l'été, comme il l'avait espéré. En bon officier, il fit passer son devoir avant toute considération personnelle. Mais chaque fois qu'un répit dans les opérations militaires lui en donnait l'occasion, il s'asseyait dans un coin tranquille, pour écrire à Laurette.

Il ne savait même pas si elle recevait ses lettres.

Eté 1863

La guerre durait depuis deux ans et elle continuait. Les Sudistes devaient l'admettre : ils ne vaincraient pas le Nord aussi facilement qu'ils l'avaient cru.

Ladd avait très vite obtenu le grade de capitaine. Soldat aguerri et soucieux du sang de ses hommes, il avait participé à plusieurs batailles significatives à l'issue desquelles il n'avait eu à déplorer que des pertes mineures.

Mais par une chaude journée de mai 1863, la chance tourna brusquement, lors de la bataille de Chancellorsville, long et coûteux engagement au cours duquel le général Lee se montra meilleur stratège que l'ennemi. La victoire n'était pas acquise pour autant, car les Nordistes, dont la puissance de feu était supérieure, avaient infligé de coûteuses pertes en vies humaines aux Sudistes.

L'affaire s'acheva dans une mêlée assez confuse, au cours de laquelle le capitaine Dasheroon se trouva soudain environné par des troupes en uniforme bleu. Ne perdant pas son sang-froid, il dit à ses hommes :

— Restez près de moi. Je vous sortirai de ce piège.

Hélas ! il n'en fut rien.

Quand la poudre se tut enfin, Ladd était le seul survivant de sa compagnie. Il avait reçu une balle dans le côté droit et saignait abondamment. Allongé sous le chaud soleil de Virginie, il ne voyait autour de lui que des morts. Il pleura sur le destin de ces hommes qu'il n'avait pu sauver. Puis il songea que son sort était scellé aussi, qu'il vivait ses dernières heures sur cette terre.

Il avait de plus en plus de difficulté à respirer. A chaque goutte de son sang qui rougissait l'herbe, c'était un peu de sa vie qui s'en allait. Il reporta ses pensées vers Laurette, qu'il aimait tant et ne reverrait jamais. Fermant les yeux, il la revit, à six ans, quand elle exécutait de magnifiques sauts périlleux sur la pelouse…

Puis sa mémoire traversa le temps et c'est la jeune fille de seize ans qui lui apparut. Elle lui souriait. Il voulut lui sourire en retour, mais ses lèvres esquissèrent une grimace de douleur.

— Lollie, mon amour, murmura-t-il.

Il s'évanouit. Quand il revint à lui, le soleil rougeoyait à l'horizon. La nuit ne tarderait plus à l'envelopper. Résigné, il poussa un long soupir.

Hiver 1863

Il était passé, le temps des cadets de West Point, fringants dans leurs uniformes bleus ou gris, aux yeux brillants, au sourire radieux à la perspective des aventures viriles qui les attendaient. Il était passé, le temps de l'honneur et des glorieux faits d'armes. Les cadets de West Point étaient devenus des vétérans prompts à faire couler, par tous les moyens, le sang de l'ennemi haï. Bon nombre d'entre eux étaient enterrés dans les champs où ils avaient trouvé la mort. Parmi les survivants, la plupart croupissaient dans les prisons de l'un et l'autre camp.

C'était le cas de Ladd Dasheroon. Dans une forteresse répondant au nom évocateur de Château du Diable, bâtie sur un îlot de la baie de Chesapeake, au large des côtes du Maryland, il occupait une cellule où il avait été amené, presque mort, après sa capture par les soldats de l'Union, à l'issue de la bataille de Chancellorsville.

Jugé trop inhumain pour les criminels de droit commun à l'usage desquels il avait été élevé cent ans plus tôt, donc déserté pendant plusieurs décennies, le Château du Diable avait été rouvert pour les prisonniers sudistes. Dix-huit cents d'entre eux, malades, affamés, mourants, s'y pressaient dans des conditions de promiscuité effroyables.

Dès que Ladd avait été jugé guéri par le médecin chef de la forteresse, il avait été jeté — au sens littéral du terme — dans la salle commune, démesurée et pourtant trop petite pour accueillir les hommes rassemblés là.

Il avait atterri sur deux prisonniers grâce à qui sa chute avait été amortie : le capitaine Andrew Scott, trente-huit ans, du 5e régiment de Caroline du Nord, amputé d'un bras ; et le soldat Duncan Cain, vingt ans, du 3e régiment d'Alabama. Aussitôt le capitaine passa son bras unique autour des épaules de Ladd qui frissonnait de froid malgré la chaleur étouffante régnant dans cette pièce, et il lui dit d'un ton aimable :

— N'ayez pas peur. Nous prendrons soin de vous. N'est-ce pas, Duncan ?

Le soldat opina du chef, se leva, déplia la couverture sur laquelle il était assis et en enveloppa Ladd. En clignant de l'œil, il lui délivra cet avertissement :

— Désolé, mais nous n'avons pas d'oreiller à vous fournir.

Ladd réussit à remercier d'un pâle sourire. Puis il s'endormit d'un sommeil de brute.

Andrew Scott et Duncan Cain ne ménagèrent pas leurs efforts pour aider Ladd à rétablir un état de santé précaire. Ainsi les trois hommes devinrent-ils amis. Ils échangèrent leurs souvenirs, partagèrent leurs espoirs. Si l'un d'entre eux s'enfonçait dans la neurasthénie, les deux autres faisaient de leur mieux pour lui rendre bon moral.

La grande salle où ils étaient confinés ne comportait que quatre petites fenêtres à chaque extrémité. La lumière y était donc chiche. Au centre de cette salle, il était impossible de lire, même en plein jour ; détail de peu d'importance, puisqu'il n'y avait rien à lire pour personne. Il était interdit d'écrire ou de recevoir des lettres. Les journaux étaient prohibés.

Coupés du monde extérieur, privés de toute information, les prisonniers en étaient réduits aux conjectures quant au déroulement de la guerre. En ce qui concernait leurs familles, ils ne pouvaient que formuler des vœux.

Au Château du Diable, la nourriture était parcimonieuse et mauvaise. Comme tous ses compagnons d'infortune, Ladd était constamment torturé par la faim. Il perdit beaucoup de poids et sentit ses forces décliner. L'inconfort se faisait cruellement sentir. En dehors de deux fourneaux, la salle commune ne comportait aucun mobilier. C'est dire qu'il fallait dormir sur le sol. Beaucoup d'hommes ne disposaient même pas d'une couverture.

Ladd endurait ces épreuves avec courage.

Il ignorait que le pire était à venir.

Gilbert LaKid, dont il avait subi les foudres à West Point, commandait la garnison au Château du Diable. Il avait le grade de capitaine.

Au cours de la guerre il avait perdu un œil, mais pas ses mauvais instincts. Il encourageait ses hommes à infliger les pires sévices aux prisonniers et ne détestait pas prêcher d'exemple. Son visage, encore plus laid parce que bouffi — il avait grossi de trente livres, sinon plus — se tordait d'un sourire ignoble quand il apercevait son ennemi intime.

Chaque fois qu'il voyait cet homme entrer dans la salle commune, Ladd se sentait pénétré d'horreur. Assis entre le capitaine Scott et le soldat Cain, il se faisait tout petit. La tête posée sur les genoux, il essayait de se fondre dans la masse d'humanité souffrante ; en vain. Chaque fois, LaKid repérait Ladd, que sans doute il était venu chercher.

Se frayant sans ménagement un passage parmi les prisonniers, bousculant ceux qui ne se poussaient pas assez vite, LaKid se rapprochait de Ladd. Et là, son sourire devenait vraiment hideux.

De son côté, Ladd essayait de ne pas trembler. Il se persuadait que l'épreuve à venir ne serait pas si terrible, qu'il avait retrouvé quelques forces grâce à quoi il serait capable d'endurer les sévices que l'autre avait l'intention de lui infliger. Non, il ne se laisserait pas briser. Il était un homme, endurci par deux années d'une guerre terrible. Il ne donnerait pas à LaKid la satisfaction de l'entendre gémir.

C'est ainsi que, par un froid et gris après-midi de décembre 1863, Gilbert LaKid s'approcha de Ladd qui leva la tête vers lui et soutint son regard avec toute l'insolence qu'il lui était possible de manifester.

— Alors, demanda le chef de la garnison, comment se porte notre petit gars d'Alabama, aujourd'hui ?

— C'est gentil à toi de le demander, répondit Ladd, sarcastique. La plupart des clients de ton magnifique hôtel sont en train de crever mais moi, je vais aussi bien que possible. Merci.

Sous le regard admiratif des prisonniers autour de lui, il décocha son plus radieux sourire à LaKid qui fronça les sourcils et éructa :

— Debout, sale sudiste !

Ladd obtempéra, mit un point d'honneur à se lever sans l'aide de ses mains.

— Voilà, avec plaisir. Quelque chose d'autre ?

— Il a été porté à mon attention, reprit LaKid dont l'haleine empestait l'alcool, que cette nuit, tu as insulté une sentinelle. C'est un comportement que nous ne pouvons tolérer au Château du Diable et pour cela, tu recevras une punition exemplaire.

Ladd n'essaya même pas de contester. Il n'avait insulté personne et LaKid le savait aussi bien que lui. Sur un clin d'œil à ses amis Andrew et Duncan qui rongeaient leur frein, il suivit le geôlier d'un pas résolu, en se demandant quel traitement ce dernier lui réservait cette fois.

Par les sombres couloirs de la forteresse il marcha devant lui, bien droit, comme le fier cadet de West Point qu'il était resté.

Ils sortirent.

Dehors, il faisait froid. Ladd ne portait qu'une chemise et un pantalon, pas de chaussures, même pas de sous-vêtements. Il commença à claquer des dents. Encadré par deux soldats qui l'attendaient à la porte, il traversa la cour balayée par le vent aigre, en direction d'un portique sous lequel on lui ordonna de s'arrêter.

— Maintenant, lève les bras, rebelle, commanda LaKid de nouveau souriant. Mets-toi sur la pointe des pieds et tends-toi le plus possible.

Ladd obéit. Il avait déjà compris. Par les pouces, les deux soldats s'employèrent à l'attacher à la barre transversale du portique. Sur un éclat de rire de LaKid, le trio l'abandonna au vent aigre de décembre.

Il faisait nuit noire quand ses bourreaux revinrent le chercher pour le reconduire à la salle commune où ils le jetèrent avec brutalité, selon les habitudes en usage à la forteresse. Andrew et Duncan, qui l'attendaient avec angoisse, le reçurent dans leurs bras.

— Mon Dieu ! s'exclama Andrew en le serrant contre lui pour tenter de lui communiquer un peu de chaleur. Ces salauds voudraient te tuer qu'ils ne s'y prendraient pas autrement.

— Ils n'y arriveront pas, murmura Ladd en essayant de sourire. C'est une satisfaction que je ne leur donnerai pas.

— Qu'est-ce que c'était, cette fois ? demanda Duncan en l'enveloppant de sa couverture élimée.

— Pas grand-chose, dit Ladd qui n'avait pas envie de disserter sur le sujet.

Ses compagnons aperçurent alors ses pouces ensanglantés et comprirent. Au Château du Diable, chacun avait connaissance de la vaste palette des sévices possibles. La suspension par les pouces était l'un des plus redoutés. Certains prisonniers avaient été abandonnés dans cette position jusqu'à la chute sur le sol, les pouces rompus.

Au début du mois de janvier, les pouces de Ladd commençaient tout juste à guérir quand LaKid revint le chercher pour le conduire, cette fois encore, dans la cour qui était le lieu de toutes les exactions. Il lui ordonna de s'asseoir sur le sol boueux. Dans la bouche, il lui mit un bâton. Aux soldats il ordonna d'attacher les poignets et les chevilles du prisonnier, puis de lui ramener les genoux sous le menton. Les jambes ayant été ceinturées par le cercle des bras, LaKid enfila, dans la pliure des genoux, un long bâton destiné à bloquer cette posture.

Pendant huit heures, Ladd resta ainsi.

Il pleuvait.

Quand LaKid revint, avec ses acolytes, il s'attendait sans doute à trouver un homme abattu. En riant, il lui retira le bâton qu'il avait dans la bouche. Puis il se pencha sur lui en singeant la commisération, et demanda :

— Qu'est-ce qu'il a, le bébé ? Il pleure sa maman ?

— Cause à mes fesses de Sudiste ! lança Ladd.

Et il lui cracha au visage.

Rendu fou furieux, LaKid le frappa avec la crosse de son fusil. Le sang jaillit. Ladd ressentit à la tête une douleur fulgurante mais ne regretta pas sa réaction. Au contraire, il estimait avoir eu raison d'envoyer ce crachat sur la hideuse figure de son ennemi. Un désir qu'il refoulait depuis West Point, depuis la première fois que son chemin avait croisé celui de Gilbert LaKid ! De toute façon, il n'avait plus rien à perdre.

— Rien à manger jusqu'à nouvel ordre ! brailla LaKid.

Quelques jours plus tard, Ladd était de nouveau amené dans la cour. Il lui fut imposé de se tenir debout, pieds nus, sur le rebord d'un tonneau dont le couvercle avait été ôté. Quand il eut réussi à trouver son équilibre, les soldats lui placèrent une lourde bûche dans les bras, et LaKid lui annonça que s'il la laissait tomber, il serait fusillé. Alors Ladd pria le Tout-Puissant de lui donner la force de supporter ce poids ainsi que la souffrance imposée à ses pieds nus.

Il ne tarda pas à trembler de tous ses membres, mais, serrant les dents, il tâcha de se convaincre qu'il pouvait sortir victorieux de cette nouvelle épreuve ; que LaKid, pas plus que les fois précédentes, ne pourrait avoir l'avantage sur lui.

Il voulait vivre.

Il *devait* vivre.

Un jour cette guerre finirait. Il serait alors libéré et pourrait rentrer chez lui, en Alabama. Il reverrait Laurette. Il n'avait pas le droit de se laisser mourir ici, au milieu de ces Yankees ricanants, ces Yankees répugnants.

Ladd se passa la langue sur les lèvres et entreprit de siffloter tout son répertoire de chansons guillerettes.

Frustré et bien décidé à le briser, Gilbert LaKid intensifia dès lors le rythme et la cruauté des sévices.

Il ne se passait plus de jour sans que Ladd fût extrait de la salle commune pour subir une punition. Plus d'une fois ses bourreaux l'attachèrent à un poteau pour lui administrer un minimum de cent coups de fouet, souvent plus. On l'entrava au moyen de chaînes et de boulets. Mais rien ne semblait devoir entamer son moral.

LaKid se creusait la cervelle. Un jour, il eut une nouvelle idée, qu'il voulut aussitôt essayer. Excité comme un gamin s'apprêtant à ouvrir ses cadeaux de Noël, il demanda à ses soldats d'amener tous les prisonniers dans la cour battue par un vent de février particulièrement coupant. Avertis qu'ils seraient abattus sans sommation s'ils esquissaient la moindre tentative d'évasion, les pauvres hères se rassemblèrent en grelottant autour d'un petit feu qui brûlait au milieu de la cour.

Comme tout un chacun, Ladd n'avait aucune idée de ce qui se tramait là. A l'appel de son nom par LaKid, il échangea un regard avec Duncan et Andrew. Ce dernier murmura :

— Je crois que c'est le moment de prendre nos cliques et nos claques.

— Surtout pas, répondit Ladd. Ils n'attendent que ça pour nous descendre. La voie a l'air d'être libre, mais la herse est sûrement abaissée. Et voyez les mitrailleuses. Non, nous n'aurions aucune chance.

Fendant la foule des prisonniers, il s'avança vers le foyer auprès duquel se tenait LaKid, en compagnie d'une douzaine de soldats, l'arme au poing. Il demanda :

— Alors, qu'est-ce qu'on a au programme, aujourd'hui ? Un barbecue de Sudiste ?

— Ce ne serait pas une mauvaise idée, répondit LaKid en riant. Impossible à pratiquer, malheureusement. Au cas où tu ne l'aurais pas remarqué, nous sommes civilisés, nous autres, gens de l'Union.

Il ordonna à Ladd de tourner le dos aux prisonniers, de baisser son pantalon, de se pencher et d'embrasser ses genoux.

— Je ne pense pas que je puisse exécuter ces ordres, dit Ladd, les bras croisés, et réussissant encore à sourire.

Sur un signal de LaKid, deux soldats s'emparèrent de lui, déchirèrent son pantalon qui lui tomba sur les chevilles. Puis ils le ligotèrent avant de le pousser en arrière pour le faire tomber sur le dos, l'obligeant à offrir ses fesses nues au vent de février. Alors, sous le regard horrifié des prisonniers, un soldat prit dans le feu une tige de fer rougie et la tendit à LaKid. Théâtral, celui-ci l'éleva devant lui... avant de la remettre au feu.

Plusieurs minutes passèrent.

Puis LaKid reprit la tige de fer et l'appliqua sur la fesse gauche de Ladd, qui serra les dents en espérant que, cette fois encore, il subirait la torture sans crier.

Il ne le put. L'odeur de sa chair brûlée lui donna la nausée. Et puis, la douleur était trop forte. La chaleur l'irradia des pieds à la tête. Il lui sembla que tout son corps se consumait. Un long gémissement de détresse franchit le barrage de ses lèvres serrées.

Victorieux enfin, LaKid brailla sa joie. Et, pour manifester l'ascendant qu'il avait enfin pris sur cet homme qui lui résistait depuis si longtemps, il lui décocha force coups de ses pieds chaussés de lourdes bottes.

Ladd ne criait plus, ne cherchait même plus à se débattre ou à esquiver les coups. Immobile, presque tranquille, il sourit quand il sut que la délivrance était proche.

Quand il s'évanouit, il eut l'impression qu'il quittait la terre et s'envolait vers le paradis.

8.

Au milieu d'une nuit particulièrement froide de février 1864, Laurette s'éveilla à son propre cri et, d'un bond, elle s'assit dans son lit. Elle tremblait de tous ses membres, son cœur battait trop fort.

Elle venait d'avoir un terrible cauchemar, qui semblait si réel que, même après son réveil elle en était encore toute retournée.

Elle ramena ses genoux sous le menton, et enlaça étroitement ses jambes pour tenter de contrôler le terrible tremblement de tous ses membres. Elle avait du mal à respirer, il lui semblait qu'elle allait s'étouffer.

Sans grand résultat, elle tâcha de se raisonner. Pourquoi se mettre dans un tel état ?

Ce n'était qu'un cauchemar…

Un cauchemar qui avait commencé de façon si plaisante…

L'été était revenu et on ne parlait plus de guerre. Alors, Ladd et Laurette s'étaient rendus au bord du fleuve. La main dans la main, ils marchaient sur la rive herbeuse, en riant, en s'amusant des gros nuages blancs qui se rassemblaient au-dessus du golfe : ils semblaient briller par eux-mêmes, de l'intérieur. Le soleil donnait au fleuve paisible l'aspect d'une coulée de métal.

Il faisait si chaud que même les mouettes devenaient paresseuses. Elles tournaient lentement au-dessus des jeunes gens. Soudain, dans un concert de cris stridents, elle s'égaillèrent dans l'azur.

C'était la saison des orages. Comme presque tous les jours, à 15 heures très exactement, le soleil avait disparu derrière les nuages, aussitôt devenus tout noirs. Quelques minutes plus tard, la pluie s'était mise à tomber, en grosses gouttes qui s'écrasaient avec bruit sur la terre sèche.

En riant, Ladd et Laurette s'étaient élancés pour trouver un abri.

Et comme par un coup de baguette magique, comme cela arrive souvent dans les rêves, voilà qu'ils n'étaient plus à Mobile, près de la rivière, mais au bord de l'océan, dans la maison d'été de la famille Dasheroon. A l'abri sous la véranda au toit de chaume, ils observaient la pluie de plus en plus violente, en respirant à pleins poumons les parfums capiteux du jardin. Le tonnerre roulait sans discontinuer. Avec régularité, les éclairs zébraient le ciel endeuillé.

Sans un mot, Ladd et Laurette s'étaient tournés l'un vers l'autre. Ils n'avaient pas besoin de parler pour se comprendre. Après quelques baisers enfiévrés, ils s'étaient déshabillés, jetant leurs vêtements autour d'eux. Nus, ils s'étaient enlacés. Par les fenêtres ouvertes de la véranda entrait une bruine portée par le vent, qui rafraîchissait leurs corps enflammés.

Lèvres jointes, ils étaient tombés sur les genoux. Ladd avait demandé :

— Tu veux que nous allions au lit ?

— Non, avait répondu Laurette. Aime-moi sous la pluie, plutôt.

Ladd n'avait pas dit non.

Alors que l'orage s'intensifiait et que la pluie tombait à seaux, ils étaient sortis de la véranda et s'étaient aimés dans le fouillis des lauriers-roses, des mimosas, des hortensias, des bananiers et des sagoutiers. Ils s'étaient aimés à la perfection. Chaque fois qu'ils étaient ensemble, ils accomplissaient des progrès dans l'art d'aimer.

Ivre de plaisir, Laurette, couchée dans l'herbe, admirait au-dessus d'elle le visage de Ladd transfiguré par la passion qu'il éprouvait pour elle. Ses mains glissaient sur les épaules, les bras, le dos de Ladd. Il était jeune, et beau, et viril, plein d'une force qui ne s'exprimait jamais si bien que lorsqu'il lui faisait l'amour aussi souvent, aussi longtemps qu'elle le voulait. Cela durerait jusqu'à la fin de ses jours ! Ladd avait été créé pour elle, pour lui donner sur cette terre tout le bonheur auquel elle avait droit.

Soudain, d'un seul coup, alors qu'il la possédait, Ladd avait commencé à changer, sous les yeux horrifiés de Laurette. Sa peau bronzée avait pris une lividité cadavérique. Ses muscles avaient fondu comme neige au soleil et, très vite, Laurette n'avait plus eu que des os à caresser. Il tremblait. Sans force, il s'était retiré d'elle avant de s'abattre sur sa poitrine en se lamentant :

— Je ne suis plus bon à rien. Ils sont en train de me tuer, Lollie. Je vais mourir.

— Qui ? avait-elle crié tandis que ses mains se crispaient sur lui. Qui te tue ? Que se passe-t-il, Ladd ?

Mais ses mains n'étreignaient plus rien de consistant. Ladd se dématérialisait. Il ne pesait plus rien. Voilà qu'il s'élevait au-dessus d'elle, sans qu'elle pût le retenir. Et son visage avait pris l'apparence d'un masque grotesque.

— Ladd ! avait hurlé Laurette, en le regardant s'élever.

C'est à ce moment qu'elle s'était éveillée.

Maintenant, seule dans la nuit froide de février, elle se sentait submergée par l'horreur. Que signifiait ce cauchemar affreux ? Etait-ce prémonition ? Etait-il arrivé malheur à Ladd ? Souffrait-il ? Etait-il mort ou mourant ?

Depuis plus d'un an, elle n'avait plus aucune nouvelle de lui. Elle n'avait aucune idée de l'endroit où il se trouvait, ne savait même pas s'il était encore en vie. Chaque jour était pour elle une épreuve parce que le doute la torturait et qu'à chaque moment elle s'attendait à apprendre que Ladd était mort à la guerre.

Les yeux pleins de larmes, Laurette se laissa retomber sur l'oreiller. Elle tira les couvertures jusqu'à son menton, non tant pour se protéger du froid que pour s'isoler du monde devenu cruel et incompréhensible.

Combien de temps encore, se demanda-t-elle, pourrait-elle endurer l'existence qui était devenue la sienne ? Le monde agréable de son enfance et de sa jeunesse s'était écroulé. Plus rien ne serait jamais comme avant. Son père avait été tué au cours de la bataille de Gettysburg. Sa mère était morte l'hiver suivant.

Seule dans la grande maison que le bonheur avait désertée, Laurette versa, une fois de plus, des larmes amères sur tout ce qu'elle avait perdu. Elle cria :

— Ladd, je t'en prie, ne m'abandonne pas ! Où que tu sois, tu dois te préserver pour me revenir. Je t'en supplie, mon amour. Reste en vie et reviens, parce que j'ai besoin de toi.

Ladd ne désirait rien tant que de retrouver Laurette et il s'efforçait de rester en vie. Mais le froid, la faim, les sévices et les humiliations l'entamaient peu à peu, inexorablement. Il avait de moins en moins de courage pour lutter.

A quoi bon ? se disait-il parfois.

Inquiets, ses amis Andrew et Duncan l'exhortaient à tenir bon. Ils s'efforçaient d'entretenir la flamme. Pour les rassurer, il parvenait encore à faire semblant. Mais le cœur n'y était plus.

Au début du mois de mars, il était au plus mal quand, parmi les prisonniers, une rumeur commença à circuler : un certain major James Tigart, grièvement blessé pendant la guerre, était envoyé par le gouvernement fédéral pour prendre le gouvernement de la forteresse.

Quand Ladd apprit cette nouvelle, il se sentit transporté de joie et d'espérance. Enfin il pouvait envisager la fin de son calvaire ! Instruit des méthodes de LaKid, Jimmy Tigart y mettrait un terme. Peut-être même pourrait-il obtenir une mutation, voire une sanction ?

D'une chose, en tout cas, Ladd était certain : grâce à Jimmy, son nom figurerait en tête de la liste des prisonniers bénéficiant des procédures d'échange. Dans quelques semaines, quelques mois tout au plus, il pourrait quitter le Château du Diable pour rentrer à Mobile, auprès de sa chère Laurette.

Ladd s'éveilla tôt le matin du jour qui devait voir arriver le nouveau gouverneur. Il jeta un coup d'œil affligé à ses vêtements déchirés, repoussants de saleté. C'est qu'il lui en coûtait de paraître dans cet état devant son ami d'enfance. Mais qu'y pouvait-il ? Rien.

De toute façon, sa joie était plus grande que l'affliction. Il ne se tenait plus d'impatience, comptait les minutes, prêtait l'oreille aux bruits de l'extérieur, guettait le moindre signe pouvant le renseigner sur ce qu'il se passait dans la forteresse. Placé près de la porte de la salle commune, il attendait.

A midi et cinq minutes, la porte s'ouvrit. D'un bond, Ladd se mit debout. Un peloton de soldats armés pénétra dans la salle. Derrière eux venait le major James Tigart, solennel, sanglé dans un uniforme impeccable.

Ladd constata que son ami boitait et qu'il s'aidait d'une canne pour marcher, mais qu'il ne semblait pas avoir été autrement affecté par la guerre. Physiquement, il n'avait pas beaucoup changé.

Appuyé sur sa canne, le nouveau commandant faisait glisser son regard sur la foule des prisonniers. Soudain, il sursauta en reconnaissant Ladd qui lui souriait. Apparemment, il ne s'attendait pas à le trouver ici. Il se reprit très vite. Ayant adressé, aux Sudistes confiés à sa garde, une courte harangue, il se tourna vers Ladd.

— Viens dehors avec moi, dit-il ; que nous puissions bavarder un peu.

D'un geste de la main, il éloigna les soldats qui voulaient l'accompagner et, à pas lents, prit la direction du bâtiment où se trouvaient son bureau et ses quartiers. Au moment d'en franchir le porche, les deux amis s'arrêtèrent et se donnèrent l'accolade, en silence. Ils n'entrèrent pas.

La conversation commença, forcément décousue. Chacun avait tant de questions à poser à l'autre !

Jimmy délivra à Ladd un court exposé sur le déroulement de la guerre. Puis, sans transition, il lui demanda des nouvelles de Laurette.

— Je n'ai pas de nouvelles, répondit Ladd. Nous n'avons pas le droit de recevoir du courrier. Mais toi, sais-tu quelque chose d'elle ?

Jimmy Tigart secoua la tête. Non, il ne savait rien. Les deux jeunes gens parlèrent encore longuement. Certain d'avoir enfin trouvé une oreille amie, Ladd raconta les tortures qu'il avait subies ici. Le visage grave, Jimmy écouta avec attention, puis il assura que tout cela était bel et bien terminé, maintenant qu'il prenait le gouvernement de la forteresse.

— Est-ce que tu pourrais mettre mon nom en tête de liste, pour les échanges de prisonniers ? demanda Ladd.

— Tu peux compter sur moi, dit aussitôt Jimmy. Maintenant, il est temps que tu retournes vers tes quartiers.

Comme Ladd s'étonnait de cette injonction, il s'empressa d'ajouter :

— C'est obligatoire... Les formalités, tu comprends ? Mais ne t'en fais pas, ce n'est plus pour longtemps. Dans très peu de temps, tu sortiras d'ici.

— Bientôt, vraiment ? dit Ladd plein d'espoir.

— C'est comme si c'était fait.

Appuyé sur sa canne, le major suivit du regard son pitoyable ami qui traversait la cour pour rejoindre ses compagnons de captivité. Malgré son épuisement, il sautillait presque !

Puis Tigart entra dans le bâtiment de commandement, pénétra dans son cabinet de travail, s'assit à son bureau et jeta sa canne derrière lui. Les coudes sur les papiers, le visage dans les mains, il se mit à réfléchir. Il fallait peser le pour et le contre.

C'était un rude combat qu'il avait à mener contre sa conscience.

D'instinct, il penchait plutôt pour une exécution immédiate ; une affaire assez simple, somme toute. Il suffisait d'accuser Ladd d'un crime sanctionné par la peine de mort. Ou, mieux encore, après avoir répandu la nouvelle que Ladd et lui avaient été amis d'enfance, inviter Ladd à un dîner pour évoquer le bon vieux temps et déplorer, à l'issue de ce repas trop riche et trop bien arrosé, la mort de l'ami affaibli par une longue période de privations.

Tigart releva la tête et soupira lourdement. Il ne pourrait pas. Ce n'était pas qu'il ne désirait pas la mort de Ladd Dasheroon, mais il ne pouvait se résoudre à le tuer de ses propres mains. Pas le courage…

Cela dit, il pouvait ordonner, organiser sa mise à mort. Après encore de longues minutes de réflexion, Tigart leva la tête et appela :

— Capitaine, au rapport !

Gilbert LaKid, qui attendait derrière la porte, ouvrit aussitôt et pénétra dans le cabinet de travail. Il n'avait pas l'air tranquille et s'attendait sans doute à des réprimandes, peut-être des sanctions, pour les excès commis sur un prisonnier.

— Y a-t-il des cachots dans cette forteresse ? lui demanda froidement James Tigart.

De plus en plus inquiet, la sueur perlant à son front, le capitaine répondit d'une voix mal assurée :

— Certainement, mon commandant. Nous avons quatre cachots souterrains, situés sous ce bâtiment, en sous-sol.

— Sont-ils actuellement occupés ?

— Un seul, par un prisonnier politique, voleur de surcroît. Un homme dangereux. Il s'appelle…

— Donc, vous avez trois cachots encore libres ?

— C'est exact, commandant.

Impassible, Tigart ordonna :

— Capitaine, vous allez immédiatement jeter le prisonnier Ladd Dasheroon dans le plus sombre et le plus profond cachot de cette forteresse. Il n'en devra jamais sortir.

Stupéfait mais ravi, LaKid ne quémanda pas d'explications supplémentaires.

— A vos ordres ! s'écria-t-il avant de tourner les talons.

*
* *

La porte s'ouvrit. Gilbert LaKid parut sur le seuil et hurla le nom de Ladd Dasheroon.

Ladd sursauta. Il lui sembla que son cœur s'arrêtait. A tort, puisque le temps des sévices était terminé. Il était maintenant sous la protection de Jimmy Tigart. C'est donc avec le sourire qu'il s'avança vers Gilbert LaKid pour savoir ce que celui-ci avait à lui dire.

— Dehors ! Suis-moi.

Deux soldats attendaient à la porte. Ils encadrèrent Ladd, qui s'en étonna. Ce cérémonial ne s'imposait pas pour le conduire chez Jimmy… Le petit groupe prit la direction du bâtiment de commandement mais, au lieu d'y entrer par la grande porte, il le contourna, pour s'arrêter devant une petite porte en chêne que LaKid ouvrit au moyen d'une grosse clé. Il y entra, suivi des deux soldats qui poussaient Ladd devant eux, sans ménagement.

Ils marchèrent dans un boyau humide et froid, chichement éclairé par des torches fumantes fixées de loin en loin aux murs suintants. Le sol en pente était glissant. Ladd avait l'impression de descendre en enfer. Le couloir devenait de plus en plus étroit.

Au bout de ce couloir se trouvait une salle souterraine, dans les parois de laquelle se dessinaient quatre portes fermées par des battants de chêne renforcés de plaques métalliques. LaKid en ouvrit une. D'un signe de tête, invita les soldats à y pousser le prisonnier. Ce qui fut exécuté avec la brutalité coutumière.

Incompréhensif et horrifié, Ladd entra en trébuchant dans une cellule étroite qui prenait la lumière par un soupirail très haut, inaccessible. Derrière lui, la porte se refermait déjà avec bruit. La clé grinça dans la serrure.

Révolté, il hurla. De ses deux poings, il frappa contre la porte. Il appela. Ses geôliers ne revinrent pas. Personne ne lui répondit. Effaré, la gorge brisée, les poings meurtris, il s'effondra et pleura.

— Pourquoi ? sanglotait-il. Pourquoi ?

C'était une erreur, une terrible méprise. Il n'était pas normal qu'il fût jeté dans ce cachot puisque Jimmy Tigart avait pris le gouvernement de la forteresse. Il était terminé, le temps des sévices. Jimmy avait promis ! Mais Jimmy ne tarderait pas à apprendre ce qu'il était arrivé, et il enverrait quelqu'un pour le libérer. Jimmy dirigerait cette prison avec justice et humanité. Quand il apprendrait…

Ladd se calma, sécha ses larmes. Il se releva.

Inutile de s'affoler… Se reposer et prendre son mal en patience… L'affaire de quelques heures, d'une journée tout au plus…

Le soleil s'était couché. Dans le cachot régnait une obscurité semblable à celle d'un four, une obscurité si dense que Ladd ne parvenait même pas à distinguer sa main qu'il agitait devant son visage.

Il pensa avec pitié aux pauvres gens qui avaient croupi ici pendant des semaines, des mois peut-être, ou des années. Il se demanda s'ils avaient réussi à ne pas devenir fous.

Lui, dans les mêmes conditions, perdrait la tête en quelques jours.

Mais inutile de s'inquiéter.

Jimmy veillait sur lui.

9.

Quand Laurette Howard eut vingt ans, à l'été 1864, elle n'était plus la jeune fille insouciante et toujours gaie d'autrefois. Les aléas de la vie l'avaient forcée à grandir vite, à prendre ses responsabilités, à lutter au jour le jour pour affronter les difficultés de l'existence.

Désormais elle habitait seule dans la grande maison de la rue du Dauphin. Ses parents étaient morts. Tous les serviteurs l'avaient quittée. Même Ruby Lee, la fidèle gouvernante, était partie pour ne plus être à charge : Laurette n'avait même plus les moyens de les nourrir toutes les deux.

T.H. Howard, le père de Laurette, avait laissé se dilapider son immense fortune pendant qu'il luttait pour la cause sudiste. De ce patrimoine considérable il ne restait plus rien, à part la maison, chaque jour un peu plus délabrée. T.H. avait trouvé la mort à la bataille de Gettysburg, le 3 juillet 1863. Bouleversée, Marion n'avait pas désiré lui survivre. Elle était décédée de langueur, vers Noël de la même année.

Quelques jours après son ami, Douglas Dasheroon avait été tué, au siège de Vicksburg. Sa femme Carrie avait vendu la maison de la rue du Dauphin, pour le quart de sa valeur. Elle s'en était allée vivre chez ses cousins de La Nouvelle Orléans.

Confrontée à ces terribles épreuves, Laurette avait essayé de tenir bon et de garder cet air hautain, un peu pincé qui, dans le Sud, était la marque des dames et des demoiselles bien nées. Certaine de ne pas manquer de force d'âme, elle se répétait qu'elle pourrait tout supporter, sauf la perte de Ladd. Tant qu'elle ne perdrait pas espoir dans le retour de celui-ci, elle pourrait survivre.

Au demeurant, elle n'était pas la seule dont la vie eût été altérée par la guerre de Sécession.

Johanna Parlange était devenue veuve deux semaines après avoir épousé un jeune soldat de Montgomery. Un an plus tôt, leur vaillante grand-mère était décédée. Désormais, les jumelles vivaient seules dans la maison familiale qu'elles n'avaient plus les moyens d'entretenir.

Miss Foster ne donnait plus de leçons de piano. Elle n'avait plus d'élèves.

Melba Adair, veuve aussi, avait été forcée de vendre sa propriété et d'abandonner ses magnifiques jardins, la passion de toute sa vie. Avec sa fille, elle s'était établie dans un appartement exigu de l'avenue Herndon, où elle n'avait même pas un camélia en pot pour occuper ses journées.

Ces temps étaient rudes, mais Laurette avait la conviction que le pire avait été évité… jusque-là. Les armées nordistes n'étaient pas encore descendues jusqu'à Mobile, se contentant de lui imposer un blocus terrestre et maritime. Inquiets et s'attendant au pire, les habitants colportaient les nouvelles de la guerre : les Yankees avaient envahi le nord de l'Alabama ; ils avaient mis à sac et incendié les villes de Selma et de Tuscaloosa.

Craignant que le même sort funeste ne s'abattît sur Mobile, Laurette avait enterré l'argenterie familiale sous un chêne séculaire poussant aux limites du domaine. A ce trésor, elle avait ajouté quelques reliques sentimentales : un peigne en nacre décoré de pierres semi-précieuses ayant appartenu à sa mère, la montre en or de son père, la photographie, dans un cadre en argent, de Ladd âgé de seize ans.

Résignée comme tous ses concitoyens, elle attendait le déferlement des armées nordistes.

Jimmy Tigart, issu d'un milieu modeste, avait toujours jalousé Ladd Dasheroon qui avait tout et trouvait cela normal : du point de vue de la fortune et de la position sociale, il ne manquait de rien. Par-dessus le marché, il avait la belle Laurette.

Jimmy Tigart pensait, depuis longtemps, qu'il méritait, plus que Ladd, d'avoir à sa disposition la fortune, une position sociale enviée, et Laurette. Si Ladd disparaissait, ses vœux se réaliseraient.

Il avait eu l'impression qu'une chance unique s'offrait à lui et qu'il n'avait pas le droit de la laisser passer. Voilà pourquoi, malgré quelques picotements de conscience vite oubliés, il avait fait envoyer Ladd dans les entrailles du Château du Diable, en un lieu où celui-ci ne pourrait plus parler à personne, hormis aux soldats chargés de lui apporter sa pitance ; un lieu où il serait vite oublié du monde.

Qui, bientôt, saurait encore que Ladd Dasheroon était en vie ? Personne. Jimmy Tigart se faisait fort d'élaborer un dossier prouvant que son ami d'enfance était un détenu politique dangereux, à maintenir au secret absolu. Mais cela suffirait-il ? Un jour la guerre se terminerait, les prisons se videraient. A la demande des familles, des recherches seraient entreprises et alors…

— J'ai trouvé ! s'exclama un jour Jimmy Tigart, en claquant des doigts.

Il venait d'avoir une bonne, une excellente idée. Il n'avait qu'à attendre quelques mois et, tout simplement, ajouter un nom à la liste des morts par fait de guerre qui était périodiquement transmise aux Sudistes. Au demeurant, la mort véritable de Ladd ne devrait pas se faire attendre très longtemps, vu l'état de délabrement physique où il se trouvait. Même en bonne santé, pourrait-il supporter les conditions de vie épouvantables qui lui étaient imposées dans son cachot ? Certainement pas ! Donc, tous les espoirs étaient permis.

Les mains jointes, les yeux mi-clos, Jimmy Tigart s'était dit alors qu'il pouvait, enfin, imaginer pour lui un avenir peint aux couleurs agréables du bonheur ; un avenir qui faisait la part belle à la seule femme qu'il eût jamais désirée.

Laurette Howard…

Dans son cachot, Ladd essayait de mesurer l'écoulement du temps.

Il avait abandonné l'espoir de quitter cette pièce minuscule — dix pieds sur douze — où la lumière, même les jours de grand soleil, avait du mal à dissoudre l'obscurité compacte. LaKid, avec un rire mauvais, s'était chargé de lui apprendre qu'il était là pour longtemps.

A l'espoir avait succédé l'incrédulité, puis la haine. Avec répugnance, Ladd en était peu à peu venu à haïr son ami d'enfance. C'est qu'il lui avait fallu du temps pour admettre l'horrible vérité. Mais l'évidence avait fini par s'imposer. Le gouverneur de la forteresse savait, forcément, tout ce qui se passait entre les hauts murs. Jimmy Tigart ne pouvait pas ne pas savoir que Ladd avait été précipité dans un cachot.

Jimmy Tigart avait lui-même donné l'ordre fatal.

Jimmy Tigart l'avait trahi.

Et Ladd, lui, avait pleuré. Il avait maudit l'ami qui l'avait froidement abandonné. Il avait beaucoup spéculé, sans parvenir à comprendre les raisons de cette déloyauté.

Puis il s'était mis à trembler de peur en prenant conscience que peut-être il ne sortirait pas vivant de ce cachot sinistre.

Pour ne pas perdre la raison, il s'était imposé de tenir le compte des jours, des semaines et des mois. Il y réussit jusqu'à la fin de 1864. Mais, quelque temps après le début de la nouvelle année, il perdit le fil de ses calculs. Tenu dans un isolement constant, accablé par les privations, il sentait son esprit devenir de plus en plus confus. Il ne savait plus quel était le jour ou le mois, et encore moins l'année.

Arriva le jour où il ne sut même plus où il se trouvait.

Le 5 août 1864, à 6 heures du matin, l'amiral David Farragut donna à son escadre l'ordre d'entrer dans la baie de Mobile. La bataille dura moins de quatre heures. A 10 heures, les canons se turent ; la flotte de l'Union avait remporté une victoire facile. Mais la ville elle-même restait aux mains des Sudistes, et il devait en être ainsi jusqu'à la fin de la guerre, en avril 1865.

Ce conflit sanglant avait duré quatre ans et laissait le Sud en ruine. Mais les citoyens de Mobile s'estimaient favorisés s'ils comparaient leur sort à celui de tant d'autres villes. Certes, beaucoup d'entre eux avaient tout perdu. Mais au moins leurs maisons n'avaient-elles pas été occupées, pillées et incendiées par les Nordistes.

Avec ses amies, les jumelles Parlange, Laurette tint à fêter modestement la fin de la guerre. Elles tâchèrent de se persuader que dans quelque temps la vie reprendrait ses droits et que tout redeviendrait comme avant.

Mais au fond d'elles-mêmes, elles savaient que le Vieux Sud s'en était allé pour toujours.

— Jimmy ! Jimmy Tigart ! s'exclama Laurette en ouvrant la porte de sa maison. Est-ce bien vous ? Je n'arrive pas à y croire !

Un large sourire aux lèvres, élégant dans son uniforme d'officier nordiste, la main droite appuyée sur une canne, le jeune homme répondit :

— Mais oui, c'est bien moi, Laurette. Puis-je entrer un moment ?

— Bien sûr ! Pardonnez-moi, mais j'ai un peu oublié les bonnes manières. Avec cette guerre…

Une seule question brûlait les lèvres de Laurette : Jimmy avait-il des nouvelles de Ladd ? Etait-ce pour les lui donner qu'il venait la voir ? Toutefois, elle réprima sa curiosité en notant que le visiteur avait une canne. Elle murmura :

— Vous avez été blessé ? Est-ce que…

— Ce n'est rien, je vous assure. Je vais aussi bien que possible.

— J'en suis heureuse, dit-elle en montrant le chemin vers le salon.

A peine Jimmy était-il installé dans le fauteuil qu'elle lui demanda, pleine d'espoir :

— Ladd ? Est-ce que vous savez quelque chose sur lui ? J'espère toujours qu'il… qu'il…

Les mots moururent à ses lèvres. Le regard de Jimmy n'était pas celui d'un homme qui apporte de bonnes nouvelles.

— Non… protesta-t-elle par avance, les yeux déjà agrandis par l'horreur. Non, ne me dites pas…

Jimmy se leva.

— Je suis tellement désolé, Laurette ! Ladd est mort dans une forteresse appelée Château du Diable, située dans le Maryland. C'était à l'automne 1864.

Après quelques secondes de silence, il reprit :

— Cela est arrivé juste avant ma prise de commandement dans cette forteresse. Ah ! si seulement j'étais arrivé un peu plus tôt ! J'aurais pu porter son nom sur une liste de prisonniers destinés à être échangés.

Jimmy s'interrompit. Pendant un bref moment, il se haït pour ce qu'il était en train de faire. Le visage de Laurette était littéralement ravagé par la douleur et le désespoir.

— Non… murmura la jeune fille devenue pâle comme la mort. Non… non… non… Ladd n'est pas mort. Ce n'est pas possible ! Je ne peux pas supporter cette idée. Je ne l'accepterai jamais.

Ses yeux s'emplirent de larmes. L'expression de son visage changea. Jimmy se demanda si elle n'allait pas laisser exploser sa douleur, devenir comme folle. Mais elle commença à trembler, et bientôt pleura doucement, presque sans bruit.

Jimmy jugea qu'il devait la prendre dans ses bras. D'abord elle se refusa à cet enlacement. Des deux poings elle lui frappa la poitrine. Mais il tint bon sous les coups. Finalement, elle éclata en sanglots et s'abandonna.

Elle pleura longtemps, tandis qu'il lui tapotait le dos et murmurait des paroles de réconfort. Quand elle n'eut plus de larmes, elle releva la tête. Elle tremblait comme une feuille.

Jimmy l'installa sur un sofa, s'assit à côté d'elle. Lui prenant la main, il parla beaucoup. Il lui dit qu'il partageait son chagrin, qu'il comprenait, et qu'il serait honoré si elle voulait bien compter sur lui dans les temps difficiles qui s'annonçaient.

Il voulait l'aider.

C'était le but qu'il s'était fixé.

Il n'était revenu que pour cela.

Laurette expliqua que la disparition de Ladd était la dernière, et la pire d'une longue suite de tragédies qui s'étaient abattues sur elle depuis le début de la guerre.

Elle raconta la mort de son père et de sa mère. Elle ajouta que le père de Ladd, lui aussi, avait été tué pendant la guerre. Bien sûr, elle avait conscience de n'être pas la seule à avoir souffert des malheurs des temps, mais l'avenir lui faisait peur. Elle n'était pas certaine de pouvoir vivre sans Ladd. Au vrai, elle n'avait plus envie de vivre. Pourquoi vivre, d'ailleurs ? Elle n'avait plus de raison de vivre puisqu'elle avait tout perdu, amis, famille, fortune.

Tandis que la jeune fille sanglotait de nouveau, Jimmy eut un peu de peine à cacher le soulagement que lui causait ce dernier aveu.

Ainsi la voie était libre pour lui, personne ne viendrait contrecarrer le délicieux projet qu'il avait conçu.

— Je suis navré, vraiment navré, fit-il d'une voix doucereuse. C'est vrai, vous avez tout perdu. Elles sont terribles, les épreuves que vous avez endurées.

Il passa un bras autour des épaules de Laurette, pour l'attirer contre lui. Elle ne se défendit pas.

— J'ai eu si peur, murmura-t-elle. Je me sentais si seule.

— Je sais, mon enfant. Je sais.

— Mais je pensais… j'espérais que Ladd… Oh ! mon Dieu ! Mon pauvre Ladd.

— Douce Laurette, dit Jimmy en remettant, dans la masse des cheveux blonds, quelques mèches collées sur le visage par les larmes.

— Je ne pourrai pas vivre sans Ladd, affirma-t-elle.

— Je comprends. Mais n'oubliez pas que je suis là, maintenant.

Le major James Tigart avait été envoyé à Mobile par l'armée de l'Union pour superviser la reconstruction du port gravement endommagé au cours de la bataille navale. Cette mission devait lui prendre six mois, un an tout au plus. Il comptait séjourner davantage. Ayant pris ses quartiers dans le meilleur hôtel de la ville, qui s'appelait Sur la Rive, il consacra ses journées à sa mission. Et tous les soirs, sans exception, il se présenta à la porte de Laurette Howard. Elle parlait. Il l'écoutait. Les yeux pleins de larmes, la voix tremblante d'émotion, elle lui racontait les jours heureux qu'elle avait passés avec Ladd. Il écoutait et grinçait des dents. Chaque fois qu'il entendait prononcer ce nom, Ladd, il avait envie de hurler. Il ne le supportait plus.

Passé maître dans l'art de la dissimulation, il n'en laissa jamais rien paraître. Ses efforts ne tardèrent pas à être récompensés. Après seulement un mois de patience, il réussit à persuader la vulnérable Laurette qu'elle aurait tout avantage à l'épouser. Il prendrait soin d'elle. Pour elle, il lutterait. Il l'aiderait à supporter le fardeau que la vie était devenue pour elle.

— Nous sommes bons amis, raisonna-t-il alors qu'il venait de présenter sa demande. C'est Ladd qui nous unit. Nous l'avons tant aimé, vous et moi.

Laurette ayant hoché la tête en signe d'acquiescement, il poursuivit en lui prenant la main :

— Des mariages heureux ont été bâtis sur moins que cela. Je peux vous faire une promesse : jamais je ne chercherai à prendre dans votre cœur la place de Ladd. Je sais que c'est impossible. Mais si vous voulez bien, je prendrai soin de vous jusqu'à la fin de mes jours. Je serai votre rempart contre les rudesses de la vie.

10.

Le 9 juin 1865, au soir d'une journée chaude et humide, alors que l'orage grondait, Jimmy et Laurette se marièrent dans le salon de la maison Howard, rue du Dauphin. A cette cérémonie très brève, strictement privée, presque clandestine, personne ne fut convié.

Le pasteur ayant quitté les lieux, Jimmy se tourna vers sa jeune épouse et lui dit en souriant :

— Laurette chérie, pourquoi ne montez-vous pas la première ? Je vous donne un peu de temps pour… pour…

— Je comprends, répondit-elle, assez nerveuse.

Elle essaya de lui rendre son sourire, ne le put pas. Et tandis qu'elle montait l'escalier conduisant à la chambre, elle se sentit prise d'appréhension.

Elle avait pensé, espéré que Jimmy lui accorderait quelques semaines, à tout le moins quelques jours pour s'accoutumer à l'idée qu'elle était devenue sa femme, avec tous les devoirs que comportait cet état. Elle avait même prié pour cela.

Apparemment, Jimmy avait d'autres projets.

Certes, elle n'avait rien à lui reprocher. Depuis qu'il était de retour, il s'était montré courtois, bienveillant, patient. Il n'avait pas cherché à abuser de la situation. Sa demande avait été présentée dans les formes, quoiqu'un peu rapidement, peut-être. Tous ces traits démontraient un excellent caractère.

Alors, si elle lui avouait la vérité, tout simplement ? Si elle lui disait qu'elle était anxieuse, pas encore prête à des rapports intimes avec lui ? Sûrement il comprendrait. Au fond, ne connaissait-il pas les sentiments qu'elle avait pour lui ? Pour elle, il était un ami très cher ; pas un mari ou un amant ; pas encore…

Laurette n'avait eu qu'un amour dans sa vie. Il n'y en aurait jamais d'autre. Jimmy devait comprendre cela.

Dans la chambre à coucher, la lampe était déjà allumée, le lit ouvert, la chemise de nuit prête. C'était un vêtement tout simple, austère, en coton, avec de longues manches et sans décolleté. En le regardant, Laurette se dit avec tristesse qu'elle n'avait pas prévu de porter ce genre de chose la nuit de ses noces.

Elle avait souvent imaginé cet événement tant désiré et s'était de longtemps décidée pour un voile translucide qui mettrait ses formes en valeur plutôt qu'il ne les dissimulerait au regard de Ladd. Prévoyante, elle avait fait l'acquisition d'un négligé conforme à ses desseins, très peu de temps après le départ de Ladd pour West Point.

La boîte nichait toujours sur le plus rayon le plus haut, au fond, dans la garde-robe de Laurette. Le négligé transparent ne serait jamais porté.

En soupirant, Laurette se dévêtit, passa la modeste chemise de nuit et se mit au lit.

A peine avait-elle eu le temps de modeler son oreiller à coups de poing que Jimmy entrait déjà, sans sa canne, une bouteille de cognac dans une main, deux verres en cristal dans l'autre. En souriant d'un air engageant, il s'approcha du lit.

— Boirons-nous à la prospérité de notre mariage, Laurette ?

— Certainement, répondit-elle en songeant qu'elle avait besoin d'une bonne dose d'alcool pour affronter l'épreuve qui s'annonçait.

Jimmy emplit généreusement les verres, en tendit un à Laurette et s'assit sur le lit, face à elle. Choquant les verres, il proclama :

— A nous, ma chérie.

Ils burent en silence.

Plus nerveuse qu'elle ne l'avait jamais été dans sa vie, Laurette ingurgita le puissant liquide comme une banale limonade. Voyant son verre vide, Jimmy s'empressa de lui servir une nouvelle rasade qu'elle but de nouveau jusqu'à la dernière goutte, quoiqu'un peu plus lentement.

Elle finissait, que Jimmy déjà se levait. D'autorité il lui prit le verre vide, le posa avec l'autre, sur la table de chevet. Puis il se pencha pour raccourcir la mèche de la lampe.

Dans la chiche lumière, Laurette, de plus en plus tendue, observa son mari qui circulait autour du lit. Il se hâtait, son boitement en était accentué. Quand il commença à se déshabiller, Laurette ferma les yeux et frémit.

Le cœur battant d'angoisse, elle se haït de n'avoir pas su refuser ce mariage qui n'était qu'une imposture, une trahison. Elle aurait dû éconduire Jimmy, le décourager ! En acceptant de devenir son épouse, elle n'était loyale ni envers lui ni envers elle-même. Quant à ce que Ladd penserait, s'il savait, elle n'osait pas l'imaginer.

En tout cas, Jimmy n'avait pas à venir dans son lit.

Pour lui elle n'éprouvait aucun désir.

Elle ne l'aimait pas, tout simplement.

Entièrement nu, Jimmy entra dans le lit. Laurette se raidit, bloqua sa respiration, espéra qu'il ne s'agissait que de dormir. Mais voilà que Jimmy se collait contre elle, se frottait contre elle en poussant de petits gémissements ridicules. Puis, se redressant sur un coude, il se pencha vers elle en murmurant d'une voix énamourée :

— Le croiriez-vous ? Nous sommes mari et femme et pourtant nous n'avons jamais échangé un seul baiser. C'est drôle, non ?

Sans lui donner le temps de répondre, il lui prit la bouche pour un baiser maladroit et brutal. En même temps, il repoussait les couvertures. Sa main s'insinua sous la chemise de nuit, pour la remonter jusqu'à la hauteur des seins, qu'il se mit à pétrir avec ardeur.

Laurette se sentait mortifiée, et pas le moins du monde enflammée par le désir.

Tel n'était pas le cas de Jimmy, qui déjà se hissait sur elle et lui écartait les jambes sans ménagement.

D'un seul coup, il la pénétra.

Alors Laurette pleura. Mais ses yeux restaient secs. Les larmes étaient dans son cœur. Jimmy lui faisait mal. Elle ne l'aimait pas. Elle avait honte. Elle pria pour que cette infamie ne durât pas trop longtemps. Elle souhaita mourir.

— Oui, oh oui ! répétait Jimmy, haletant.

Quand, après un ultime coup de reins, il retomba à côté d'elle, il lui dit :

— J'ai rêvé de ce moment pendant des années. Laurette chérie, vous êtes si douce, si douce. Laurette, ma Laurette…

Puis il s'endormit.

Immobile à côté de lui, le regard vide, Laurette essaya de se persuader que la scène ignoble n'avait pas eu lieu, que ce n'était qu'un cauchemar de plus. Puis elle se fit ce serment : de cœur elle ne serait jamais, jamais infidèle à Ladd.

Couché sur son fin matelas envahi par la vermine, Ladd cherchait à deviner en quelle année on était. Il se demandait si la guerre était terminée. Et son ange aux cheveux blonds, le reverrait-il jamais ? Laurette l'attendrait-elle ? Aurait-elle assez de patience ? Tant de temps avait déjà passé, tant de temps risquait de s'écouler encore avant leurs retrouvailles.

Laurette avait solennellement promis qu'elle attendrait, quelle que fût la durée de leur séparation. Ladd pensait qu'elle tiendrait parole. Elle attendrait. Il savait qu'elle attendrait.

Cette affreuse guerre se terminerait bien un jour. Alors il serait libéré, il pourrait rentrer à la maison. Il retrouverait Laurette, la merveilleuse, la fidèle Laurette.

Cet espoir soutenait Ladd, l'empêchait de sombrer dans la folie. Pendant des heures il pouvait rester allongé pour imaginer son retour à Mobile. Riant et pleurant, Laurette se précipiterait dans ses bras et alors… alors…

Mais dans ce cachot que la nuit ne quittait jamais, les espérances de Ladd finirent par s'user, s'amenuiser et mourir. Il avait de plus en plus de mal à croire à sa délivrance et à son retour à Mobile. De même il perdait la foi en ce Dieu qui l'avait pour le moins abandonné.

Il priait de moins en moins.

Puis il ne pria plus.

Il en arriva à se demander s'il n'avait pas passé toute sa vie dans ce trou puant, s'il n'avait pas rêvé la vie d'avant, si Laurette n'était pas le produit de son imagination. Il avait peur de devenir fou. Parfois, il se demandait s'il n'était pas déjà fou, en vérité. Les secondes passaient de plus en plus lentement. Il n'y avait plus de jour et plus de nuit, rien qu'un temps infini, une éternité ennuyeuse à laquelle seule la mort mettrait un terme.

Pourquoi la mort ne venait-elle pas ?

Ladd était fatigué de lutter.

Il n'avait plus envie de vivre.

Accoutumé à rester immobile, il était devenu comme un animal, un de ces insectes dont il devinait parfois la présence aux bruits ténus qu'ils produisaient. Ses yeux s'étaient adaptés à l'obscurité. Il y voyait désormais presque comme en plein jour.

Mais il n'y avait rien à voir.

Quand il eut perdu tout espoir, il décida d'en finir avec la vie. Pour y arriver, il n'avait qu'à se laisser mourir de faim. L'agonie ne durerait pas très longtemps, tant était grande sa faiblesse. En une semaine tout au plus, il passerait de vie à trépas.

La perspective de sa délivrance le rendit presque heureux.

Le jour même, il cessa de s'alimenter. Les jours suivants, il refuserait de toucher aux rations infectes qui lui étaient servies. En très peu de temps, il s'affaiblirait. Bientôt l'inconscience le gagnerait. La fin viendrait vite. Le plus tôt serait le mieux.

Le lendemain, la porte de son cachot s'ouvrit à grand fracas. LaKid entra et lui jeta un journal en claironnant :

— Il est midi, Dasheroon. Réveille-toi, paresseux.

— Qu'est-ce que c'est ? demanda Ladd en jetant un coup d'œil sur le journal gisant sur le sol, à côté de lui.

— C'est ce qui te servira d'assiette, répondit LaKid en riant. Nous avons cassé toutes les autres.

Derrière lui entra un soldat porteur d'un plat fumant, duquel il tira un morceau de ragoût pour le jeter sur le journal. Puis les deux hommes se retirèrent, laissant la porte entrouverte.

Accordant un regard oblique au peu appétissant repas qu'il ne toucherait pas, Ladd sursauta en déchiffrant le titre du journal sur lequel il lui était servi : *La Presse de Mobile.* Vite il se mit à genoux. D'un revers de main il expédia le morceau de ragoût dans un coin et s'empara du morceau de papier. Une date lui apparut : *10 juin 1865.* Il entreprit de déchiffrer l'article situé au-dessous de cette date.

« Hier, 9 juin, le major James Tigart a épousé miss Laurette Howard. La cérémonie a eu lieu dans l'intimité, chez la jeune mariée qui habite rue du Dauphin. Après quelques… »

Ladd ne put pousser sa lecture plus avant. La porte de son cachot venait de se refermer, le plongeant de nouveau dans l'obscurité. Pendant un long moment il resta agenouillé sur le sol humide, plié en deux, tremblant de rage.

Il ne comprenait pas.

Puis il commença à comprendre.

Enfin la vérité lui apparut, terrible, atroce. Maintenant il savait pourquoi Jimmy l'avait précipité dans les entrailles de la forteresse. Jimmy l'avait trahi pour lui voler l'amour de Laurette.

Laurette…

Elle était tout aussi coupable que Jimmy. Elle avait promis qu'elle n'appartiendrait à personne d'autre que lui. Elle avait promis qu'elle l'attendrait aussi longtemps qu'il faudrait. Mensonges ! Mensonges ! Elle n'avait pas attendu, et se moquait bien de savoir ce qu'il était advenu de lui. Peu lui importait qu'il revînt ou ne revînt pas de la guerre. Elle s'était mariée avec Jimmy sans savoir, sans se préoccuper de savoir s'il était mort ou vivant.

Dieu du ciel ! Les deux personnes qu'il aimait le plus au monde l'avaient trahi.

Les bras croisés sur son corps amaigri, Ladd commença à se balancer d'avant en arrière en gémissant, d'abord doucement, puis de plus en plus fort. Il finit par hurler toute la haine qu'il portait en lui. Il tempêta, jura, sacra. Il s'époumona et ne s'arrêta que lorsqu'il n'eut plus de voix, plus de souffle, plus de forces du tout.

Alors, des larmes plein les yeux, il roula sur le côté. Il pleura comme un enfant, les poings serrés, et ne s'arrêta que lorsqu'il n'eut plus de larmes.

Au bout d'un long moment, il se remit debout. Agité d'une fièvre mauvaise, il tremblait de tous ses membres et claquait des dents.

Il avait touché le fond du désespoir.

C'est alors que, levant les yeux vers le haut soupirail d'où tombait une lumière parcimonieuse, il tressaillit. Du revers de la main, il essuya les larmes qui brouillaient sa vision. Il n'en croyait pas ses yeux. C'était trop beau… comme un rêve.

Il ne rêvait pas.

Un magnifique papillon aux ailes pourpres voletait là-haut, entre les barreaux du soupirail. Et voici qu'il descendait en gracieuses arabesques, et il se posa dans la paume de Ladd qui, le souffle retenu, s'émerveilla qu'il y eût encore un peu de beauté en ce monde si laid. Le papillon battit des ailes, puis s'éleva. Il voleta au-dessus de Ladd, monta encore et disparut dans l'azur.

Ladd renifla. Du revers de la main, il essuya les dernières larmes. Tandis qu'il réfléchissait, son visage se durcit et son regard, dans la nuit du cachot, devint étrangement fixe.

Il prit une résolution : plus jamais il ne pleurerait. Ce n'était pas d'un homme.

Il formula ensuite un serment : ceux qui l'avaient trahi seraient traînés en justice.

Sa justice.

Lui qui avait toujours vécu selon les lois de l'honneur attendait qu'on en usât de même avec lui. Tel n'avait pas été le cas. Donc, à partir de maintenant, il vivrait selon la loi du talion.

Œil pour œil, dent pour dent.

Il ne se laisserait pas mourir de faim. Il recommencerait à s'alimenter à l'instant même. Dans ce cachot, il survivrait aussi longtemps que nécessaire. Un jour, ses geôliers finiraient bien par le libérer.

Il vivrait. Il avait le devoir de vivre pour, un jour, sortir de l'enfer.

Et alors…

11.

Alors que, au cours d'une nuit interminable, Ladd cherchait à trouver le sommeil, il entendit soudain un bruit singulier. Il se souleva à demi pour écouter. Le bruit semblait provenir du mur, juste à côté de sa paillasse. Collant son oreille à ce mur, il perçut des grattements continuels, réguliers. Des rats peut-être ? Sans doute, le domaine souterrain en était surpeuplé…

Il se recoucha avec le désir de sombrer enfin dans les abîmes du sommeil. Mais le bruit continuait : des tapotements plutôt que des grattements… Ladd se leva de nouveau et donna de petits coups contre le mur.

Le silence s'instaura aussitôt.

Plus aucun bruit, de l'autre côté, pendant un long moment. Troublé, Ladd tapota de nouveau avec la certitude d'obtenir une réponse, un signal. Parce qu'il s'était pris à croire qu'un autre prisonnier se livrait à quelque travail prohibé, et par prudence s'était interrompu, craignant, bien sûr, qu'un soldat ne l'eût entendu. Voilà pourquoi les tapotements avaient commencé au milieu de la nuit. Le prisonnier attendait que le vieux Jim prît son tour de garde, parce que le vieux Jim buvait sec et qu'après quelques rasades de bourbon, il s'endormait jusqu'au matin.

Si l'hypothèse était juste, il fallait communiquer avec cet homme, lui faire comprendre qu'il n'était pas épié par un soldat aux aguets mais par un compagnon d'infortune, comme lui au secret dans un cachot. Fébrile, Ladd se mit à quatre pattes pour chercher, sur le sol de sa prison, l'os qu'il se rappelait avoir autrefois nettoyé, caché dans une anfractuosité du mur et presque oublié depuis. Il le retrouva et aussitôt l'employa pour attaquer le ciment autour d'une grosse pierre, à la base du mur.

Son cœur cognait dans sa poitrine car, pour la première fois depuis longtemps, il ressentait les atteintes d'un sentiment qui ressemblait au bonheur. La sueur au front, il travailla jusqu'à l'apparition des premières lueurs de l'aube, là-haut, entre les barreaux du soupirail.

Il eût préféré continuer malgré son épuisement, malgré ses mains tremblantes, malgré son souffle court, mais il savait que c'était trop dangereux. Sagement il remit sa paillasse en place, de façon à cacher les dégâts qu'il avait occasionnés dans le mur. Son os précieux, il le remit dans la cachette.

A peine s'était-il allongé, pour faire semblant de dormir, que la porte s'ouvrit. Un soldat lui apportait la pitance qui tenait lieu de petit déjeuner, de déjeuner et de dîner. Il dévora voracement le pain moisi et la viande rance, avec la volonté de reconstituer ses forces pour affronter la nuit suivante dans les meilleures conditions.

Ensuite, il n'avait plus qu'à attendre ; attendre… Ladd vécut la journée la plus longue de sa vie. Trop énervé pour dormir, il ne savait comment tuer le temps : chaque heure durait une éternité. Il arpenta en tous sens son minuscule domaine. Il s'imposa des exercices physiques. Il chanta tout son répertoire. Il se récita de la poésie. Sans cesse il faisait craquer ses phalanges, le regard levé vers le soupirail, en guettant la nuit qui semblait ne jamais devoir venir.

Il se mit au travail à la seconde même où il crut pouvoir le faire sans être inquiété. Comme un forcené il creusa, gratta, descella des pierres qu'il posait sans bruit à côté de lui. La sueur lui brûlait les yeux mais il ne s'en souciait pas. Il parlait tout seul, commentait son travail, supputait ses chances de réussir.

Le trou s'agrandissait.

Vint le moment où son outil de fortune ne rencontra plus aucune résistance. Alors, tremblant d'émotion, il abaissa son visage au niveau du sol, pour essayer de voir ce qu'il y avait de l'autre côté.

Il sursauta et se redressa d'un bond, quand il entendit une voix murmurer :

— Qui est là ?

Le cœur battant dans les tempes, Ladd répondit, sur le même mode :

— Un prisonnier solitaire, comme vous.

Il partit d'un rire hystérique en devinant, plus qu'il ne la voyait vraiment, une tête hirsute dans l'ouverture. Et l'homme qui apparaissait s'exclama à mi-voix :

— Enfer et damnation ! Je me suis complètement gouré. D'après la représentation que je m'étais faite de cette prison, je pensais percer un mur extérieur. Je m'aperçois qu'il n'en est rien.

— En effet, dit Ladd. Pour sortir, il fallait creuser de l'autre côté.

— Il fut un temps où je n'aurais pas commis ce genre de bourde, soupira l'homme en secouant sa crinière. Ce qu'on devient, tout de même…

Puis il tourna son visage vers Ladd et son sourire luisit dans l'obscurité. Il reprit avec gaieté :

— Mais à quelque chose malheur est bon, parce que j'ai fait la connaissance d'un ami du Sud, n'est-ce pas ?

Ladd l'assura que oui. L'homme alors lutta pour s'extraire du trou étroit, il en sortit et se mit debout en tapant sur ses hardes pour en faire tomber un peu de poussière. Puis il se jeta sur Ladd qu'il enlaça et serra contre son cœur comme s'il s'était agi de son fils perdu de vue depuis un temps infini.

— Quel est votre nom ? lui demanda-t-il.

— Capitaine Ladd Dasheroon. Et vous ?

— Major Finis Schafer, pour vous servir, Laddie.

— Finis Schafer... murmura Ladd en qui ce nom éveillait un écho. Vous ne seriez pas, par hasard, ce Finis Schafer qui était comme une légende à West Point ?

— Vous voulez dire qu'on y parle encore de moi, après toutes ces années ? s'exclama le prisonnier dont le regard se mit à briller. Par parenthèse, je dois comprendre que vous aussi avez été un élève de cette brillante institution ?

— J'y suis, en effet, entré juste avant le début de la guerre, lui apprit Ladd. Mais le peu de temps que j'y ai passé m'a donné le loisir d'entendre les histoires fascinantes qu'on raconte à votre propos.

— Il ne faut pas croire tout ce qu'on raconte, vous savez, dit Finis Schafer en riant. Laissez-moi vous donner ma version des événements.

Il proposa qu'on s'assît d'abord, ce à quoi Ladd consentit volontiers. Affaiblis tous les deux par les privations, ils manquaient de forces. Mais la gaieté de Finis Schafer n'avait pas été entamée par le régime inhumain qu'il avait enduré au Château du Diable. Sitôt assis, le dos au mur, il commença un récit coloré de sa vie à West Point, où il était entré vingt ans avant Ladd. Il s'y était signalé par un sens aigu de l'indiscipline, et avait fait les quatre cents coups. Remontant le cours de son existence, il apprit à Ladd que, natif d'Austin, Texas, il avait été orphelin dès sa petite enfance. Puis, sautant le cours des années dans l'autre sens, il révéla qu'il était prisonnier depuis une décennie.

— Comment ? s'exclama Ladd. Vous avez été emprisonné avant le début de la guerre ?

— Pas du tout. J'ai été capturé par les Yankees pendant l'été 1863. Ils m'ont aussitôt jeté dans ce trou puant d'où je ne suis jamais sorti.

— Dix ans, murmura Ladd, abasourdi. Vous êtes sûr que vous êtes ici depuis dix ans ?

— Absolument sûr.

— Mais alors… cela voudrait dire… que nous sommes en…

— En juin 1873, fils !

Ladd eut quelque peine à surmonter le choc de cette révélation. Il reprit, après quelque temps de réflexion :

— Juin 1873 ? Et la guerre n'est toujours pas terminée ?

— Mais si ! Qu'est-ce que vous chantez ? La guerre s'est terminée au printemps 1865. Désolé de vous l'apprendre, mais nous avons perdu.

L'étonnement de Ladd s'accrut.

— Si la guerre est terminée, qu'est-ce que je fais encore en prison ? Et vous ?

— C'est que nous sommes des prisonniers politiques. Moi, j'ai cambriolé une cargaison d'or yankee en route pour Washington.

— Admettons… Mais moi ?

L'air désolé, Finis Schafer secoua longuement sa crinière grise avant de répondre :

— Mon pauvre garçon, j'ai l'impression qu'ils veulent vous faire porter le même chapeau. J'ai entendu les soldats dire un jour que Stanton, secrétaire d'Etat à la guerre, nous accusait tous les deux du détournement de leur or.

Ladd se révolta.

— Vous savez bien que ce n'est pas vrai… De toute façon, même si c'était le cas, cela ne mérite pas un emprisonnement à vie ! C'était la guerre, après tout ! En plus, il ne s'agissait que d'or.

— Hélas ! déplora Finis Schafer, il y a eu mort d'homme dans l'affaire. Un certain major Timothy Todd a perdu la vie pendant l'action. Or, il était un neveu de Mary Todd Lincoln, la femme d'Abraham Lincoln. Vous saisissez ? Nous sommes considérés comme des criminels de guerre.

— Seigneur ! s'écria Ladd épouvanté.

Il lui revint alors qu'un jour il avait entendu LaKid déclarer à des soldats : « Si Stanton sait y faire, Dasheroon et Schafer ne seront jamais libérés. » Sur le moment, il n'avait pas saisi la portée de ces paroles.

Maintenant, il comprenait.

Laurette essayait d'être une bonne épouse pour Jimmy.

Elle tenait la maison propre, préparait les repas et lavait le linge, toutes tâches auxquelles son éducation ne l'avait nullement préparée.

Elle permettait à Jimmy de lui faire l'amour aussi souvent qu'il le désirait ; trop souvent à son gré. Mais il lui semblait qu'elle n'avait pas le droit de se refuser à lui, pas le droit, non plus, de se plaindre. Elle avait accepté ce mariage ! A tort, mais elle l'avait accepté sans y être forcée. Partant, elle devait remplir les obligations qui lui incombaient.

En outre, il lui fallait reconnaître que Jimmy s'évertuait à la rendre heureuse. Il l'aimait et le lui manifestait de toutes les façons possibles.

Par chance il avait trouvé un emploi, fort bien payé, à la banque des Planteurs. Six mois après leur mariage, il en était nommé président ! Selon une rumeur insistante, cet établissement avait été acheté par un groupe d'investisseurs nordistes. Laurette supposait que cette raison expliquait pourquoi Jimmy avait été choisi de préférence à tant d'autres.

Son mari se montrait généreux avec l'argent qu'il gagnait. Il avait entrepris de restaurer la maison de la rue du Dauphin, qui pourtant ne lui appartenait pas. Et il ne se passait pas de semaine sans qu'il rapportât un cadeau, statuette en porcelaine, gants en chevreau blanc, châle de soie, peigne orné de pierreries…

Un jour, il avait offert à Laurette une chemise de nuit en gaze noire, si transparente qu'elle ne donnait aucun travail à l'imagination. Laurette avait rougi jusqu'à la racine des cheveux quand elle avait ouvert la boîte. Jimmy n'avait pas semblé s'apercevoir de sa gêne. Simplement il avait dit :

— Nous attendrons, pour l'inaugurer, une occasion spéciale. Je te dirai quand.

Laurette avait hoché la tête en espérant que beaucoup d'eau coulerait sous les ponts de Mobile avant qu'elle ne fût sommée de porter cette chose. A son grand soulagement, plusieurs semaines avaient passé. Jimmy n'avait plus jamais mentionné la noire chemise de nuit. Peut-être l'avait-il oubliée. C'était son souhait le plus cher.

Mais un jour de février, alors que les douze coups de midi sonnaient à l'église, Jimmy revint à la maison, ce qui ne lui arrivait jamais. En robe de coton, les cheveux simplement noués, Laurette s'occupait à laver le sol du vestibule. Surprise, elle balbutia en le voyant entrer :

— Jimmy ? Je… je ne t'attendais pas. Je ne dois pas être très présentable. Pardonne-moi. Mais que se passe-t-il ?

Souriant de façon énigmatique, Jimmy déposa sa canne dans le porte-parapluies, se retourna ensuite pour fermer la porte. Il déclara :

— Ne t'inquiète pas. Tu es très présentable, Laurette.

Son sourire s'accentua quand il ajouta :

— Dans quelques minutes, tu seras encore plus présentable. Mais ce n'est peut-être pas le mot qui convient. Non… tu seras désirable.

— Je crains de ne pas comprendre, murmura Laurette.

— Tu ne vas pas tarder à comprendre.

Jimmy lui prit le bras et la conduisit vers l'escalier, qu'ils prirent pour se diriger vers leur chambre à coucher. Craignant d'entrevoir les intentions qu'il avait, Laurette tenta de protester :

— Jimmy ! Qu'est-ce que cela signifie ? Au milieu de la journée ? Cela ne se fait pas… Et je ne crois pas que nous…

Les mots moururent à ses lèvres. Jimmy avait ouvert la grande armoire. En ayant inspecté les rayons, il se retourna pour demander d'un air impatient :

— Où est-elle ?

— Quoi donc, Jimmy ?

— La chemise de nuit, voyons ! La noire, celle que je t'ai offerte.

La gorge serrée, Laurette tenta une objection.

— Jimmy, tu n'attends pas de moi, j'espère…

— Si, j'attends ! clama-t-il. Trouve-moi cette chemise de nuit et mets-la.

Il retira sa redingote, la jeta sur un fauteuil et entreprit de déboutonner sa chemise. Puis, voyant son épouse toujours immobile, les bras ballants, il lui jeta :

— Qu'est-ce que tu attends ?

A pas lents, elle se dirigea vers l'armoire et s'agenouilla pour prendre, sur le rayon du bas, tout au fond, le vêtement en question.

— Quand même ! fit Jimmy. Va dans la salle de bains, passe-la et reviens ici. Dépêche-toi un peu.

Stupéfaite de la demande et choquée par la façon dont elle lui était présentée, Laurette tenta de trouver une échappatoire.

— Jimmy, je t'en prie… Ne pourrions-nous pas attendre ce soir ? C'est le milieu de la journée, le soleil brille et…

Brutal, son mari, qui s'employait à ôter sa chemise, lui coupa la parole.

— Je sais tout cela… Je sais aussi ce que je veux. Il me semble que j'ai été assez patient avec toi, mais maintenant, c'est terminé. Tu ne veux faire l'amour avec moi que la nuit, dans une chambre si sombre que nous ne pouvons pas nous voir. Les petites pudeurs, c'est terminé. Tu es ma femme, et j'entends que tu en aies le comportement.

Le cœur battant, Laurette regardait cet homme qu'elle ne reconnaissait pas.

— Tu vas te décider ? cria-t-il. File ! Et quand tu reviendras ici, tu trouveras bon que je t'admire aussi longtemps que je le désirerai.

Comprenant qu'elle n'obtiendrait pas gain de cause, Laurette se dirigea à pas lents vers la salle de bains, dont elle referma la porte derrière elle. Là, elle posa la chemise de nuit sur une chaise. Lentement, elle entreprit de se dévêtir. Lorsqu'elle fut totalement nue, elle reprit la chemise de nuit pour la passer. La gaze coula sur elle comme un souffle d'air frais, caressant au passage ses seins, ses hanches, et descendit jusqu'à ses chevilles. Alors elle se regarda dans le miroir et son visage s'empourpra. Ce vêtement ne dissimulait rien de son anatomie. Autant se promener nue ! Il lui sembla même que, ainsi attifée, elle était plus nue que nue.

— Chérie ! disait, derrière la porte, Jimmy quelque peu radouci. Tu en mets, du temps. Tu me fais languir.

— Je suis presque prête, répondit-elle, les dents serrées.

Elle n'aimait pas faire l'amour avec Jimmy ; n'avait jamais aimé et n'aimerait sans doute jamais cela. Ce n'était d'ailleurs pas lui qu'elle en blâmait, mais elle-même. Car il était bien vrai qu'il avait montré beaucoup de patience, cherchant à lui plaire, à la séduire, à éveiller en elle le désir ; en vain, toujours en vain. Elle ne l'aimait pas. Chaque soir elle redoutait le moment de se mettre au lit avec lui ; une véritable épreuve ! Et voilà qu'il voulait l'obliger à se donner à lui en plein jour ! Elle soupira longuement. Puis elle inspira à pleins poumons pour essayer de se donner un peu de courage. Elle ouvrit la porte. A petits pas elle entra dans la chambre, tête basse.

Jimmy était étendu sur le lit ; complètement nu. Il la regardait en souriant. Elle refusa de croiser son regard, mais continua son chemin vers lui, de plus en plus lentement.

— Arrête-toi, lui ordonna-t-il. Reste où tu es. Je veux pouvoir t'admirer.

Obéissante, elle s'arrêta. Puis elle leva les bras comme il le lui demandait, quoique avec réticence. Elle accepta de ramasser tous ses cheveux dans ses mains pour les ramener sur le dessus de sa tête, et elle garda cette position aussi longtemps qu'il plut à Jimmy. Quand il lui demanda de baisser les bras et de lui tourner le dos, elle acquiesça encore. Après plusieurs minutes d'observation silencieuse, Jimmy lui dit :

— C'est bien. Maintenant, retourne-toi, face à moi.

Serrant les dents si fort qu'elle en avait mal aux mâchoires, Laurette pivota et vit que Jimmy était maintenant assis au bord du lit, penché en arrière, les mains sur le matelas ; tout cela pour mettre son érection en évidence. D'une voix rauque, il ordonna :

— Viens ici, ma chérie.

Laurette marcha vers le lit. Aussitôt qu'elle se trouva à la portée de Jimmy, il la saisit par les poignets et l'attira à lui en même temps qu'il se laissait tomber sur le dos. Extatique, il s'exclama :

— Ce que tu es belle ! Chaque fois que je te regarde, j'ai envie de te posséder.

Il tripota, chiffonna la chemise de nuit à la hauteur des seins et reprit :

— Quand je l'ai vue, dans le magasin, tout de suite je t'ai imaginée dedans. Je savais comment tu serais... et je savais quel effet tu me ferais.

— Oui...

Ce fut tout ce que Laurette trouva à répondre à cette déclaration enflammée. Dégoûtée, elle ferma les yeux quand Jimmy souleva la tête pour la placer entre ses seins.

Pendant une heure elle endura les baisers et les caresses, avec l'impression d'être souillée, profanée.

Quand, enfin, cette épreuve se termina, Jimmy satisfait s'assit au bord du lit et, se grattant les cheveux, il soupira :

— C'est bien beau, tout ça, mais il faut que je retourne à la banque, moi !

Laurette tâtonnait autour d'elle pour chercher sa chemise de nuit, qu'elle retrouva au bas du lit. Elle en usa au mieux pour se couvrir le plus possible.

Jimmy avait fini de se rhabiller. Il se retourna pour poser un rapide baiser sur les lèvres sèches de Laurette. Il lui souffla à l'oreille :

— C'était bien, hein ? Tu sais, j'ai hâte de te revenir. Promets-moi que, ce soir, tu remettras cette merveilleuse chemise de nuit.

12.

Au Château du Diable, les deux prisonniers, aussitôt devenus les meilleurs amis du monde, comparèrent leur destinée. La longue incarcération, les privations et les punitions les avaient affectés de façon différente.

Finis Schafer n'avait absolument pas perdu la notion du temps. Il connaissait l'année, le mois, le jour ; et même pouvait dire à peu de chose près quelle heure il était. Ladd l'admirait pour cela. En revanche, Finis avait perdu le sens de l'orientation, et pour cette raison avait creusé son tunnel vers le cachot de Ladd au lieu de se diriger vers l'extérieur. Il s'interrogea longuement sur les raisons de ce qu'il considérait comme une déchéance. Il en était mortifié.

Voyant venir l'aube, il déclara qu'il était temps de se séparer. Il s'apprêtait à repasser dans sa cellule, mais Ladd le retint par la manche.

— Encore un mot ! Comment avez-vous réussi à creuser ce tunnel ? Vous avez des outils ?

Finis hocha la tête.

— C'est moi qui les ai fabriqués avec la ferraille de mon lit. Je dispose d'un pic et d'une pelle de fortune. C'est avec ces deux instruments que j'ai creusé mon tunnel, sur environ vingt pieds.

— Vingt pieds ? C'est énorme !

— Oui. D'ailleurs, cela ne s'est pas fait en une nuit, vous l'imaginez...

Finis s'interrompit, mordilla sa lèvre un moment, avant de reprendre :

— Je commence à me rendre compte qu'il est impossible de s'évader. Mon destin sera donc de mourir dans ce trou noir.

— Que dites-vous là ? s'exclama Ladd sur un ton d'affectueux reproche. Il ne faut pas perdre espoir ! Puisque vous avez creusé une sortie, pourquoi n'en pas pratiquer une nouvelle, de l'autre côté ?

— Vous voulez que je recommence ? questionna Finis en regardant Ladd comme s'il le soupçonnait d'avoir perdu la raison. Dites, vous ne parlez pas sérieusement ? Vous n'avez pas l'air de vous rendre compte qu'il m'a fallu trois ans, rien que pour confectionner mes outils. Est-ce que vous avez la moindre idée du temps que j'ai passé ensuite, pour creuser le petit trou conduisant à votre cellule ? Allez, dites...

Ladd secoua la tête.

— Deux ans ! Pendant deux longues années, j'ai travaillé sans relâche. Toutes les nuits je me suis échiné à gratter une terre aussi dure que la roche. Alors, si vous croyez que j'ai envie de m'y remettre...

Les yeux agrandis par la désespérance, Finis expliqua longuement comment il avait travaillé, jusqu'à l'épuisement. Malgré les moments de découragement, il n'avait jamais abandonné. Il raconta aussi ses joies, par exemple le jour où il avait retrouvé un ancien conduit d'évacuation qui lui avait facilité le travail en lui offrant aussi un lieu pour cacher le produit de la sape.

Fasciné, Ladd écoutait. Par signes il approuvait, sympathisait. Quand Finis eut terminé son récit, il lui dit :

— Ne croyez pas que vous avez travaillé en vain. Déjà, vous avez trouvé un ami, et ce n'est pas rien. Ensuite, même si ce n'était pas votre but premier, ce travail accaparant vous a permis de ne pas sombrer dans la prostration et la mort. En espérant vous évader, vous gardiez une raison de vivre.

Finis soupira. Redoublant d'enthousiasme, Ladd conclut :

— C'est pourquoi je vous le dis : reprenons votre travail. Creusons ensemble, dans votre cellule, un nouveau tunnel au bout duquel nous trouverons la liberté.

Il y eut un long moment de silence. Puis Finis dit avec douceur :

— Cela nous prendrait trop de temps. Je n'ai plus assez d'énergie.

— Moi, j'accomplirai le travail. J'ai de l'énergie pour deux. Alors, qu'en pensez-vous ?

— Je ne sais pas… Est-ce que vous avez une notion de ce à quoi vous vous engagez ? Il nous faudrait deux ou trois ans, peut-être plus, pour creuser un tunnel assez long pour sortir avec quelque chance de ne pas être repérés.

— Est-ce votre seule objection ? Moi, pour obtenir la liberté, je suis prêt à tous les sacrifices. Quand commençons-nous ?

L'exaltation de Ladd, enfin, vainquit la lassitude de Finis. Avec un mince sourire, celui-ci conclut :

— Venez chez moi ce soir, au milieu de la nuit. Nous nous y mettrons.

Ils s'y mirent au début de la soirée, trop impatients qu'ils étaient pour attendre le milieu de la nuit. Dès la nuit tombée, ils commencèrent leur long, leur fastidieux travail. Plein d'espoir, Ladd s'était mis aux ordres de Finis, auteur du projet.

Nuit après nuit, ils persévérèrent, en silence, avec d'infinies précautions pour éviter un ébruitement fatal. Ils travaillaient aussi longtemps qu'ils le pouvaient et, l'aube venue, dissimulaient les produits de leur travail avant de regagner leur paillasse dans leur cellule respective.

Ladd s'enchantait d'avoir trouvé un compagnon dont l'intelligence et la culture le fascinaient. Finis, de son côté, ne rechignait pas à jouer les professeurs pour ce jeune disciple qui avait conscience de n'avoir pas acquis beaucoup de connaissances au collège et à West Point. Le jour, ils abordaient donc les sujets les plus variés, au gré de leur fantaisie ou des curiosités de Ladd : histoire, philosophie, arts plastiques, musique, théâtre… Ladd questionnait, Finis répondait, expliquait. Ils parlaient de tout, à perdre haleine.

Ayant raconté comment un papillon était apparu au moment le plus noir de sa captivité, Ladd découvrit que Finis Schafer était, aussi, expert en entomologie. Il apprit que *son* papillon était un grand lithénée pourpre. Par la suite, ils parlèrent souvent de lépidoptères.

La nuit, ils creusaient leur chemin vers la liberté.

Les mois passaient. Finis trouvait rapides, inespérés les progrès accomplis dans leurs travaux. Il ne cessait de le répéter avec joie. D'après lui, Ladd, plus jeune et plus robuste qu'il ne l'était, abattait en une nuit la besogne qu'il eût terminée en une semaine, voire davantage. Le tunnel s'allongeait… Finis prédisait une issue heureuse et rapide à leur aventure.

Hélas ! de plus en plus maigre, de plus en plus faible, il s'affaiblissait de jour en jour, Il parlait de moins en moins, n'écoutait presque plus. Vint l'époque où il sombra dans la prostration.

Ladd s'affligeait et s'inquiétait. Il encourageait son mentor à s'alimenter, même s'il n'avait pas faim. Il lui ordonnait de se reposer afin de récupérer ses forces. Pour l'aider à tenir, il lui narrait sans cesse le moment heureux où ils pourraient enfin s'évader. Mais l'état de Finis s'aggravait inexorablement.

Après un an de labeur assidu, le tunnel avait été presque entièrement creusé. L'heure de la libération approchait. Finis était très malade.

— Il est sans doute écrit que vous quitterez seul ce Château du Diable, disait-il souvent à Ladd.

— Il n'en est pas question ! protestait le jeune homme. Je refuse de partir si vous ne venez pas avec moi.

Depuis quelque temps, il travaillait seul dans le tunnel et passait la plus grande partie des journées à soigner un homme qu'il savait mourant. Il lui cédait une bonne partie de sa maigre pitance. Pendant de longues heures, il se tenait près de lui et parlait, parlait d'une voix douce. C'était le seul réconfort qu'il pouvait lui apporter.

Finis Schafer, qui n'avait pas de famille, lui était reconnaissant de sa bonté et de sa loyauté. Il le lui manifestait par des serrements de main ou des regards, car il avait si peu de forces, désormais, qu'il éprouvait les plus grandes difficultés pour parler. Il devait économiser ses paroles.

Pendant une période de rémission, il fit signe à Ladd d'approcher. A voix très basse, il lui tint ce discours :

— Quand vous sortirez d'ici, je veux que vous preniez possession de l'or.

Une longue quinte de toux l'interrompit. Ayant difficilement retrouvé son souffle, il poursuivit :

— Le reste de votre vie se passera dans la splendeur, parce que vous serez un homme riche, très riche.

Le lendemain, par une froide nuit de février 1875, Finis Schafer mourut, les doigts crispés sur les mains de Ladd Dasheroon.

Son compagnon de captivité lui ferma les yeux puis emprunta leur passage secret pour regagner son cachot.

Au petit matin, deux soldats passèrent, comme d'habitude, pour apporter la pitance du jour. Dans la cellule voisine, l'un d'eux jura et s'exclama :

— La vache, c'est toi qui as gagné le pari ! Le vieux est le premier des deux à claquer.

— Merci à lui, répondit l'autre. Puisque tu as perdu, mon vieux, c'est à toi d'aller quérir un linceul. Nous l'enterrerons demain matin.

Ladd suivit, toujours par l'ouïe, les funèbres préparatifs. Quand il eut la certitude que les soldats avaient quitté la cellule de Finis Schafer, il y retourna. Avec soin il décousit le linceul, pour en tirer le cadavre de son ami qu'il ramena jusque chez lui. Il le coucha sur sa paillasse, le visage face au mur, et le couvrit de sa mince couverture. Au moment de quitter définitivement son cachot, il se tourna pour se recueillir et prononcer, à mi-voix, quelques paroles d'adieu. Dans la cellule de Finis Schafer, il s'introduisit à l'intérieur du linceul qu'il recousit au moyen d'une aiguille en os. Puis il s'allongea et attendit.

Angoissé et ému, il attendit, pendant tout un jour et une longue nuit.

Au petit matin, le lendemain, la porte de la cellule s'ouvrit. Les soldats entraient pour prendre possession du cadavre. Ladd se rendit aussi raide qu'il put. On le prit par les pieds et sous les épaules, pour le transporter vers le petit cimetière dont il connaissait l'existence, à l'extérieur de la forteresse.

Sans ménagement on le jeta dans la tombe, qu'il espéra pas trop profonde, et aussitôt les pelletées de terre commencèrent à tomber sur lui. La panique le prit. Sûrement il allait suffoquer et mourir. Il dut faire appel à toute sa volonté pour ne pas se débattre, pour ne pas crier. La terre s'alourdissait sur lui.

Il attendit longtemps, le plus longtemps possible. Quand il eut acquis la certitude que les soldats chargés de l'inhumation s'en étaient allés, il fendit le linceul au moyen du pic fabriqué par Finis Schafer et se fraya un chemin vers la surface. Sa tête émergea de la tombe. Avec prudence, il examina les alentours. Le cimetière était vide.

Alors il sortit de la terre et s'élança vers l'océan. Il courut comme un fou, non sans jeter de fréquents coups d'œil derrière lui pour s'assurer qu'il n'était pas poursuivi par les soldats et par leurs chiens.

Arrivé sur la plage, il se jeta sans hésiter dans l'eau et nagea avec frénésie. Il avait l'intention d'aller le plus loin possible, de décrire une grande courbe pour revenir sur la côte, beaucoup plus loin.

Il ne tarda pas à se rendre compte qu'il n'irait pas loin. L'eau de la baie de Chesapeake était glaciale et déjà ses bras se fatiguaient. Il claquait des dents. Il comprit qu'il coulerait à pic, s'il s'obstinait.

A regret il retourna vers le rivage.

Au bord de l'évanouissement, il toucha terre. Avec difficulté, il se mit debout. Il chancelait, mais il devait marcher, marcher pour s'éloigner de la forteresse toute proche... Après quelques pas, il eut l'impression de tomber dans un trou où il s'enfonça d'un seul coup, jusqu'aux genoux. La terreur le prit.

Des sables mouvants !

La plage cherchait à le dévorer. Inexorablement, il s'enfonçait. Voilà qu'il était pris jusqu'aux hanches dans le sable qui coulait autour de lui comme une eau fatale. Il se résigna à mourir, ferma les yeux.

Mais alors qu'il consentait à sa fin dernière, il sentit que deux mains puissantes l'agrippaient et le tiraient du piège. Etonné, il rouvrit les yeux, aperçut un crâne et deux tibias entrecroisés.

Puis il s'évanouit.

Quand il revint à lui, il souleva les paupières avec prudence. Près de lui un homme était accroupi, qui le considérait avec sévérité. Un homme impressionnant : trois cents livres pour le moins. Son accoutrement n'était pas moins insolite : pantalon en cuir, immense chapeau ; en guise de chemise, un chandail noir orné d'un crâne et de tibias entrecroisés.

Voyant que Ladd avait retrouvé ses esprits, l'homme grommela :

— Pour la natation, il vaut mieux attendre l'été.

— Je tâcherai de m'en souvenir.

Ladd essaya de sourire, puis, avec gravité, reprit :

— Je m'appelle Ladd Dasheroon, pensionnaire du Château du Diable, dont je viens de m'évader. Si vous avez l'intention de m'y ramener, autant de ne pas tarder.

La formidable main de l'homme s'abattit sur l'épaule de Ladd, qui s'entendit répondre :

— Vous ramener là-bas ? Pour qui me prenez-vous, mon ami ? Au contraire, je vais vous aider à filer d'ici.

Soulagé, mais aussi très étonné, Ladd ne sut que balbutier :

— Eh bien… merci… monsieur…

— Willard Gordon Keyes, dit l'homme. Mais tout le monde m'appelle le Pirate.

Il partit d'un éclat de rire gigantesque.

Ladd s'évanouit.

DEUXIÈME PARTIE

13.

Mobile, pendant l'hiver 1880

— C'est avec les chemins de fer qu'il a amassé sa fortune, lança l'un des hommes.

— J'avais entendu dire que c'était avec des mines d'or, dit un autre.

— Avec le télégraphe, affirma un troisième.

— Non, non ! Vous n'y êtes pas du tout. Je sais, moi, que c'est en contournant le blocus pendant la guerre qu'il est devenu immensément riche.

— De toute façon, reprit le premier, tout cela n'a aucune importance. Ce qui est sûr, c'est qu'il est certainement l'un des hommes les plus riches du monde ; un nouveau Crésus !

En ce début de soirée mondaine, toutes les conversations roulaient sur l'invité d'honneur, qui n'était pas encore arrivé. L'homme était une véritable énigme. Il s'appelait Sutton Vane. Il avait fait son apparition à Mobile peu de temps auparavant et aussitôt exprimé son intention de s'établir définitivement dans cette ville.

Les rumeurs allaient bon train. On disait qu'il avait acheté une île où il voulait construire une maison de villégiature. Tout le monde savait qu'il était déjà propriétaire d'une magnifique demeure sise rue du Gouvernement, dans le quartier le plus chic de la cité.

Mais c'était à peu près tout ce qu'on pouvait dire de l'homme mystérieux qui était l'hôte, ce soir, du colonel George Ivy. Pas plus tard que la veille, celui-ci avait joué aux cartes avec Sutton Vane, au club des Camélias, l'avait trouvé agréable compagnon quoiqu'un peu réservé, et *illico* l'avait invité à sa soirée.

Rue du Dauphin, Laurette Howard Tigart se préparait pour une de ses rares sorties dans le monde. Elle menait une vie retirée et solitaire depuis que son mari, accusé d'avoir détourné des fonds importants, avait été renvoyé de la banque des Planteurs. Pour éviter les regards en coin et les chuchotements derrière son dos, elle préférait sortir le moins possible de sa maison… ou plutôt, de la maison qui, autrefois, avait été à elle.

Tous ses biens avaient été saisis quand il était apparu que Jimmy Tigart serait incapable de rembourser les énormes sommes qu'il avait détournées. La belle maison de la rue du Dauphin appartenait donc à la compagnie de la Baie Minette. Qui se cachait derrière cette raison sociale ? Laurette n'en avait aucune idée et supposait qu'il s'agissait des riches Yankees propriétaires, aussi, de la banque des Planteurs. Elle éprouvait pour eux une certaine forme de gratitude, car cette société assez mystérieuse lui avait donné l'autorisation de demeurer dans sa maison, ne la taxant que d'un léger loyer mensuel, une somme symbolique.

Si Laurette acceptait de sortir de sa retraite ce soir, c'était parce que le colonel Ivy, un vieil ami de ses parents, l'en avait priée. Pour lui présenter son invitation, il était passé la voir à l'hôpital militaire où elle travaillait. Elle avait commencé par refuser en cherchant une excuse plausible, mais n'avait pas tardé à changer d'avis. Pourquoi peiner le vieil homme au sourire ingénu, qu'elle aimait comme un père ? Elle avait donc dit oui.

Depuis son mariage avec Jimmy Tigart, elle avait mis un point d'honneur à ne rien révéler de ses malheurs, même pas à ses meilleures amies, Johanna et Juliette. Quand Jimmy, dans les temps qui avaient précédé sa fuite, avait cherché la compagnie d'autres femmes, sans doute plus complaisantes qu'elle, elle avait gardé le silence.

A bien des égards, Mobile était une petite ville de province. Tout se savait. Il ne fallait donc pas douter que la bonne société eût été au courant de la vie, pour le moins agitée, de Jimmy Tigart. Mais Laurette refusait de se plaindre. Elle n'avait soufflé mot à quiconque de son infortune, même pas à son mari. Quand il rentrait au milieu de la nuit, à moitié ivre et dispersant dans son sillage les effluves de parfums bon marché, elle ne s'était jamais autorisé la moindre remarque.

De la faillite de leur mariage, elle se sentait responsable. Elle n'aimait pas Jimmy et il le savait. Comment, alors, lui tenir rigueur de son inconduite ?

Il y avait donc un an que le scandale avait éclaté. Chassé de la banque, Jimmy avait aussitôt demandé le divorce et disparu de Mobile où plus personne n'avait jamais eu de ses nouvelles. Cette nouvelle humiliation avait rejailli sur Laurette qui l'avait endurée comme les autres, en silence, dans une solitude hautaine.

Elle n'eût jamais voulu admettre, non plus, qu'elle était au fond bien contente que son mari l'eût délaissée, et qu'elle espérait ne plus le revoir. Tout bien considéré, elle était moins malheureuse, seule, qu'avec lui. Elle avait appris d'expérience que la claustration et l'ennui valaient mieux qu'une vie conjugale fondée sur le malentendu.

Non sans un soupçon de culpabilité, toutefois, elle admettait que chaque soir, depuis le départ de Jimmy, elle se mettait au lit en remerciant le Ciel de n'avoir plus à y supporter de présence inopportune.

C'est ainsi que la jeune fille gâtée et exubérante était devenue une femme rassise et discrète. Elle gardait pour elle sa mélancolie et ne cherchait, auprès de personne d'autre qu'elle-même, les moyens d'y remédier. Elle endurait, sans récriminer, les épreuves que lui infligeait la vie.

Cette soirée chez le colonel Ivy était une manière d'épreuve, parce qu'elle devrait, pour y assister, surmonter la fatigue que lui valaient ses longues journées de travail à l'hôpital militaire. Elle n'avait pas envie d'y aller. Mais elle avait promis. Le colonel lui enverrait sa voiture à 7 heures précises. Elle ne voulait pas se faire attendre.

Sans joie, elle inspecta sa penderie et fixa son choix, très vite, sur une robe toute simple mais bien coupée, en velours bleu ciel. C'était une chose ancienne, datant du temps de sa splendeur, et qu'elle n'avait plus portée depuis longtemps ; qui, par conséquent, pourrait peut-être passer pour nouvelle. En outre, elle avait l'avantage d'être assortie à un ample manteau avec capuchon, tout à fait ce qu'il fallait en cette très froide soirée de décembre.

Au moment de sortir, Laurette se promit de ne faire qu'une courte apparition à la soirée du colonel Ivy. Elle avait déjà hâte de retrouver la solitude de sa maison.

Arrivée chez son hôte, elle pénétra dans le salon où elle tomba sur Melba Adair et Lydia, la fille de celle-ci, âgée de quarante-huit ans. Elle s'attarda un moment pour bavarder avec elles.

Ce n'était un secret pour personne, à Mobile, que les dames Adair, ruinées par la guerre, avaient réalisé une modeste fortune en vendant leurs domaines, mais que, sur les conseils d'un aigrefin nommé Jackson Tate, elles avaient très mal investi leur argent et de nouveau avaient presque tout perdu. Depuis, elles avaient toutes les peines du monde à tenir leur rang dans la société.

Un verre de punch en main, Laurette s'enquérait de la santé de Melba Adair quand un brusque mouvement, derrière elle, l'incita à se retourner. Elle vit entrer dans le salon, en compagnie du colonel, un homme grand, à l'air ténébreux, vêtu de façon impeccable. Elle nota qu'il avait les cheveux très noirs, parsemés de fils d'argent à la hauteur des tempes et qu'il portait la barbe ; ces détails ne diminuaient en rien son charme. En général, Laurette n'aimait pas trop les hommes barbus mais celui-ci…

Toute à sa contemplation, elle perdit le fil de ses pensées, se troubla et pensa défaillir. Quel est ce vertige ? se demanda-t-elle en portant la main à son front. Il lui semblait qu'elle avait peur, mais ne savait pourquoi. Son incompréhensible appréhension s'accrut quand elle prit conscience que le colonel amenait l'inconnu vers elle. Ayant procédé d'abord aux présentations avec les dames Adair, le vieil homme se tourna vers elle.

— Et cette charmante jeune personne, dit-il en souriant, est madame Laurette Howard Tigart.

Le regard de l'homme se braqua sur elle. Le colonel poursuivait, pour elle :

— Mon enfant, permettez-moi de vous présenter monsieur Sutton Vane.

— Charmé de faire votre connaissance, déclara Sutton Vane, d'une belle voix grave et profonde de baryton.

Il se pencha sur la main indécise qu'elle lui tendait, se redressa et demanda :

— Je ne crois pas avoir déjà aperçu votre mari. Assiste-t-il à cette soirée, lui aussi ?

De ses lèvres, il avait à peine effleuré les doigts de Laurette, qui eut l'impression de subir une brûlure. Elle frissonna. Les petits cheveux de sa nuque devinrent électriques. Elle se sentait de plus en plus mal. Surtout, elle ne savait que dire. Le colonel répondit pour elle, à voix très basse :

— Madame Tigart a divorcé.

Les sourcils de Sutton Vane se haussèrent imperceptiblement. Laurette rassembla toute sa volonté pour prononcer, d'une voix mourante :

— Soyez le bienvenu à Mobile.

— Je vous remercie. J'espère que nous pourrons devenir amis.

Après un bref échange de paroles aimables mais banales, il s'éloigna en compagnie du colonel. Laurette le suivit des yeux, sous le regard surpris des dames Adair qui s'étonnaient sans doute de ce curieux comportement, contraire, en tout cas, à toutes les règles de la bienséance. Mais elle ne pouvait se discipliner. La présence de l'étranger exerçait sur elle une influence étrange, contre quoi elle n'avait pas la force de lutter.

Détournant enfin les yeux, elle s'astreignit à comprendre. En quoi celui-ci était-il différent des autres hommes assistant à cette soirée ? Certes, il était fascinant de beauté. Pourquoi ? A cause de ses yeux bleus ? Ou de ses lèvres bien dessinées qui donnaient irrésistiblement à penser au baiser ? Cette bouche sensuelle, pourtant, ne souriait pas ; elle restait crispée. Quel secret Sutton Vane cachait-il ?

Incapable de résister, Laurette reporta le regard sur lui, quoique de façon un peu plus discrète. Elle tressaillit et ressentit une nouvelle atteinte du malaise qui l'avait perturbée quelques minutes plus tôt. La comparaison de Sutton Vane avec un grand fauve s'imposa à elle : d'un charme indéniable, il était sans doute aussi très dangereux, cruel même ; ce qui ne le rendait pas moins séduisant ; au contraire !

Sutton Vane, qui se déplaçait dans le salon, toujours en compagnie du colonel Ivy, multipliait les rencontres. Avec les uns et les autres il échangeait quelques mots aimables, avant de s'éloigner pour de nouvelles présentations. Tous ses interlocuteurs, il les laissait sous le charme. Il suffisait de voir la façon dont les messieurs, comme les dames, le suivaient un moment du regard quand il les quittait, comme s'ils regrettaient tous que l'entretien eût déjà pris fin. Laurette n'en ignorait rien. Elle se sentait piquée d'une jalousie inconcevable, puisque sans objet…

Quand le bal commença, quelques minutes après 21 heures, Sutton Vane se montra aussitôt empressé auprès des dames. Il en invita plusieurs, qui visiblement prirent grand plaisir à virevolter sur la piste avec lui, car il était très bon danseur. Johanna Parlange Ford fut de celles-là, mais pas Laurette, qui pourtant espérait. Il lui sembla même que Sutton Vane s'ingéniait à ne pas s'approcher d'elle, qu'il évitait de croiser son regard. Dépitée, elle jugea qu'elle ne s'était que trop attardée dans cette soirée, qu'elle n'eût pas dû céder aux instances du colonel. Ce genre de festivité n'était plus pour elle. En conséquence, elle allait faire ses adieux et partir. Du regard, elle chercha le maître de maison…

*

* *

Elle poussa un immense soupir de soulagement en franchissant le seuil de sa maison. Enfin seule ! Et vite au lit, car elle avait froid. En frissonnant, elle prit l'escalier menant à sa chambre.

C'est avec un plaisir indicible qu'elle se glissa entre ses draps. Elle arrangea ses oreillers, tira les couvertures jusqu'à son menton, attrapa son livre de chevet et en commença la lecture. Du moins, elle essaya de lire. Elle ne tarda pas à abandonner. Son esprit refusait de s'intéresser au roman, pourtant passionnant. Alors elle remit le signet entre les pages, reposa le livre sur la table de nuit, ferma les yeux. Aussitôt lui apparut Sutton Vane... Elle tressaillit avec violence, puis s'interrogea et chercha dans ses souvenirs.

Sutton Vane avait le pouvoir exorbitant d'accélérer les battements de son cœur. Il n'avait même pas besoin d'être présent... comme Ladd...

Vingt ans s'étaient écoulés depuis que Ladd était parti.

Peu de temps après Laurette, Sutton Vane quitta lui aussi la maison du colonel Ivy. Il s'était montré chaleureux avec les messieurs, charmant avec les dames. A l'évidence, il avait passé une excellente soirée. La bonne société de Mobile s'enchantait de cette nouvelle recrue.

Ce que la bonne société ne savait pas, c'est que le monsieur si aimable, dans la voiture qui le ramenait chez lui, était de fort méchante humeur... comme toujours depuis vingt ans. La haine le rongeait.

Sutton Vane rentra directement chez lui, rue du Gouvernement. Il sortit de la voiture sans attendre que le cocher descendît pour lui ouvrir la portière, et de même entra-t-il dans son imposante maison sans attendre d'aide. Il pénétra dans le vestibule, immense, vide et sombre. De là, il dirigea ses pas vers un salon où il trouva un homme somnolant dans un fauteuil placé devant l'âtre où brûlait un feu en voie d'extinction. Il toussota.

Le Pirate sursauta, se leva et demanda aussitôt :

— Alors, comment s'est passée la soirée ?

— Exactement comme je l'avais prévu, répondit Sutton Vane, avec un sourire glacial.

Il se laissa tomber dans un fauteuil en face de celui qu'avait occupé le Pirate. Celui-ci, qui ne se rassit pas, hocha la tête et reprit :

— Mon ami, je persiste à croire que vous devriez abandonner cette idée de vengeance.

— Il ne s'agit pas de vengeance, mais de justice, répondit Sutton Vane, d'une voix métallique. J'applique la loi du talion.

Le Pirate ne répondit pas. Il s'inclina et quitta la pièce.

Sutton Vane se versa un grand verre d'excellent bourbon du Kentucky. Puis il souffla les lumières. La pièce ne fut plus éclairée, faiblement, que par les braises rougeoyant dans l'âtre. Cette atmosphère s'accordait très bien avec son humeur sombre. Il soupira.

L'événement qu'il attendait depuis si longtemps s'était enfin produit.

Il l'avait vue. On l'avait présenté à elle. Il avait pu échanger quelques mots avec elle, la belle jeune fille à l'esprit fantasque, dont l'image ne l'avait jamais quitté aux heures les plus noires de son existence, quand il croupissait dans le cachot infâme du Château du Diable.

La jeune fille, maintenant une femme, était plus belle que jamais, avec ses cheveux blonds comme l'or… ses grands yeux sombres… son teint si pâle, si délicat… son corps admirable…

Sutton Vane ferma les yeux, serra les dents et les poings, laissa échapper un soupir qui exprimait sa rage et sa douleur. Mais il ne tarda pas à se reprendre. Il rouvrit les yeux, prit son verre sur le guéridon, but une large rasade de bourbon. Il se sentait mieux. Son visage se décrispa. Il put reprendre le cours de ses pensées.

L'entrevue de la soirée s'était déroulée telle qu'il l'avait maintes fois imaginée depuis que le bateau le ramenant à Mobile était entré dans le port. Debout sur le pont par cette belle matinée de septembre, quelque trois mois plus tôt, il n'avait ressenti aucune joie en revoyant le cadre familier de son enfance. Il revenait après vingt ans d'épreuves terribles, qu'il avait surmontées. Il revenait pour se venger de la trahison et des humiliations. Pourtant il n'était pas heureux, il ne frémissait pas d'impatience.

Une question l'obsédait : comment se sentirait-il, comment se comporterait-il quand il la reverrait ?

Et elle ?

Elle ne l'avait pas reconnu.

Personne, d'ailleurs, ne l'avait reconnu. Cela ne le surprenait pas outre mesure. Il avait tant changé, en vingt ans de guerre et de prison, qu'il lui arrivait de ne pas se reconnaître lui-même. Il eut un ricanement amer. Le garçon insouciant et joyeux avait disparu et il ne reviendrait plus jamais. Mais inutile de se lamenter : ce qu'il lui était arrivé, au fond, il l'avait bien cherché ; ce qui ne le dispensait pas du devoir de vengeance.

En proie à une nouvelle bouffée de haine, Sutton Vane se remit à grincer des dents. L'évocation de l'homme responsable de sa longue et injuste captivité lui était insupportable…

… Et plus insupportable encore, la pensée de celle qui avait promis de l'attendre, quoi qu'il advînt.

D'une seule gorgée, Sutton Vane termina son verre de bourbon et ses lèvres s'étirèrent en un sourire sardonique. Il s'était promis la justice et ce serment, il l'avait renouvelé chaque jour dans sa prison. Maintenant qu'il était enfin libéré, il exercerait sa justice, à son profit, aux dépens de tous ceux qui l'avaient trahi.

Il parviendrait à ses fins. L'heure de la vengeance ne tarderait pas à sonner.

Après son évasion, le fidèle Pirate l'avait caché et soigné jusqu'à la guérison complète. Ensuite ils s'étaient lancés à la recherche du trésor révélé par Finis Schafer, c'est-à-dire de la cargaison d'or dérobée par celui-ci au gouvernement des Etats-Unis. Pour les guider dans cette quête, ils ne disposaient que de la carte grossière, dessinée sur un morceau de tissu, que le vieux prisonnier, avant de mourir, avait confiée à son jeune compagnon, en même temps que quelques indications orales, proférées d'une voix affaiblie : l'or fédéral se trouvait dans une grotte creusée au pied des Appalaches, dans l'Etat de Virginie.

Avait alors commencé une année de longues, difficiles et frustrantes recherches. Les Appalaches comportaient de très nombreuses grottes, souvent très difficiles d'accès. Désespérant de trouver celle de Finis Schafer, les deux hommes en étaient même venus à se demander si le trésor existait pour de bon, s'il ne s'agissait pas, tout simplement, d'une chimère. Fatigués et découragés, ils décidèrent enfin d'abandonner.

Par un froid matin de mars 1877, ils s'abritèrent dans une anfractuosité de la montagne pour se restaurer et se reposer avant de reprendre la direction du Sud. Pendant que Ladd préparait le thé, le Pirate s'assit sur une grosse pierre plate qu'il sentit céder sous son poids. Il poussa un juron. Ladd se retourna, le vit disparaître comme si la terre venait de s'ouvrir sous lui. Il s'approcha de la cavité béante, qui mesurait bien vingt pieds de profondeur. Angoissé, il cria :

— Etes-vous blessé ?

Au fond de la fosse, le Pirate riait à gorge déployée. Au bout d'un long moment, il réussit à répondre :

— Non, je ne suis pas blessé. Et figurez-vous que j'ai trouvé votre trésor !

Sans hésiter, Ladd sauta dans la fosse au fond de laquelle le Pirate, debout, se massait le dos d'une main et de l'autre lui désignait un recoin. Pendant plusieurs minutes les deux hommes restèrent là, muets, à regarder les centaines de barres d'or qui luisaient dans la pénombre.

Dès ce moment, Ladd devenait un homme immensément riche.

Et déjà, il dressait ses plans.

Quelque temps plus tard, il se dirigeait vers son pays natal, discrètement, mais non sans acquérir le concours des hommes loyaux dont il aurait besoin pour accomplir ses projets tandis qu'il resterait dans l'ombre. Disposant de fonds pratiquement illimités, cette équipe de redoutables négociateurs s'était lancée à la conquête du Sud. En distribuant les promesses ou en distillant les intimidations, il s'agissait d'acquérir certaines entreprises désignées.

En quelques années, Sutton Vane avait accompli de grands progrès. Propriétaire de la banque des Planteurs, il avait promptement promu son employé, Jimmy Tigart, au poste de président, en sachant que celui-ci ne résisterait pas longtemps à la tentation. Effectivement ! Très fier de son ascension sociale, désireux de mener un train de vie que son salaire ne lui permettait pas de tenir, le nouveau président n'avait pas tardé à puiser dans les caisses, avec habileté pensait-il. Hélas ! pour lui, la rumeur n'avait pas tardé à se répandre dans tout Mobile... et pour cause, puisque c'était l'équipe de Sutton Vane qui l'avait lancée.

Une fois ses méfaits commentés sur la place publique, le président disgracié s'était vu offrir un choix. Ou il s'apprêtait à passer plusieurs années dans une prison fédérale ou il pouvait, après avoir divorcé, se réfugier en Europe. Dans ce cas on lui fournirait un billet sans retour et il promettrait de ne jamais revenir en Amérique car alors sa vie serait en danger. Inutile de préciser que Tigart avait choisi le second terme de l'alternative.

Au moment de s'embarquer, il avait eu une courte entrevue avec un mystérieux messager qui lui avait appris comment il avait été manipulé, et par qui.

Un mince sourire de mépris tordit les lèvres de Sutton Vane. L'ignoble Tigart s'était rendu sans combattre ! Il avait fui, comme un lâche qu'il était. Cette victoire avait été remportée avec tant de facilité qu'elle en perdait un peu de son sel. Heureusement, d'autres affrontements suivraient.

En effet, Jimmy Tigart n'était que le premier à subir les foudres de la justice dispensées par Sutton Vane. Gilbert LaKid serait servi, lui aussi. Jusqu'à présent, il était resté introuvable, mais des dizaines d'hommes s'étaient lancés à sa recherche ; ils finiraient bien par le débusquer. Alors il recevrait le châtiment exemplaire que lui méritait sa cruauté, un châtiment raffiné que Sutton Vane mettait au point, peu à peu, avec délectation.

Cela dit, la punition la plus terrible, la plus édifiante aussi, serait réservée à Laurette Howard Tigart, qui avait brisé son cœur innocent.

Les yeux de Sutton Vane s'étrécirent quand il évoqua pour lui-même le plan ingénieux et véritablement inhumain qu'il avait conçu. Il avait passé des heures interminables à se demander comment elle pourrait payer la faute impardonnable qu'elle avait commise. Comment pourrait-il lui infliger une souffrance au moins égale à celle qu'il avait endurée à cause d'elle ?

Il avait longuement réfléchi.

Il avait fini par trouver.

Dans quelques semaines, quand la belle aurait presque oublié leur brève rencontre chez le colonel Ivy, il commencerait à la courtiser. Il savait qu'il lui avait fait une forte impression : en témoignait la nervosité qu'elle avait montrée. Donc, elle ne pourrait s'empêcher de penser à lui pendant plusieurs jours. Elle se demanderait qui il était. Elle souhaiterait des retrouvailles, les attendrait avec impatience. Ses espoirs étant déçus, sa déception serait grande mais finirait par s'atténuer. Le souvenir s'estomperait.

C'est alors que Sutton Vane reparaîtrait : quand Laurette ne l'attendrait plus. Il se comporterait en parfait homme du monde. Il demanderait la permission de se présenter chez elle ; permission qu'il obtiendrait facilement. Il n'avait aucun doute à ce sujet.

Il serait son chevalier servant, il l'accompagnerait à des soirées dans le monde. On les verrait partout. Il lui témoignerait la plus grande déférence. Par ses attentions, il la charmerait. Avec ses cadeaux de prix, il la subjuguerait.

Quand elle serait prête à se rendre, il la séduirait. Il lui ferait l'amour avec passion, avec fougue. Il la rendrait folle de plaisir, folle de désir.

Elle ne pourrait plus se passer de lui.

Sutton Vane était sûr, aussi, qu'elle ne le reconnaîtrait pas, même dans l'intimité de leur lit. C'est qu'il n'était plus le jeune homme fougueux, mais inexpérimenté et souvent maladroit, dont elle avait gardé le souvenir.

En cinq ans, depuis son évasion, il avait connu de très nombreuses femmes : des femmes belles, des femmes riches, des femmes expertes dans les choses de l'amour. Avec elles il avait beaucoup appris. Il avait appris vite. Il savait maintenant comment s'attacher une femme en lui prodiguant des plaisirs intenses et rares.

Aucune ne pouvait lui résister.

Donc, Laurette deviendrait folle amoureuse de lui ; fatalement. Cela prendrait peut-être du temps. Cela prendrait le temps qu'il faudrait, des semaines, des mois s'il fallait. Sutton Vane n'était pas pressé.

Quand, enfin, Laurette se rendrait à lui cœur, corps et âme, alors il lui révélerait sa véritable identité. Ensuite il la quitterait et s'afficherait avec une nouvelle conquête. Laurette n'aurait plus qu'à souffrir comme il avait souffert.

Le jour de Noël, à Mobile...

Dans toute la ville, des branches de houx décoraient les réverbères. Sur la place Bienville, des groupes d'enfants aux joues rouges chantaient des cantiques.

Laurette s'était portée volontaire pour assurer la permanence à l'hôpital militaire, le jour de Noël. Ainsi, deux autres infirmières ayant charge de famille pourraient passer cette journée de fête en compagnie de leurs enfants.

Laurette aimait beaucoup son travail. Elle avait commencé du temps de son mariage, comme bénévole parce qu'elle n'avait alors pas besoin d'argent et qu'elle s'ennuyait un peu.

Elle était maintenant rémunérée grâce à la bienveillance de Gordon Hill, l'administrateur de l'hôpital, qui connaissait sa situation financière difficile.

Elle était heureuse de se dévouer aux malades et aux blessés, le jour de Noël, parce que ses meilleures amies, les jumelles Parlange, rendaient visite à leur parentèle de La Nouvelle Orléans. Elle aimait donc mieux vaquer à l'hôpital plutôt que d'errer, toute seule, dans sa maison vide et triste, sa maison trop grande pour elle.

Si un pâle soleil s'était montré de bon matin, il n'avait pas tardé à disparaître. Le ciel s'était chargé de gros nuages et toute la ville avec lui avait sombré dans la grisaille. Vers midi, la pluie avait commencé à tomber. Laurette, qui parcourait alors les longs couloirs de l'hôpital, s'arrêta un moment à une fenêtre pour regarder les gouttes d'eau s'écraser dans les flaques. Ce spectacle l'attristait et la glaçait. Elle frissonna, ramena son châle sur ses épaules. Pensive, elle reprit sa marche.

En arrivant à la chambre où l'on attendait ses soins, elle s'arrêta pour se forcer à sourire avant de tourner le bouton de la porte. Puis elle entra d'un pas décidé et lança, en tâchant de paraître gaie et pleine d'entrain :

— Joyeux Noël, monsieur Cooper !

Le soldat alité tourna vers elle un visage aux yeux éteints. En s'approchant, Laurette prit dans les siennes la main décharnée qu'il avait à peine soulevée, et elle demanda :

— Monsieur Cooper, y a-t-il quelque chose que je puisse faire pour vous ?

— Oui, souffla-t-il d'une voix faible. Restez près de moi pendant un petit moment.

— Pourquoi pas ? C'est dans mes cordes.

Le soldat Cooper était l'un des rares pensionnaires de l'hôpital à ne pas avoir de famille dans les environs ; partant, pas de visites. Laurette pouvait facilement imaginer, d'après son propre état d'esprit, quels étaient les sentiments de cet homme seul, en cette journée de fête pluvieuse et grise. Comme elle, il avait sans doute la nostalgie des Noëls de son enfance.

— Voulez-vous que je vous fasse un peu de lecture ? demanda-t-elle en lui remontant les couvertures.

— J'aimerais bien. Vous avez une très jolie voix quand vous lisez.

Sur la table de chevet elle prit le livre en cours, l'ouvrit à la page marquée par le signet, s'installa dans un fauteuil et se remit dans le cours du récit. Aussitôt le soldat Cooper ferma les yeux, pour mieux écouter. Mais après quelques minutes seulement, il se mit à ronfler. Laurette posa le livre sur ses genoux et soupira. Elle attendit. M. Cooper ne se réveillait pas. Alors elle prit appui sur les accoudoirs pour se lever.

C'est alors qu'un bruit de pas, dans le corridor, attira son attention. Deux infirmières approchaient. Elles parlaient avec animation. Deux fois, un nom revint dans leur conversation.

Sutton Vane.

Elles parlaient de l'homme rencontré par Laurette, quelques semaines plus tôt, au cours de la soirée chez le colonel Ivy. Personne, en ville, ne savait pourquoi il était brusquement apparu à Mobile. A cause de ce mystère, tout le monde s'intéressait à lui. Sur cet homme si beau, si riche, circulaient les rumeurs les plus fantastiques.

Il avait acheté le Riverside, l'hôtel le plus ancien de la ville et avait, disait-on, l'intention de le rénover entièrement afin d'en faire un établissement prestigieux... Il était propriétaire d'un magnifique bateau... Des travaux importants avaient commencé sur l'île où il voulait construire sa villégiature... Dans sa maison, rue du Gouvernement, les femmes jeunes et belles entraient en rangs serrés… Un roi, un véritable roi, disait-on avec envie ou admiration.

Laurette n'échappait pas à la fascination générale. Comme tout un chacun, elle s'intéressait aux faits et gestes de Sutton Vane. Aux on-dit, elle prêtait une oreille plus que complaisante. Sans vergogne elle se leva pour s'approcher de la porte et entendre mieux ce que les deux infirmières avaient à dire.

Elle rêvait, aussi. Dans ses moments de solitude, elle imaginait que, plus jeune et plus belle, elle était remarquée par M. Sutton Vane et obtenait ainsi le droit de pénétrer dans la belle maison, rue du Gouvernement.

Qu'il serait exaltant, songeait-elle, de partager la vie de cet homme exceptionnel, ne fût-ce que pour un moment, un tout petit moment.

14.

C'était un samedi matin.

Une pleine semaine du mois de janvier avait déjà passé. Laurette, de service à l'hôpital militaire, vit venir à elle une infirmière qui lui demanda si cela l'ennuierait d'aller à la pharmacie de la rue Conti.

— Je me permets de vous demander ce service, lui expliqua cette femme, parce que nous commençons à manquer de certains produits et que nous n'avons pas le temps d'attendre la prochaine livraison régulière en provenance de Montgomery.

— Volontiers, dit Laurette en dénouant le tablier blanc qu'elle portait sur sa robe de laine grise. Vous n'avez qu'à me donner une liste et j'y vais de ce pas.

Quelques minutes plus tard, elle descendait d'un bon pas la rue de la Vieille Coquille qui menait à la rue Conti. Elle n'avait pas jugé utile de se couvrir les épaules avec un châle, la journée étant exceptionnellement douce. En passant devant les jardins elle nota même, avec un plaisir ineffable, que les azalées commençaient à fleurir.

Elle entra dans la pharmacie, vide à ce moment. Le pharmacien, qui la connaissait bien, l'accueillit avec un grand sourire.

— Bonjour, madame. Belle journée, n'est-ce pas ?

— Parfaite, répondit-elle en tendant sa liste.

L'homme de l'art en prit connaissance et indiqua :

— Cela ne me prendra que quelques minutes.

Il poussa la porte menant à son laboratoire.

Les bras croisés, Laurette s'absorba dans la contemplation des étagères où s'amoncelaient, en piles bien nettes, les boîtes et les flacons.

— Pardonnez-moi de vous importuner, madame...

Laurette sursauta et se retourna. De derrière un rayonnage sortait l'homme qu'elle avait déjà reconnu à sa voix : Sutton Vane, qui reprit, d'un air très sérieux :

— J'aurais besoin de votre aide.

— Mon aide ? questionna Laurette fort surprise.

Il s'approcha, lui prit le bras :

— Mais oui. C'est par ici.

— Attendez ! protesta Laurette en comprenant qu'il la conduisait vers la sortie. Je suis ici pour quérir des fournitures dont l'hôpital a un urgent besoin, et je n'ai pas l'intention de partir avant...

— Cela ne vous prendra que quelques minutes. En outre, il se trouve que j'ai vraiment besoin de votre aide.

Intriguée, flattée aussi, elle demanda :

— Que puis-je faire pour vous, exactement ?

Sutton Vane ne daigna pas répondre.

Confuse, Laurette se laissa entraîner. Avec lui elle sortit. Dans le soleil de janvier, décidément éblouissant et très chaud, elle esquissa pourtant un petit mouvement de résistance. Sutton Vane, d'un sourire, lui signala qu'elle n'avait rien à craindre. Comprenant qu'il ne servirait à rien de regimber, elle marcha avec lui jusqu'à une voiture laquée de noir, où il la pria d'entrer, en lui tenant la main. Il l'y suivit, referma la portière.

Nerveuse, elle porta son regard sur la rue, à peu près déserte. L'inquiétude la gagnait. Ne s'était-elle pas laissé entraîner dans un guet-apens ?

— Seriez-vous, par chance, libre ce soir ? lui demanda Sutton Vane.

— Libre... répéta-t-elle comme si elle ne comprenait pas le sens de ce mot. Oui... il me semble que oui, mais...

— Parfait ! Je vous invite à dîner.

— Dîner ? s'exclama-t-elle. Est-ce cela, l'aide que vous attendez de moi ?

— Exactement. J'ai terriblement besoin que vous partagiez le pain et le sel avec moi.

Agacée, elle rétorqua :

— C'est une folie ! Croyez-vous que j'aie le temps ?

— Vous devriez le prendre, le temps.

— Je vous demande pardon ?

— Permettez-moi de vous poser une question : quand vous êtes-vous divertie pour la dernière fois ?

— Eh bien, je... je...

— C'est ce que je pensais : trop longtemps, dit Sutton Vane, en souriant.

Ebranlée, mais pas décidée à se laisser circonvenir, Laurette croisa les bras. Prenant un air sévère, elle reprit :

— Je ne vous connais pas. Alors, pourquoi accepterais-je votre invitation ?

Il répondit du tac au tac.

— Que voulez-vous savoir ? Vous n'avez qu'à demander.

Elle s'accorda un moment de réflexion, puis les questions fusèrent.

— Que faites-vous à Mobile ? Pourquoi êtes-vous venu ici ? D'où êtes-vous ? Où se trouve votre famille ? Pourquoi avez-vous besoin que je dîne avec vous ?

Le menton haut, elle attendit. Les réponses ne tardèrent pas.

— Je suis à Mobile parce qu'un jour j'ai visité cette ville et qu'elle m'a plu. J'ai beaucoup voyagé au cours des dernières années.

Le regard de Sutton Vane devint fixe, sa voix plus grave.

— Pendant quelques années, j'ai habité dans le Maryland, très exactement dans une grosse bâtisse en haut d'une falaise, au bord de la baie de Chesapeake.

— Cela devait être un endroit charmant.

— Inoubliable.

— Mais vous n'avez pas répondu à ma dernière question : pourquoi désirez-vous dîner avec moi ?

— Chère madame, vous êtes-vous regardée dans un miroir, récemment ? Vous êtes belle et, à ce qu'on m'a dit, intelligente aussi. Donc, pourquoi me priver du plaisir de votre présence ? J'ai la faiblesse de penser que nous nous accorderions très bien. Comprenez-vous ?

Pas convaincue, Laurette secoua la tête. Sutton Vane poursuivit :

— Je vous en prie, acceptez de dîner avec moi. Je m'engage à ce que vous passiez une très agréable soirée.

Laurette ouvrit la bouche pour réfuter ces arguments qui lui paraissaient fallacieux. Mais, d'un doigt, Sutton Vane lui scella les lèvres, et il garda la parole.

— N'ayez aucune inquiétude. Cette soirée sera tout à fait convenable. Le colonel et madame Ivy sont aussi mes invités. Allons, acceptez…

Les garanties semblaient solides. Laurette ressentait le picotement de la tentation, mais elle hésitait encore.

— Je ne sais pas, murmura-t-elle. Voyez-vous, je…

Sutton Vane coupa court à ces atermoiements.

— C'est dit ! Je vous envoie ma voiture à 20 heures.

— Vous ne savez même pas où je demeure.

— Mais si ! Je me suis renseigné. Alors, me donnez-vous votre agrément, enfin ?

Le ton restait très aimable. Sutton Vane souriait. Mais le regard trop bleu, et fixe, était celui d'un homme implacable. Laurette sentit que sa volonté se délitait. Presque malgré elle, elle murmura son consentement. Alors Sutton Vane lui prit la main, posa un baiser sur son poignet et dit :

— Oserais-je vous demander encore une faveur ? Il me serait agréable de vous voir, ce soir, dans la robe bleue que vous portiez à la soirée du colonel Ivy. Vous étiez… magnifique… inoubliable !

— Très bien, je la porterai donc, murmura Laurette, au fond assez satisfaite de cette demande, car la robe bleue était la seule chose dont elle n'eût pas trop à rougir.

— Alors mille mercis, madame… Merci, Laurette. Puis-je vous appeler par votre prénom ? Me le permettriez-vous ?

— Je vous le permets, monsieur.

— Sutton.

— Sutton… répéta Laurette.

Visiblement ravi, Sutton Vane ouvrit la portière de la voiture, sauta sur le sol et se retourna, la main tendue, pour aider Laurette à descendre.

— Nous dînerons chez moi, dit-il encore avant de lui rendre sa liberté. J'espère que cela vous convient ?

— Si les Ivy sont là aussi, oui.

— Ils seront là.

Comme Sutton Vane l'avait promis, la voiture noire se présenta à 20 heures précises. Laurette s'installa avec délice dans l'habitacle capitonné, très confortable, luxueux, qui lui donnait un avant-goût de la soirée à venir. Pendant tout le trajet qui la conduisait, par les boulevards, vers la rue du Gouvernement, elle rêva beaucoup.

Le véhicule prit la voie privée, bordée de lampadaires à gaz, au bout de laquelle se dressait la maison de Sutton Vane. Curieuse, Laurette se pencha à la portière. D'émerveillement, elle écarquilla les yeux en découvrant le porche soutenu par quatre hautes colonnes corinthiennes, et les deux étages du bâtiment, dont toutes les fenêtres étaient illuminées. C'était dans un véritable palais qu'elle s'apprêtait à entrer.

Elle s'étonna de voir Sutton Vane, lui-même, paraître sur le perron et descendre sur l'allée gravillonnée pour l'accueillir. Beau à couper le souffle dans son habit de soirée impeccablement taillé, il ouvrit la portière et passa la tête à l'intérieur pour déclarer :

— Soyez la bienvenue chez moi, Laurette. Et encore merci d'avoir accepté mon invitation.

— Merci de m'avoir invitée, répondit-elle. Je...

Elle poussa un cri de surprise et d'effroi. Au lieu de lui tendre la main pour l'aider à descendre, Sutton Vane l'avait saisie à bras-le-corps pour la sortir de la voiture. De cette façon fort peu protocolaire, il l'emmena vers l'entrée de la maison, en expliquant :

— Les petits cailloux de l'allée abîmeraient vos escarpins. Je vous déposerai sur la première marche menant au perron.

— Fort bien... comme vous voulez, répondit-elle, fort embarrassée par cette situation inattendue.

Emprisonnée par les bras puissants de cet homme, la poitrine écrasée contre lui, elle avait un peu de mal à respirer. Véritablement gênée, elle ne savait quelle contenance adopter. En particulier, elle ne savait que faire de ses bras qui pendaient sottement.

Sutton Vane s'en rendit compte lorsque leurs regards se croisèrent. Eclatant de rire, il lui dit :

— Vous n'avez qu'à passer un bras autour de mon cou. Et mettez votre autre main sur ma poitrine, Laurette. Vous verrez, je ne mords pas.

— Je sais, souffla-t-elle en rougissant.

Elle s'exécuta. Quelques secondes plus tard, elle se mit en devoir de reprendre la parole.

— Monsieur… Sutton, nous avons atteint le perron.

— Vraiment ? fit-il en se retournant comme s'il avait besoin de vérifier. C'est vrai, ma foi… L'ennui, c'est que je n'ai pas envie de vous rendre votre liberté. Alors, je vous garde encore un peu. Vous voulez bien ?

Oui, oui ! eut-elle la tentation de répondre en se serrant tout contre lui. Mais la sagesse l'emporta. Avec dignité, elle répondit :

— Vous aviez promis de me déposer sur la première marche.

— C'est vrai, je l'ai dit. Je m'exécute donc.

Sutton Vane la reposa sur le perron ou, plutôt, il la laissa glisser contre lui, avec lenteur, sans la quitter du regard et sans vraiment lui rendre sa liberté quand elle eut touché le sol. Troublée, elle se hâta d'exécuter un pas en arrière, afin de mettre un peu de distance entre eux. Sans rien dire, il lui offrit alors un bras pour entrer dans la maison.

Dans le grand salon se trouvaient le colonel et Mme Ivy. Laurette s'étonna un peu de les voir là. Au vrai, elle n'eût pas été surprise si le charmant Sutton Vane ne les avait pas invités, s'il ne lui avait donné cette assurance que pour mieux l'attirer chez lui. Chagrine, elle découvrit que c'était ce qu'elle avait espéré sans vouloir se l'avouer. Elle avait rêvé d'un dîner en tête à tête !

Faisant contre mauvaise fortune bon cœur, elle s'avança en souriant vers ses amis Ivy pour les saluer. Puis elle se tourna vers son hôte, Sutton Vane, qui se trouvait près d'elle légèrement en retrait, et nota que les yeux bleus brillaient de malice, une malice dont elle était sans nul doute l'objet. La raison était évidente : il avait compris. Seigneur ! ce diable d'homme savait à quoi s'en tenir ! Il savait qu'elle avait désiré être seule avec lui !

Laurette rougit jusqu'à la racine des cheveux. Elle se mit à trembler et ses jambes menacèrent de céder sous son poids. Ni le colonel ni Martha Ivy ne remarquèrent son malaise, mais Sutton Vane oui, car il lui prit le coude pour la soutenir et la conduire vers l'immense salle à manger où brasillaient des centaines de chandelles. Il lui montra sa place à table, tira sa chaise, l'aida à s'installer.

Une merveilleuse soirée !

Le dîner commença par un consommé. Ensuite vinrent quatre entrées accompagnées de petits pains français chauds et beurrés, entre lesquelles les invités pouvaient choisir. Mais ils avaient la possibilité de choisir les quatre, s'ils voulaient. Ce premier service s'accompagnait d'un vin qui, dans les verres de cristal, avait l'éclat du rubis.

Tout était absolument délicieux. Laurette, qui n'avait plus l'habitude de voir sur sa table des mets aussi fins, craignit d'abord de donner l'image d'une terrible gloutonne. Mais elle ne put lutter longtemps contre elle-même. Très vite, elle oublia ses scrupules. Alors elle prit de tout ; un peu, mais de tout. Il lui semblait que c'eût été une faute que de ne pas goûter à tous les plats.

Elle dégustait un assortiment de crevettes épicées sur un lit de panais bouillis, quand elle s'aperçut que son hôte, à l'inverse, ne faisait pas honneur à la table. Il avait certes la fourchette en main, mais la portait rarement à sa bouche. Laurette se demanda pourquoi il avait si peu d'appétit.

Quand le dessert fut apporté, les yeux de Laurette s'agrandirent de convoitise. Il y avait des boulettes de pomme dans une sauce anglaise, un gâteau à la noix de coco, un autre gâteau au caramel, une glace au citron, des amandes grillées et des framboises au sirop.

Les serviteurs en gants blancs venaient juste de servir le café, que l'horloge du salon sonna les coups de 23 heures.

— Mon Dieu ! s'écria Martha Ivy. J'étais loin d'imaginer qu'il pût être déjà si tard.

Elle se tourna vers son mari.

— Colonel, nous devrions être au lit depuis longtemps.

— C'est une soirée exceptionnelle et nous pouvons nous accorder une exception, répondit-il en lui tapotant la main.

Il se leva néanmoins, aida sa femme à se lever. Ils exprimèrent leurs remerciements et leurs compliments, puis se dirigèrent vers l'entrée. Sutton Vane et Laurette les accompagnèrent. Dans le vestibule, le colonel déclara :

— Cher monsieur, il faut que je vous le redise : nous avons passé une soirée exceptionnelle.

— C'était un plaisir pour moi que de vous recevoir, répondit Sutton Vane. Promettez-moi de revenir.

— Comptez sur nous, se hâta de répondre Martha Ivy.

Ce couple charmant quitta la maison. Sutton Vane referma la porte derrière eux, puis se tourna vers Laurette.

— Vous devez être fatiguée aussi, non ? Je m'en vais chercher votre étole.

— Merci, dit-elle quelques instants plus tard, alors qu'il lui enveloppait les épaules.

— Mon cocher va vous reconduire chez vous.

Les mains de Sutton Vane s'attardaient sur les épaules de Laurette. D'une voix plus basse, presque timide, il demanda :

— Cela vous ennuierait-il, si je vous accompagnais ?

Laurette se félicita de ne pas lui faire face à ce moment, car ainsi il ne put voir le petit sourire ravi qui lui étira les lèvres à l'énoncé de cette proposition.

— Si vous voulez, répondit-elle, d'un ton aussi neutre que possible.

Ils sortirent et montèrent dans la voiture qui attendait. Laurette frissonna. Il lui sembla que la nuit était particulièrement fraîche.

Sutton Vane lui prit la main.

— Il faut que je vous revoie, Laurette, déclara-t-il. Dites-moi que vous en avez envie aussi.

Ses yeux brillaient étrangement dans la nuit de l'habitacle.

— Quand ? demanda Laurette.

Elle se mordit la lèvre. C'était trop vite, et mal répondu. Elle ne devait pas paraître aussi pressée. Qu'allait penser d'elle Sutton Vane ?

Celui-ci eut un petit rire et proposa :

— Demain soir ?

A l'arrivée, elle se demanda s'il n'allait pas insister pour entrer un moment avec elle ; mais non. Il n'essaya même pas de lui dérober un baiser. Simplement, il lui prit les mains et dit d'un ton pénétré :

— J'ai beaucoup aimé cette soirée passée avec vous.

Il avait le regard étrangement fixe. A quoi pensait-il ? Changeant de ton, il poursuivit, non sans brusquerie :

— Vous feriez mieux de rentrer, sinon vous allez prendre froid.

— Oui… oui… Il ne fait vraiment pas chaud.

— En fait, je crois qu'il gèle. Bonne nuit, Laurette.

Enfin Sutton Vane se pencha pour un baiser, sur le front.

— Bonne nuit, Sutton, murmura-t-elle.

Ce dîner était une véritable réussite ! Selon toute vraisemblance, d'autres suivraient s'il fallait en croire Sutton Vane.

Et pourquoi ne pas le croire ? Non sans surprise, mais à son grand soulagement, Laurette avait découvert en lui un parfait homme du monde. Elle en était enchantée. Avec lui, elle pouvait se sentir en confiance. En outre la coquette, en elle, se réveillait et s'enchantait de ce qu'un homme aussi puissant et aussi raffiné que Sutton Vane eût choisi de lui consacrer une partie de son temps, quand il pouvait prétendre à la compagnie de maintes femmes plus attrayantes par la beauté ou la richesse.

De fait, Sutton Vane ne tarda pas à s'afficher avec elle. Le couple alimenta dès lors la chronique mondaine de Mobile, ce que Johanna Parlange confirma, un après-midi que les deux amies prenaient le thé.

— Tu dois t'en douter : on ne parle que de vous deux, en ville. Tout le monde se demande ce que tu fabriques avec un homme dont on ne sait rien, au fond. Ce qu'ils aimeraient bien savoir aussi, les petits curieux, c'est jusqu'où cette relation est allée. Si tu vois ce que je veux dire…

Les sourcils de Johanna s'étaient imperceptiblement haussés. Elle aussi se posait la question.

— Laissons-les parler, soupira Laurette. Laissons-les se torturer avec ces questions. Tout cela m'importe si peu…

Elle ne disait pas la vérité : tout cela lui importait beaucoup. Elle souffrait d'être l'objet de la curiosité publique.

Peut-être son comportement passait-il pour celui d'une écervelée, mais elle estimait qu'elle avait le droit, comme tout un chacun, de recueillir un peu des plaisirs auxquels la vie donne droit. Elle en avait eu si peu, depuis qu'elle était sortie de la prime jeunesse ! Ces gens qui la jugeaient et la critiquaient, savaient-ils vraiment ce qu'elle avait enduré au cours des dernières années ? En quoi cela dérangeait-il la société de Mobile que Sutton Vane s'intéressât à elle ? Avec lui, elle se sentait revivre. Il lui semblait même qu'elle rajeunissait. En sa compagnie, elle réapprenait le goût du bonheur.

Non seulement Sutton Vane avait le talent d'embellir la vie de ceux qui gravitaient autour de lui, mais avec elle il se montrait plein d'attentions et de délicatesse. Il l'écoutait quand elle parlait, comme si tout ce qu'elle disait était de la plus haute importance, alors qu'elle parlait de sa vie, tout simplement. Sutton Vane était romantique. Il lui donnait l'impression qu'elle était la seule femme sur terre, du moins la seule qui valût d'être connue. Enfin, de Sutton Vane émanait une énergie qui l'électrisait, la faisait se sentir vraiment femme, même si leurs relations restaient platoniques.

Platoniques, hélas ! eût dit Laurette.

En présence de Sutton Vane, elle avait l'impression que ses vêtements rétrécissaient ; qu'ils la gênaient aux entournures. Elle avait envie de s'en débarrasser. Elle se sentait devenir luxurieuse. De simples et innocents frôlements, dans la voiture, suffisaient à la mettre en ébullition. Ses doigts la démangeaient tant qu'elle devait lutter contre elle-même pour ne pas les laisser se porter vers cet homme dont elle avait envie d'explorer la morphologie. Rêveuse, elle se demandait à quoi il ressemblerait sans chemise. Elle imaginait sa musculature. Elle échafaudait des caresses.

Sutton Vane avait d'autres qualités propres à émouvoir le cœur d'une jeune femme. Il était d'une inépuisable générosité. Il inaugurait chacune de leurs rencontres par la remise d'un cadeau de prix, des bijoux le plus souvent. Elle prétendait refuser. Avec gentillesse, il la persuadait d'accepter. En riant, il se bouchait les oreilles pour ne pas entendre les objections qu'elle tentait de formuler. Puis il avançait ses propres arguments : non, ce n'était pas trop, car rien n'était trop beau pour elle...

Il l'emmenait au théâtre ; dans les meilleurs restaurants de la ville ; dans les soirées mondaines...

Quand il lui donnait des baisers, elle voyait s'ouvrir les portes du paradis. Chaque soir, quand il la ramenait chez elle, il la prenait dans ses bras pour un dernier baiser ; puis deux ; parfois trois ; quelquefois plus...

Pour obtenir le premier de ces baisers, Laurette avait dû attendre deux semaines ; deux semaines pendant lesquelles ils s'étaient vus chaque soir ; deux semaines qui avaient mis à rude épreuve la patience de la jeune femme. Subissant le charme extrême de cet homme, elle craignit qu'il ne fût pas sensible au sien. Elle connut des instants de doute affreux. Mais enfin, après deux longues semaines, il la prit dans ses bras au moment des adieux. Elle n'y croyait plus.

Ce premier baiser la surprit, mais ne dura que quelques secondes. Il fut très sage, très chaste. Puis Sutton Vane la regarda droit dans les yeux et dit :

— Dès la première fois que je vous ai vue, chez le colonel Ivy, j'ai eu envie de ce baiser. Je n'ai jamais cessé d'y penser par la suite.

— Vrai... vraiment ? murmura-t-elle d'une voix sourde.

En guise de réponse, Sutton Vane lui donna un autre baiser, plus long, plus intime, en même temps que ses bras se resserraient peu à peu autour d'elle pour la presser contre lui. Très lent, très sensuel, très savant, ce baiser dura longtemps. Quand il prit fin, Laurette n'avait plus de souffle. Elle se sentait faible.

Depuis ce soir-là, chacune de leurs sorties se terminait par un ou plusieurs baisers, que Laurette attendait avec une impatience grandissante. En soupirant de plaisir, elle se lovait dans les bras de Sutton Vane et lui offrait ses lèvres. Elle se prêtait aux caresses, à toutes les caresses. Mais très vite, trop vite, venait le moment où il déclarait :

— Il faut que je m'en aille. Il est si tard…

— Oui, il le faut, répondait-elle sagement.

Elle n'avait pas envie de le voir partir. Elle voulait rester dans les bras de Sutton Vane. Elle n'avait pas eu assez de baisers.

Il ne lui suffisait plus de recevoir des baisers.

Combien de temps faudrait-il à Sutton Vane pour s'en apercevoir ?

15.

Sutton Vane savait très bien à quoi pensait Laurette Howard Tigart. Il n'ignorait rien de ce qu'elle ressentait. Il devinait — et ce n'était pas très difficile en vérité — ce qu'elle désirait, chaque soir, au moment où il lui rendait sa liberté. Mais chaque chose en son temps ! Sutton Vane n'était pas pressé. Fin stratège de l'amour, il déployait tous les artifices de la séduction et savait très exactement où et quand la jeune femme devrait se rendre à lui, en ayant l'impression de remporter une grande victoire.

Ce temps était venu.

Donc, par une nuit glaciale de février, après une agréable soirée au théâtre en compagnie des Ivy et des jumelles Parlange, Sutton ne ramena pas Laurette directement chez elle comme il en avait l'habitude. Sa voiture prit la direction de sa maison à lui, rue du Gouvernement.

Quand elle s'en aperçut, Laurette émit une protestation, bien faible, toute formelle, et très hésitante.

— Sutton… Non… Vous… Je…

— Juste pour un dernier verre, promit-il.

Mais sa voix chaude et vibrante, la lueur dans ses yeux promettaient déjà d'autres plaisirs qu'il eût été inconvenant de nommer.

Appréhendant ce qu'il risquait de se passer si elle acceptait d'entrer dans la maison de Sutton Vane, Laurette tenta une ultime échappatoire.

— C'est qu'il est bien tard… Je…

Lovée dans les bras de Sutton Vane, elle ne disposait pas de toutes les ressources de la dialectique pour faire valoir sa volonté, une volonté fort amoindrie d'ailleurs. Elle finit par soupirer :

— Juste une minute, alors.

En souriant, Sutton Vane y alla d'une nouvelle promesse.

— Dès que vous en exprimerez le désir, je vous ramènerai chez vous.

— C'est sûr ?

— Sûr et certain.

Lorsqu'ils eurent pénétré dans la grande maison vide et silencieuse, Sutton Vane referma la porte et tourna la clé. Puis ils restèrent là, dans le vestibule, à quelques pas l'un de l'autre, à se regarder comme s'ils se demandaient pourquoi ils se trouvaient là, à cette heure tardive. Enfin Sutton Vane s'approcha, prit Laurette dans ses bras pour un baiser qu'elle reçut avec réticence. Mais elle ne tarda pas à consentir.

Au fond, se disait-elle, quoi de plus normal que d'être dans les bras de cet homme ? Savourant les baisers savants qui la chaviraient, elle s'étonna quelque peu, et pas pour la première fois, d'être si intime avec quelqu'un qu'elle connaissait si peu, dont elle ne savait toujours presque rien. Mais avec lui elle se sentait bien, et c'était tout ce qui lui importait.

Toutefois, elle ne laissait pas d'être intimidée par lui, de ressentir une certaine frayeur qui, d'ailleurs, entrait peut-être dans l'élaboration de son plaisir. Car il était bien vrai que Sutton Vane restait pour elle presque un étranger. Etait-il bien prudent de lui accorder sa confiance ? Le pouvoir certain qu'il exerçait sur elle n'était-il pas dangereux ? Avec lui, elle se sentait sans défense. Elle en avait conscience. Eût-elle voulu sérieusement lutter contre l'attraction qu'il exerçait sur elle, qu'elle ne l'eût pas pu.

Mais alors qu'elle s'abandonnait dans le baiser, et alors seulement, Laurette oubliait ses craintes. Voilà aussi pourquoi elle chérissait ces moments ; pourquoi elle y repensait, après ; pourquoi elle les attendait avec impatience.

Embrassés, ils se trouvaient au milieu du vestibule pavé de marbre blanc et noir, juste sous le grand lustre aux pendeloques de cristal. C'est à cet endroit que Sutton Vane décida de franchir la dernière étape de son plan de séduction, de donner, selon sa propre expression, l'estocade finale ; tant il était vrai qu'en cette affaire il n'investissait aucun sentiment.

Laurette, quant à elle, avait d'ores et déjà perdu tout contrôle d'elle-même. Mais elle disposait d'un reliquat de lucidité et savait ce qui arriverait si elle ne se montrait pas plus circonspecte. Soudain elle se sentit mal à l'aise, de nouveau. Elle eut la conviction qu'elle courait de grands risques. Sutton Vane lui apparut comme un homme très séduisant et très dangereux ; dangereux parce que trop séduisant. Il avait le pouvoir de lui faire perdre la tête. La tentation était grande de se dire : Soit, perdons la tête ! Mais ne faudrait-il pas souffrir, ensuite ? Et cette souffrance promise, n'était-ce pas trop cher payer un moment d'égarement ?

Laurette n'ignorait pas qu'elle n'était pas la seule femme dans la vie de Sutton Vane. Elle n'était pas naïve au point d'imaginer qu'elle pourrait devenir l'objet d'une passion exclusive. Il aimait les femmes. Il en était aimé. Etait-il prêt à sacrifier toutes les autres pour une seule, Laurette Howard ? Sans doute pas.

A ce stade de ses réflexions, elle mit un terme au baiser et, posant ses deux mains sur la poitrine de Sutton Vane, s'éloigna de lui.

Il ne s'en étonna pas, car il savait tout du trouble qu'elle ressentait. Jour après jour il en suivait l'évolution. Fin connaisseur de l'âme féminine, il connaissait aussi le remède.

— Vous avez donc peur de moi ? murmura-t-il d'une voix chagrine.

— Non... non... pas du tout, répondit-elle en secouant la tête, comme une enfant prise en flagrant délit de vilaines pensées.

Avec tendresse, il lui prit le visage dans ses mains. Du pouce il lui caressa les lèvres et reprit :

— Si, je sais que vous avez peur de moi, mais franchement, vous ne devriez pas. Avec moi, vous êtes en sécurité.

Il se pencha sur elle. De ses lèvres il lui effleura les lèvres et proposa :

— Acceptez encore un baiser et osez me dire, ensuite, que vous avez encore peur de moi.

Sans aucun mal, il obtint ce qu'il demandait. Il s'appliqua à donner un baiser qu'avec humour il qualifia de *décisif.* Il s'agissait de vaincre les dernières résistances. La victoire était toute proche.

En effet ! Laurette n'était pas dupe, mais l'optimisme et l'insouciance reprenaient le dessus. Elle restait persuadée qu'elle se mettait en danger, et qu'ensuite... Ensuite ? On verrait bien.

Eperdue de désir, elle prononça :

— Je n'ai plus peur.

Sutton Vane ne perdit pas de temps.

— Alors, permettez-moi de vous faire l'amour.

Déjà ses mains cherchaient les boutons et les lacets. Avec l'adresse que seule donne une longue expérience, il commença à dévêtir Laurette, en l'étourdissant de baisers torrides, malgré lesquels elle garda assez de présence d'esprit pour murmurer :

— Sutton, il ne faut pas… Pas ici… Les serviteurs…

— … sont dans leurs quartiers, assura-t-il. Ils ne s'aviseraient pas de venir ici sans être convoqués. Nous ne serons pas dérangés.

Laurette hocha la tête, en se demandant s'il n'eût pas mieux valu un peu d'insécurité ; si un serviteur, en surgissant inopinément, ne l'eût pas sauvée contre elle-même, puisqu'elle ne trouverait plus, en elle, les ressources nécessaires pour échapper au piège dans lequel elle avait trop vite consenti à tomber.

Ce regain de scrupules ne dura pas. Très vite, le désir impérieux bousculant la morale, Laurette s'émerveilla de l'art que Sutton Vane savait mettre dans cette activité somme toute triviale : le déshabillage. Avec lui, cela semblait si naturel, si normal ; quand on repensait à Jimmy… Comme par enchantement, les vêtements quittaient Laurette. A chaque pièce de tissu qui tombait sur le sol, elle se sentait un peu plus libre. Elle avait hâte d'être totalement débarrassée de ce carcan…

Comme avec Ladd…

Lorsqu'elle fut nue, Sutton recula de quelques pas pour la regarder.

— Ce que vous êtes belle ! Avez-vous la moindre idée du bonheur que vous donnez à celui qui a la chance de pouvoir vous contempler ainsi ?

Alors, la timidité céda à la fierté. Rouge de plaisir, Laurette gonfla sa poitrine et ainsi mit ses seins en valeur. Levant les bras, elle enleva ses peignes et ses épingles ; ses cheveux blonds s'écroulèrent sur ses épaules en une houle dorée. Puis ses bras retombèrent le long de son corps. Immobile, elle s'offrit à l'admiration de Sutton Vane.

Il l'étudia pendant un long moment, mais elle ne trouva pas que la situation était gênante ; au contraire. Jamais elle ne s'était sentie aussi désirable. Cet homme avait le pouvoir de la rendre belle.

Un peu tendue, un peu anxieuse aussi, elle attendit.

Il s'approcha d'elle. Avec aisance il la prit dans ses bras et la souleva pour l'emporter vers le grand escalier de marbre qu'il gravit lentement, deux marches à la fois. Ils parcoururent ensuite un long corridor ombreux et entrèrent dans la suite du maître de maison, c'est-à-dire une chambre précédée d'un salon privé où brûlait un luminaire.

Traversant ce salon, Sutton Vane entra dans la chambre, éclairée, elle aussi, par une seule lampe posée sur la table de chevet. Il déposa Laurette sur le couvre-lit en satin puce. Puis il se redressa.

Elle était nue. Il était encore habillé. C'était ce qu'il avait voulu.

De nouveau il s'adonna à la contemplation du corps magnifique allongé devant lui, en se demandant s'il ne faisait pas irrésistiblement penser au prêtre d'une religion barbare se préparant à sacrifier une belle victime.

Sans se pencher, il se débarrassa de ses chaussures. Puis il se coucha à côté de Laurette. Avec sa bouche, avec ses mains, il lui donnerait du plaisir. Ainsi en avait-il décidé.

Laurette qui s'étirait, s'agitait, soupirait sous les caresses et les baisers, n'avait jamais imaginé qu'elle pût avoir autant de plaisir à être nue aux côtés d'un monsieur tout habillé. Elle ressentait des picotements sur toute la peau, de la tête aux pieds. Chaque caresse, chaque baiser déclenchait en elle une sorte de petite secousse très agréable.

Elle s'étonna quand Sutton Vane lui prit les mains pour les placer au-dessus de sa tête. Elle frissonna quand il approcha la bouche de l'intérieur de son épaule. Elle sursauta au premier baiser dans l'aisselle ; d'autres suivirent.

Elle n'avait jamais pensé, non plus, qu'un homme pût avoir l'audace d'explorer cette partie de son corps. C'était si étrange... si inattendu. Elle trouvait plus étrange encore que ce genre de pratique pût lui donner tant de plaisir. La barbe de Sutton Vane, en la caressant, ajoutait aux délices des baisers.

Puis les lèvres de Sutton Vane revinrent aux siennes. En même temps, il l'enlaça étroitement et roula sur lui-même. Ainsi se retrouva-t-elle couchée sur lui, face à lui. Le baiser se prolongeait.

Les mains de Sutton Vane caressaient le dos de Laurette. Elles descendaient, remontaient. Elles descendaient de plus en plus bas, remontaient de moins en moins haut. Enfin elles s'arrêtèrent sur les fesses, auxquelles elles s'agrippèrent.

De nouveau, Laurette s'étonna, s'émerveilla, frissonna.

— Je vais, lui souffla Sutton Vane, vous faire l'amour. Comprenez-vous ce que je veux dire ?

Elle comprenait très bien. Embarrassée à l'idée que cette promesse exaltante pût s'accomplir dans une pièce éclairée, si peu que ce fût, elle murmura :

— La lampe... la lumière...

Comme Sutton Vane ne semblait pas vouloir réagir, elle l'implora :

— Je vous en prie...

— S'il ne faut que cela pour que votre plaisir soit parfait, dit-il enfin.

Il se souleva sur un coude et éteignit la lampe.

Il n'avait pas besoin de lumière, ses longues années de cachot lui ayant donné la faculté de voir dans l'obscurité aussi bien qu'en plein jour.

Penché sur Laurette allongée sur le ventre, il lui baisa les épaules, les bras ; revint aux épaules ; descendit tout le long de la colonne vertébrale. Ses mains se crispèrent sur les hanches quand ses lèvres effleurèrent, pour la première fois, les fesses de la jeune femme.

La tête enfouie dans l'oreiller, Laurette éprouva un nouveau choc quand elle eut acquis la certitude que Sutton Vane avait bien l'intention de se consacrer à cette partie de son anatomie. Elle avait cru d'abord qu'il s'agissait d'un incident, d'une erreur…

Elle ne risqua aucune objection. Toutefois, elle se félicita d'avoir obtenu l'extinction de la lampe.

Au bout d'un moment, elle entendit :

— Retournez-vous, mon amour.

Son cœur battit plus vite. Elle ouvrit les yeux et découvrit que la lumière du salon se répandait un peu dans la chambre. Elle faillit demander la suppression de cette autre lampe, ou la fermeture de la porte, mais y renonça finalement. Ces considérations lui paraissaient moins importantes.

Attentive, fébrile, elle se demanda quelles idées Sutton Vane avait en tête.

Elle n'eut pas à attendre longtemps.

Assis au bord du lit, Sutton Vane se pencha sur elle pour lui poser un baiser dans le cou. Elle soupira. Puis elle gémit parce que la bouche de Sutton Vane se déplaçait vers ses seins. Elle se cambra pour les lui offrir, mais ne tarda pas à ressentir un intense sentiment de frustration parce que Sutton Vane, après quelques baisers sur chacun des deux globes, délaissa les mamelons.

Elle s'étonna, puis s'inquiéta. Comment expliquer ce dédain ? Sutton Vane éprouvait-il quelque aversion pour les seins des femmes ? Laurette s'énerva. Elle était enflammée de désir. Ses mamelons étaient durs. Si Sutton Vane ne les prenait pas en considération, elle allait pleurer.

S'il vous plaît... pensa-t-elle en se déplaçant de façon à remettre un mamelon directement sous la bouche de Sutton Vane, en vain, cette fois encore : il sembla ne pas remarquer l'offrande qui lui était faite et se porta vers l'autre sein auquel il donna quelques baisers légers, comme distraits, et cette fois encore en négligeant le mamelon.

Laurette se mordit la lèvre inférieure. Elle avait envie de hurler sa rage. Sutton Vane avait-il formé le dessein de la rendre folle ?

Il quittait la zone de ses seins. Sa bouche se promenait sur le ventre, s'attardait autour du nombril et descendait, descendait encore. Elle se fraya un chemin dans le triangle pubien, descendit vers les cuisses. Laurette découvrit qu'à cet endroit aussi, sa peau était sensible...

Elle connut une autre déception, aussi cuisante que la première. Abruptement, Sutton Vane se redressa et se rassit au bord du lit. C'était donc fini ? Il en avait assez ? Il était déjà lassé d'elle ? Cette perspective la terrifia. Non ! Il ne pouvait pas la laisser dans cet état. Il n'avait pas le droit !

D'un brusque mouvement, Sutton Vane lui prit les jambes pour les disposer de part et d'autre de lui-même. Puis il la tira par les mains pour l'asseoir. Ses yeux brillaient étrangement dans la nuit. Il dit, et sa voix était comme une caresse :

— Vous connaissez la vieille règle : Toujours garder le meilleur pour la fin.

A cela, Laurette ne sut que répondre. D'ailleurs, elle ne savait plus que penser.

Lentement, la tête de Sutton Vane s'abaissa, et sa bouche se posa sur un mamelon, qu'elle captura.

Cambrée, la tête déjetée en arrière, Laurette murmura, extatique :

— Oui… oh… oui !

Elle suivit avec émerveillement le travail de Sutton Vane. Il travailla si bien que bientôt elle ressentit d'autres tiraillements, dans son ventre, puis entre ses cuisses.

Sutton Vane s'en rendit compte. Ou alors, c'était le hasard. Toujours est-il qu'une de ses mains descendit vers ce nouvel incendie qu'il avait si bien allumé, sans cesser d'honorer les seins de ses savantes manœuvres.

Laurette gémissait et s'en allait, heureuse, vers l'extase, quand Sutton Vane s'interrompit, une fois encore. Elle poussa un gémissement de déception. Comme elle n'avait plus de forces, elle partit en arrière. Mais Sutton Vane la retint et lui dit :

— Non, mon amour. Restez assise. Et ne fermez pas les yeux. Regardez-moi quand je vous fais l'amour. Cela augmentera votre plaisir, et le mien.

La respiration courte, Laurette abaissa son regard sur la main toujours insinuée entre ses cuisses. Elle trouva que ce spectacle avait des effets troublants. Quand elle releva la tête, son regard croisa celui de Sutton Vane qui lui demanda :

— Aimeriez-vous que ma bouche prenne le relais de ma main ?

Abasourdie, et pas tout à fait certaine d'avoir bien compris, elle murmura :

— Sutton… c'est indécent.

— Oui, mais le voulez-vous quand même ?

Elle ne répondit pas. Elle ne savait pas, ne savait plus.

La suggestion la choquait. Mais elle était dans un tel état qu'elle se sentait prête à sacrifier la bienséance pour obtenir ce plaisir qui se dérobait. Et puis, rien que d'imaginer ce que ce serait que de recevoir des baisers… là… elle sentait son exaltation monter encore.

Oui, elle avait envie. Mais il ne fallait pas compter sur elle pour l'avouer. Trop bien élevée pour cela.

— Plus que tout, mon amour, reprit Sutton Vane, d'une voix basse et rauque, j'ai envie d'honorer, avec mes lèvres, cette partie secrète de vous-même. J'ai envie de vous dévorer. Je veux, par ce moyen, vous donner le plus violent des plaisirs.

Ses yeux lancèrent un éclair dans la nuit, quand il ajouta :

— Mais il faut que vous le vouliez. Surtout, il faut que vous me le disiez.

Le dire ? Impossible !

Il semblait à Laurette que les mots étaient pires que l'acte lui-même.

Elle ne dirait rien.

Mais elle avait tellement besoin d'obtenir l'assouvissement de ses sens.

Cruel dilemme…

Cela dit, elle n'était pas obligée de prononcer des mots trop crus.

— Oui, dit-elle.

— Oui, quoi ?

— Vous savez.

— Non, je ne sais pas. Dites-moi ce que vous voulez.

— Vous savez ce que je veux, soupira Laurette, au bord de l'exaspération.

— Dites-le-moi, insista Sutton Vane. Je veux que vous me le disiez, à haute et intelligible voix. Dites-moi, avec précision, ce que vous voulez que je vous fasse.

Elle ferma les yeux, et c'est presque dans un sanglot qu'elle lâcha :

— Je veux… que vous m'embrassiez…

— Où ?

Au bord des larmes, elle prononça enfin les mots imprononçables. Elle dit où elle voulait recevoir les baisers. Cruel, Sutton Vane exigea des précisions. Toute honte bue, elle les donna.

Et c'est avec un long soupir de satisfaction qu'elle retomba sur le dos quand, enfin, la bouche de Sutton Vane se posa sur son ventre pour descendre, très vite, vers cette partie d'elle-même dont les femmes bien élevées ne devaient jamais prononcer le nom… normalement.

Sutton Vane regardait Laurette.

Etendue sur le lit, bras et jambes écartés, les paupières closes, la bouche entrouverte, c'était une femme ivre de plaisir qu'il avait sous les yeux ; une femme comblée, heureuse.

Exactement ce qu'il avait voulu. Il était très content de lui-même.

Comme il l'avait prévu, il avait parfaitement su tenir ses sens en lisière. Chaussures exceptées, il était encore en tenue de soirée impeccable. Il n'avait même pas dénoué sa cravate.

Au cours de ses longues années de captivité, il avait appris à contrôler son corps aussi bien que son esprit, facultés qu'il avait mises à profit, ensuite, pour passer maître dans l'art de combler une femme.

Ce soir, Laurette devait connaître des moments de plaisir inoubliables. Mission accomplie.

Ce n'était que la première étape d'une stratégie soigneusement élaborée.

Laurette entrouvrit les yeux. En souriant, Sutton Vane lui proposa :

— Si vous alliez prendre un bon bain, pendant que je récupère vos vêtements, en bas ?

En silence, Laurette hocha la tête. Pour sortir du lit et courir vers la salle de bains, elle attendit que Sutton Vane eût quitté la chambre.

Quand elle y revint, un peu plus tard, enveloppée dans une grande serviette, elle se demandait avec curiosité si elle y retrouverait Sutton Vane... s'il serait au lit... s'il serait nu...

Il était là, mais toujours impeccablement vêtu. Installé dans un fauteuil, il dégustait un alcool. A côté de lui se trouvait une table et, sur la table, les vêtements de Laurette.

— Venez ici, dit-il quand il la vit entrer.

Il lui tendit un verre, qu'elle porta à ses lèvres. Elle trouva plaisante la brûlure de l'alcool dans sa gorge. La chaleur se répandit dans tout son corps et l'étourdit un peu.

Sutton Vane se pencha en avant. Délicatement, il tira sur la serviette. Laurette se retrouva nue et ne put s'empêcher de rougir. Mais, curieuse, elle attendit la suite.

Prise aux hanches, elle fut forcée de s'asseoir sur les genoux de Sutton Vane, qui lui dit alors :

— Je vous ai déshabillée. Maintenant, je veux vous rhabiller. Non, non, ne vous levez pas.

Elle resta sur ses genoux. Il la rhabilla, comme il l'avait dit.

C'était aussi troublant que d'être déshabillée.

16.

Au milieu de la matinée, Willard Gordon Keyes, dit le Pirate, vint s'asseoir devant le grand bureau en acajou de celui qui était son ami depuis cinq ans déjà.

Les lourds rideaux n'ayant pas encore été ouverts, l'obscurité régnait dans cette pièce austère, lambrissée de bois sombre. Une lampe posée sur le plan de travail dispensait un cercle de lumière où se voyaient quelques papiers en cours de consultation.

Plus qu'il ne les voyait, le Pirate devinait les rayonnages chargés de livres reliés en cuir, les armoires dans les tiroirs desquelles s'accumulaient les dossiers remplis de lettres, de télégrammes, de coupures de journaux, dossiers dont chacun portait un nom reporté sur une liste qui ne quittait jamais le portefeuille de Sutton Vane.

Le Pirate cligna des yeux pour essayer de discerner quelle expression avait le visage de Sutton Vane, dissimulé dans l'ombre ; sans résultat. Il se redressa, s'adossa plus confortablement.

Il fallait attendre.

L'attente pouvait être longue.

Avec une lenteur extrême qui exprimait la plus grande attention, Sutton Vane lisait, les uns après les autres, les papiers extraits de la grande enveloppe que le Pirate venait d'aller quérir à la poste. Soudain il se pencha en avant, non parce qu'un détail avait frappé son attention, mais parce qu'il avait cédé à un moment d'assoupissement. Il se redressa aussitôt.

Le Pirate savait que son ami n'avait presque pas dormi de la nuit.

Il savait pourquoi.

La veille au soir, Sutton Vane lui avait annoncé son intention de ramener Laurette Howard Tigart à la maison, après l'opéra, en précisant qu'il ne devait être dérangé sous aucun prétexte. C'était au Pirate qu'il incombait de transmettre les ordres aux serviteurs et de veiller à ce que personne n'y contrevînt.

Un peu après 23 heures, il avait entendu les roues de la voiture crisser sur les gravillons de l'allée. Quand un bruit de porte l'avait réveillé en sursaut, il avait compris que la jeune femme s'en allait. Il était alors 2 heures du matin.

Sutton Vane avait-il mis en œuvre la dernière partie de son diabolique plan de séduction ? Le Pirate ne le savait pas. Cette question le tourmentait, non à cause d'une quelconque curiosité malvenue, mais parce qu'il désapprouvait cette façon d'abuser la pauvre jeune dame. Il avait aimé Laurette Howard Tigart dès qu'il l'avait rencontrée pour la première fois. Il lui déplaisait de savoir que son ami n'avait d'autre but que de lui infliger une cruelle déconvenue. Quelques timides remontrances n'avaient produit aucun effet : chaque fois Sutton Vane avait coupé court à l'entretien, et non sans brutalité, ce qui ne lui ressemblait pas.

Sutton Vane était un homme bon, sans doute le meilleur de tous ceux que le Pirate avait connus. Mais il pouvait aussi se montrer implacable envers ceux qui lui avaient causé du tort. Inutile d'en douter : sa vengeance s'appliquerait à tous ceux dont la liste avait été dressée, une fois pour toutes. Le Pirate pouvait le comprendre. Il approuvait la punition infligée à James Tigart, le premier sur la liste.

Ce dernier n'avait eu que ce qu'il méritait, pour avoir fait mettre Sutton Vane au secret et ainsi avoir les mains libres pour conquérir Laurette. Le Pirate avait même proposé une exécution capitale et affirmé qu'il était prêt à donner la mort si nécessaire. Il eût été ravi d'étrangler, de ses mains, James Tigart, homme sans aveu. Mais son ami avait décliné la proposition, et le Pirate croyait savoir pourquoi : James Tigart avait un jour sauvé Sutton Vane de la noyade ; partant, Sutton Vane ne pouvait se résoudre à lui prendre la vie, si méprisable fût-elle.

— Je veux, avait dit Sutton Vane, que Tigart passe dans la solitude tout le reste de sa vie, la plus longue possible. Je veux qu'il ne se passe pas une journée sans qu'il pense à la femme merveilleuse qu'il a cru conquérir et qu'il a perdue pour toujours. Je veux que son existence lui paraisse aussi vide que la mienne, quand je croupissais dans mon cachot, au Château du Diable.

En deuxième position sur la liste, venait le nom de Gilbert LaKid. L'opinion du Pirate était que celui-ci méritait un sort plus terrible que celui de James Tigart, pour avoir chaque jour exercé sa cruauté sur le prisonnier injustement détenu. Mais jusqu'alors, l'homme restait introuvable, malgré les recherches diligentes menées par les dizaines d'hommes au service de Sutton Vane. Celui-ci attendait avec patience. Ses instructions ne souffraient aucune ambiguïté : LaKid localisé, on devait le prévenir sans attendre ni rien tenter. Il se réservait le soin d'exercer sa vengeance.

Là non plus, il ne s'agissait pas de donner la mort.

C'était pire que la mort ; bien pire.

Reportant son regard sur la silhouette de Sutton Vane, le Pirate se dit qu'il avait en face de lui un paradoxe vivant. Implacable avec ses ennemis, il faisait preuve d'une sensibilité exacerbée quand il s'agissait de secourir ceux qui, comme lui, étaient les malheureuses victimes d'un sort injuste.

Lorsqu'il avait appris la mort de ses parents, son père tué à la guerre en 1863, sa mère ayant succombé à la fièvre jaune qui s'était abattue sur La Nouvelle Orléans en 1874, il avait pleuré. Mais, très vite, il avait décidé de retarder sa vengeance et de retrouver d'abord, pour les secourir s'ils en avaient besoin, les deux hommes dont l'amitié l'avait soutenu avant qu'il ne fût jeté dans son cachot : le capitaine Andrew Scott et le soldat Duncan Cain. C'est à cette mission d'honneur qu'il avait consacré les premiers mois de sa liberté retrouvée.

Hélas ! à Charleston, Caroline du Sud, il avait appris qu'Andrew Scott était mort de faim et d'épuisement, au Château du Diable, au cours du terrible hiver 1864. La veuve de celui-ci s'était remariée à un homme deux fois plus âgé qu'elle ; par nécessité, car elle restait sans ressources et devait élever trois enfants en bas âge.

A Birmingham, en Alabama, Sutton Vane avait retrouvé le soldat Duncan Cain, qui semblait avoir surmonté les épreuves de la captivité. Celui-ci vacilla en découvrant qui venait frapper à sa porte et resta quelques secondes sans voix avant de balbutier :

— Vous ? On nous avait dit que vous étiez mort…

— *On* a fait de son mieux, répondit Sutton avec bonne humeur, mais j'ai résisté.

— C'est comme moi ! Vous savez comment j'ai fait ? Je n'ai jamais cessé de penser à ma douce amie, la belle rouquine, Mary. J'ai toujours eu la conviction que je la reverrais un jour… Mais vous, au fait, Ladd ? Comment va votre Laurette ?

— Il n'y a plus de Laurette, répondit Sutton, avant de changer de sujet.

Au fil de la conversation, il découvrit que Duncan Cain n'avait pas la vie facile, à cause d'une situation financière désastreuse, conséquence directe de la guerre. Avec ses parents et sa femme enceinte de leur troisième enfant, le jeune homme vivait dans une masure bâtie en bordure du vaste domaine, autrefois propriété de leur famille qui avait prospéré dans la fabrication du papier.

Pour ne pas tout à fait mourir de faim, il acceptait tous les travaux, même les plus pénibles. Il se faisait embaucher à la journée et rien n'était moins sûr que le lendemain. Cependant, il ne se plaignait pas, s'estimant assez heureux d'avoir survécu à la grande tourmente guerrière et, surtout, d'avoir retrouvé la plus belle fille d'Alabama.

Le Pirate ne se rappelait jamais sans émotion la façon dont Sutton Vane avait secouru Duncan Cain. A prix d'or, la compagnie de la Baie Minette avait racheté le domaine et la papeterie aux affairistes nordistes qui la détenaient. Le jeune homme avait été aussitôt nommé patron de la papeterie, avec des appointements substantiels. Il ne restait plus qu'à l'installer, avec les siens, dans la maison de famille devenue logement de fonction.

Oui, Sutton Vane était un homme foncièrement bon et désintéressé. Le Pirate n'en doutait pas le moins du monde. Il l'avait su dès le moment où il avait secouru le jeune homme tout près de se noyer dans les sables mouvants, après son évasion.

Sans phrases, une confiance réciproque s'était immédiatement instaurée entre les deux hommes. En s'évanouissant, Sutton Vane savait qu'il s'abandonnait en de bonnes mains. Quelques jours plus tard, à peine sorti de l'inconscience, il avait révélé à son sauveur, non seulement l'existence, mais aussi l'emplacement du trésor qu'il s'agissait de retrouver. D'autres eussent hésité à livrer l'intégralité du secret. D'emblée, il avait tout dit. Sans crainte, il avait montré la carte tracée par Finis Schafer.

Mais le temps n'était alors pas encore venu dans se lancer dans l'aventure. Sutton Vane était encore trop faible. Avec patience, le Pirate l'avait soigné pendant de longues semaines, dans la chambre d'une auberge retirée où ils avaient trouvé refuge. Enfin rétabli, le jeune homme avait déclaré :

— Jamais je n'oublierai ce que je vous dois. Aidez-moi à trouver le trésor. Si nous le trouvons, vous serez assuré de connaître l'opulence jusqu'à la fin de vos jours.

— Et si nous ne le trouvons pas, avait répondu le Pirate, je resterai quand même avec vous jusqu'à la fin de mes jours.

Le Pirate, âgé de trente-deux ans quand il avait tiré Sutton Vane des eaux froides de la baie de Chesapeake, menait alors une vie solitaire et vaine. Sans famille, sans amis, sans maison, sans projets, il ne savait à quoi occuper son existence. Affligé d'un égoïsme forcené depuis le jour où il avait perdu la femme qu'il aimait, il se satisfaisait désormais de vivre au jour le jour, en attendant la mort qu'il considérait comme une délivrance.

S'il repensait aux jours lointains de son bonheur évanoui, il se demandait par quel miracle une jeune fille si menue, si douce, avait pu aimer une grande brute de marin comme lui. Mais c'était un fait : elle l'avait aimé. Il l'avait adorée.

Horrifiés quand elle leur avait révélé qui elle avait accepté d'épouser, ses parents avaient tout tenté pour la dissuader ; en désespoir de cause, ils l'avaient déshéritée et réprouvée quand ils avaient compris qu'elle ne changerait pas d'avis. Avec rage ils lui avaient interdit de venir chercher refuge chez eux quand elle s'apercevrait que son marin n'était pas capable de lui donner une maison digne de ce nom.

Sans doute n'avaient-ils pas eu de maison à eux, mais l'appartement loué dans le Maryland, en bordure de l'océan, était digne d'abriter leur amour. Leur bonheur quotidien s'était accru quand la fragile Amanda avait appris qu'elle portait leur premier enfant. Assise sur les genoux de son marin, elle avait promis de donner naissance à un beau bébé, le premier ; d'autres suivraient ; beaucoup d'autres. Idylliques, les neuf mois suivants passèrent trop vite. Le Pirate se reprochait maintenant de ne pas avoir su en savourer chaque minute.

Le bonheur prit fin, brutalement, quand Amanda entra en travail. Alertée par ses cris, une voisine voulut lui apporter son assistance et, prenant conscience que l'accouchement laborieux dépassait ses compétences, envoya quérir un médecin, lequel s'avoua lui-même impuissant. Après une longue nuit d'intolérables souffrances, Amanda donna naissance à un enfant mort-né, en rendant son dernier souffle.

Accablé de chagrin, le Pirate commença par briser toute la vaisselle du modeste logement. Puis il mit le mobilier en miettes. Il fallut l'intervention de la police pour l'empêcher de mettre le feu à la maison.

Après quelques semaines de prison, on le relâcha. Il fila directement vers le rivage, avec l'intention de se jeter dans l'océan et de nager vers le large jusqu'à la noyade. Mais le sort en décida autrement, puisque c'est alors qu'il aperçut le jeune homme qui tentait de s'arracher aux sables mouvants.

Il sauva Sutton Vane et Sutton Vane le sauva.

Ensuite…

Le bruit du papier froissé ramena le Pirate au présent. Avec brusquerie, Sutton Vane repliait la liasse de papiers et la remettait dans l'enveloppe qui devrait ensuite rejoindre le dossier portant le nom de James Tigart. Puis il se pencha en avant. Son visage apparut dans la lumière de la lampe. Il souriait.

La longue missive dont il venait de terminer la lecture lui avait été envoyée par l'un de ses agents à l'étranger, un homme dont la mission était de soumettre Tigart à une surveillance constante et de s'assurer qu'il ne cherchait pas à rembarquer pour les Etats-Unis.

— Bonnes nouvelles ? demanda le Pirate.

— Très bonnes, dit Sutton Vane. Tigart est proche de la déchéance. Il n'a pas un penny en poche et en est réduit à mendier ; il dort dans les ruelles les plus sordides de Londres... J'espère que l'Angleterre connaîtra un rude hiver.

Le Pirate approuva d'un hochement de tête et se leva.

— Autre chose, mon ami ?

— Oui, il y a autre chose.

— Alors, dites...

— Ne me faites pas ce visage désapprobateur, le Pirate.

— Je ne vois pas de quoi vous voulez parler.

— Bien sûr que si. Vous savez très bien ce qu'il s'est passé ici cette nuit, et vous désapprouvez.

— C'est vrai que je n'aime pas cela, admit le Pirate, d'une voix sombre. Mme Tigart a connu beaucoup d'épreuves, et je ne crois pas qu'il soit nécessaire d'en raj...

Sutton Vane lui coupa la parole avec brutalité.

— Mme Tigart a connu les épreuves dans lesquelles elle s'est elle-même jetée.

Il se leva, repoussa son fauteuil qui tomba. Il ne jugea pas utile du ramasser. A grands pas, il marcha vers la fenêtre, ouvrit les rideaux avec brutalité et resta là, les bras croisés dans le dos, à regarder les lourds nuages annonciateurs de pluie.

Quand il se retourna, il avait son visage des mauvais jours.

— Permettez-moi d'ajouter, mon cher Willard, que les épreuves passées de Mme Tigart ne sont rien en comparaison de celles que je m'apprête à lui infliger. Que cela vous plaise ou non.

17.

Toute la journée, Laurette passa par les sentiments les plus divers. Pendant un moment, elle se sentait heureuse et ressentait par tout le corps des picotements très agréables, dernière manifestation, lui semblait-il, des intenses plaisirs connus au cours de la nuit.

L'instant d'après, le remords la dévorait. Au bord des larmes, elle se reprochait d'avoir cédé à Sutton Vane. Elle prenait la résolution de ne pas succomber de nouveau. Mais elle n'était pas sûre d'avoir assez de volonté pour cela. Alors elle s'agaçait contre elle-même.

Taciturne, elle se jeta à corps perdu dans les corvées qui lui incombaient à l'hôpital militaire, sans parvenir à s'abrutir assez pour désencombrer son esprit des pensées et des interrogations qui l'obsédaient.

Il lui arrivait de rougir comme une pivoine.

Parfois elle s'interrompait et souriait aux anges.

Les regards étonnés de ses consœurs étaient le cadet de ses soucis.

Depuis son réveil, elle n'était préoccupée que de Sutton Vane, l'homme à qui elle s'était donnée. Dès qu'elle avait ouvert les yeux, après quelques heures d'un sommeil tard venu et pas très réparateur, elle avait vécu une nouvelle fois, par la pensée, sa nuit d'amour ; pour s'en affliger d'abord, le visage caché dans les mains ; ensuite pour en savourer les délices contrastés car, par la délicatesse ou la fougue, Sutton Vane savait faire vibrer le corps d'une femme ; enfin pour rire, rire, rire, du bonheur qu'elle éprouvait à avoir su attirer l'attention d'un tel homme.

Quel que fût son état d'esprit, elle gardait, bien ancrée en elle, une conviction intangible : ils étaient très choquants, les doux sévices que Sutton Vane lui avait fait subir et auxquels, en vérité, elle s'était soumise sans véritable contrainte ; choquants aussi, les procédés dont il lui avait demandé d'user avec lui, et qu'elle s'était complu à pratiquer sans trop de réticence.

Sur le moment, elle ne s'en était pas vraiment rendu compte.

Quand elle y repensait, à la lumière du jour, elle s'affligeait de sa conduite, fort peu compatible avec son statut de femme honnête.

Certes, mais aussi, quels plaisirs elle avait connus au cours de cette nuit ; plaisirs si intenses qu'il lui suffisait de les évoquer par la pensée pour les connaître de nouveau ! Troublée, elle avait fermé les yeux et gémi, avant de s'abandonner à un long frisson dont elle avait rougi ; après…

Troublée, elle avait repoussé les couvertures pour s'asseoir au bord du lit. Mais au lieu de se mettre debout, elle était restée là, immobile, soudain incapable de se mouvoir. Voilà que la volonté lui manquait, que la vie quotidienne lui semblait manquer d'intérêt.

Elle s'était demandé ce qu'il lui arrivait.

La réponse la frappa : elle était différente.

Plus rien ne serait comme avant.

Après un long moment de méditation, ayant acquis la conviction que son idée était juste, elle s'était levée, avait ôté sa chemise de nuit et s'était rassise, en face de son miroir, pour soumettre son corps nu à un examen approfondi.

En quoi était-elle différente ?

D'abord, elle avait noté la rougeur qui affectait ses seins, autour des mamelons. Des mains et de la bouche, Sutton Vane les avait longuement caressés. Ils étaient encore très sensibles.

Pas étonnant…

Poursuivant ses investigations, Laurette avait entrouvert les jambes ; non sans gêne, car sa curiosité lui semblait de très mauvais aloi. Là encore, elle avait vu des rougeurs consécutives aux excès de la nuit. Là aussi, les mains et la bouche de Sutton Vane s'étaient activées. Laurette avait beaucoup soupiré, crié…

La zone restait sensible.

Il suffirait sans doute d'y porter la main pour que…

Non ! Cette fois, c'en était trop ! Etait-il possible de descendre sans cesse la pente de l'immoralisme sans jamais en trouver le terme ?

Décidée à en finir, Laurette s'était levée pour s'imposer une toilette à l'eau glacée.

Après quoi elle s'était vêtue et avait couru vers l'hôpital militaire, havre de salut, refuge contre elle-même.

Maintenant que son temps de service avait pris fin, elle se disposait à quitter l'hôpital, non sans appréhension parce qu'elle n'avait répondu à aucune des questions qu'elle avait tournées et retournées dans sa tête tout au long de la journée, parce qu'elle n'avait pas résolu son dilemme.

Avait-elle envie de revoir Sutton Vane ?

Devait-elle le revoir ?

Mais qui pensait-elle abuser avec de pareils questionnements ? Elle n'avait qu'une envie : revoir Sutton Vane. Mieux, elle *devait* le revoir, comme si sa survie en dépendait. Elle avait hâte de le revoir.

A 14 heures précises, Laurette franchit les lourdes portes de l'établissement. Sur le seuil, elle s'arrêta, le nez froncé. C'est qu'il tombait une petite pluie fine et glacée, qu'elle n'avait pas envie de subir tout le long du trajet menant chez elle. Mais le moyen d'y échapper ? Faisant contre mauvaise fortune bon cœur, elle releva le col de son manteau et descendit les marches du perron.

Elle poussa un soupir de soulagement en apercevant sa maison, et dressa le programme de l'après-midi : une tasse de thé, quelques rôties, et ensuite une petite sieste. Elle n'avait pas assez dormi la nuit dernière et son service à l'hôpital l'avait épuisée, non tant à cause de ses tâches que des pensées obsédantes qui l'avaient tourmentée.

Elle venait enfin de réussir à raviver le feu dans l'âtre qu'on frappa à la porte. Un gémissement lui échappa. Jamais peut-être une visite ne lui avait paru aussi inopportune. Elle avait besoin de solitude et de repos. Qui cela pouvait-il bien être ? Johanna, sans doute ; la pauvre, tellement triste depuis son veuvage, recherchait plus que jamais la compagnie de Laurette.

Ce n'est pas à Johanna que Laurette ouvrit sa porte, mais à Sutton Vane, souriant, un bouquet de roses blanches à la main.

— Puis-je entrer un moment ? demanda-t-il.

— Je vous en prie, dit-elle en rougissant.

Avant de franchir le seuil, Sutton Vane posa une question étonnante :

— Qui habite la maison de l'autre côté de la rue ?

— Les McBain.

— Mais encore ?

— M. et Mme Ralph McBain. Ils sont seuls, maintenant, leurs enfants ayant grandi et quitté la maison.

— Habitent-ils ici depuis longtemps ?

— Oui… depuis seize ans pour le moins. Ils ont quitté Atlanta pendant la guerre, sont arrivés ici et presque aussitôt ont acheté cette maison.

Laurette frissonna et reprit :

— Vous ne voudriez pas entrer ? Il fait si froid…

Sutton Vane hocha la tête mais ne bougea pas. Il semblait fasciné par la grande maison sise de l'autre côté de la rue. Une nouvelle question lui vint aux lèvres.

— Pourriez-vous me dire qui habitait là avant les McBain ?

Le cœur de Laurette se serra. D'une voix tremblante, elle énonça :

— La famille Dasheroon ; Douglas, Carrie et leur fils Ladd qui avait un an de plus que moi. Lui et moi étions liés depuis notre plus tendre enfance. Nous… et nous…

Sa voix se brisa. Elle ne put terminer sa phrase.

— Qu'est-il arrivé aux Dasheroon ? Sont-ils partis ?

Laurette avait les larmes aux yeux.

— Hélas ! ils sont morts. Le père et le fils ont été tués pendant la guerre. Quant à la mère, elle a contracté la fièvre jaune et en est morte. C'était pendant l'été 1874.

Enfin Sutton Vane entra dans la maison. Il tendit son bouquet de roses et dit :

— Je suis désolé. Pardonnez-moi de vous avoir importunée avec mes questions. Ce n'était pas mon intention que de vous rendre triste.

— Je ne suis pas vraiment triste, répondit-elle. Les événements dont je vous parle ont eu lieu si longtemps en arrière…

— Vous vous êtes, je présume, vite consolée de la perte de ces gens ?

— Bien entendu, se hâta d'affirmer Laurette, pressée d'en finir avec ce sujet.

Il lui sembla que les mâchoires de Sutton Vane se contractaient brièvement. Puis il prit la direction du salon. Laurette l'y suivit. Elle mit les roses dans un vase.

Posté devant la cheminée, Sutton Vane regarda autour de lui, puis demanda :

— Où sont donc vos serviteurs ?

La jeune femme éclata de rire.

— Mes serviteurs ? Regardez-moi : je représente tout le personnel de cette maison.

— Vous n'avez personne ? fit Sutton Vane incrédule. Vraiment personne ? Vous vivez seule dans cette grande maison ?

Sans lui donner le temps d'expliquer sa situation, il s'avança pour lui prendre la main. Il l'entraîna hors du salon, puis vers l'escalier.

— Où allons-nous ? demanda-t-elle, interloquée.

— Vous verrez bien.

Arrivé sur le palier du premier étage, il se dirigea vers l'arrière de la maison. Il n'avait pas envie d'entrer dans la chambre principale, dont le lit avait été occupé par James Tigart.

— Attendez un peu, lui dit Laurette en essayant de le retenir. Si c'est ma chambre que vous cherchez, elle se trouve par-là.

— Je ne veux pas entrer dans votre chambre.

Sutton reprit l'avantage et prit un corridor au bout duquel se comptaient plusieurs chambres d'amis. Il poussa la porte de la première. Une fois encore, Laurette s'arrêta.

— Pourquoi ? demanda-t-elle.

— Pour faire l'amour, dit-il en la prenant dans ses bras.

Il sollicita un baiser, que Laurette lui accorda sans hésiter. La tenant embrassée, il recula alors jusqu'au lit dont il arracha la courtepointe et les couvertures.

Quand le baiser prit fin, Laurette tremblait de tous ses membres, elle semblait prête à défaillir. Les lèvres de Sutton Vane se portèrent vers son oreille, pour murmurer :

— Vous rappelez-vous comment nous avons fait l'amour, la nuit dernière ?

— Comment pourrais-je oublier, souffla-t-elle.

— C'est bien. Je ne veux pas que vous oubliiez. Je veux que vous vous rappeliez tout, vraiment tout de ce qui nous a unis. Et pour vous rafraîchir la mémoire, au cas où cela serait nécessaire, j'ai l'intention de vous aimer encore et encore, ici même. Simplement, il y aura une petite différence avec la nuit dernière.

— Laquelle ? demanda Laurette, d'une voix faible.

— Je veux être nu, tout comme vous l'étiez hier. Voulez-vous m'aider à me dévêtir ?

Laurette se mordit la lèvre inférieure, mais n'hésita qu'une seconde.

— Avec plaisir, dit-elle en souriant.

Le repoussant avec douceur, elle l'obligea à reculer jusqu'au lit, où il se laissa tomber assis. Elle enfila ses mains dans le col de la redingote qui glissa le long des bras, et dont elle s'empara. Elle questionna :

— Dois-je la suspendre à un cintre ?

Il se pencha en avant, reprit possession du vêtement et le jeta de l'autre côté de la pièce, près de la porte.

Leurs regards se croisèrent. Ils éclatèrent de rire. Sutton Vane porta les mains sur les boutons de la robe, mais reçut une double pichenette.

— Non, lui dit Laurette. J'ai une meilleure idée.

— Laquelle ?

— Vous m'avez déshabillée entièrement, la nuit dernière. Aujourd'hui, je vous rends la monnaie de votre pièce.

— Comme vous voulez, dit-il, les bras sagement revenus le long du corps.

Il aima beaucoup les agaceries qu'elle lui dispensa en déboutonnant sa chemise. Ensuite, elle s'amusa à jouer dans la toison de sa poitrine, alternant les caresses et les petits coups de griffe. Puis, lui prenant le visage dans ses deux mains, elle lui donna un long et savant baiser. L'impatience le gagnait déjà. Ses mains se portèrent sur la taille de la jeune femme. Mais, une fois encore, elle le repoussa et prit un air sévère.

— Non, vous dis-je. Laissez-moi vous déshabiller entièrement. Ensuite, vous ferez de moi tout ce que vous voudrez.

— Voilà une proposition honnête, approuva-t-il tandis qu'elle s'attaquait à son ceinturon.

Ayant ouvert le pantalon, elle tira sur les pans de la chemise pour les en extraire. Puis elle déboutonna les poignets et tira sur les manches. La chemise en main, elle parut s'interroger, avant de la jeter au loin, comme la redingote. D'un hochement de tête, Sutton Vane approuva l'idée.

Mais la jeune femme ne souriait plus. Elle regarda le réseau des cicatrices qui striaient son dos et, après un long moment, osa enfin les effleurer du bout des doigts, en disant :

— Vous avez été sérieusement blessé.

— L'œuvre d'un étalon irascible, expliqua-t-il. Vieille blessure en vérité ; guérie depuis belle lurette.

— C'est tout de même désolant à voir, dit-elle.

Tombant à genoux entre ses jambes, elle entreprit de poser un baiser sur chacune des cicatrices.

La vision brouillée, Sutton Vane regardait d'en haut la tête blonde et suivait avec attention les effets, sur son corps, du délicieux traitement qu'il devrait subir sans reprendre l'initiative, puisque telle était la règle du jeu. Après un temps qui lui parut interminable, Laurette se redressa. Il se laissa aller en arrière et prit appui sur les deux mains, en soupirant. Ses nerfs avaient été mis à rude épreuve. Plusieurs frissons assez violents le parcoururent.

Occupée à délacer ses souliers et à lui retirer ses bas, Laurette s'aperçut qu'il frissonnait. Elle leva la tête.

— Est-ce que vous avez froid ? demanda-t-elle. Parce que si c'est le cas, nous pouvons…

— Je n'ai pas froid.

Elle hocha la tête. Après un moment de silence, elle dit :

— Je vais avoir probablement besoin d'un peu d'aide.

— De quoi s'agit-il ?

Les mains sur sa ceinture, elle lui demanda de se soulever. Il obtempéra volontiers. D'un coup sec, elle tira sur le pantalon, qui descendit jusqu'aux genoux. Elle n'eut plus qu'à le saisir par le bas des jambes pour en prendre possession et le jeter au loin en compagnie de la redingote et de la chemise. Par deux fois elle frotta ses mains l'une contre l'autre, comme pour manifester sa joie d'en avoir terminé avec une corvée ennuyeuse.

Sutton Vane rit.

Elle aussi.

Leurs regards se croisèrent, s'attachèrent l'un à l'autre.

Sutton Vane ne portait plus qu'un caleçon en lin et avec curiosité se demandait si Laurette s'attaquerait à ce dernier rempart de sa pudeur. Il penchait plutôt pour une réponse négative, en jugeant que la jeune femme avait beaucoup changé depuis leur jeunesse délurée, et qu'elle était devenue une personne trop convenable pour mener à leur terme ces jeux très osés. D'ailleurs, il suffisait de la regarder. Elle avait les joues rouges, un sourire trop fixe qui trahissait sa gêne. Elle n'avait pas — n'avait plus… — l'habitude de faire l'amour en pleine lumière. Elle n'oserait pas se laisser dévêtir. Sutton Vane avait là quelque certitude. Laurette n'oserait pas ; sûrement pas…

Soudain, une idée nouvelle lui traversa l'esprit et ses pensées prirent un autre tour, nettement moins amusant. Il s'illusionnait en imaginant qu'il allait avoir le plaisir de bousculer les réticences de Laurette. N'avait-elle pas été mariée à Tigart pendant quelques années ? Il les imagina, tous les deux nus, dans un lit, enlacés… Il en perdit ses ardeurs. Cette vision le rendait malade. Il eut envie de partir.

Mais son regard croisa celui de Laurette. Elle avait les yeux brillants de malice.

— Levez-vous un peu, ordonna-t-elle. Il faut que je vous mette nu, enfin.

Il obtempéra. Laurette le dépouilla du dernier rempart de sa pudeur, mettant au jour son sexe en érection. Il rougit de se voir ainsi exposé. Il n'avait pas imaginé…

Surtout, c'était trop tôt. Où était passé le fameux contrôle de soi qui, d'ordinaire, faisait merveille avec les dames ? Qu'était devenue cette capacité dont il était si fier ?

Assise sur les talons, Laurette le regardait. Elle chiffonna le vêtement avec un sourire canaille et le jeta au loin. Puis elle se redressa, mais resta à genoux. D'une voix rauque, elle proposa :

— Voulez-vous que je vous embrasse partout, comme vous m'avez embrassée, la nuit dernière ?

Sutton Vane protesta :

— Non, ma chérie ! Je ne crois pas que ce soit une bonne idée. Je…

La respiration coupée, il s'interrompit.

Agrippée à ses hanches, Laurette avait commencé à le couvrir de petits baisers mouillés, par tout le corps, sur la poitrine en particulier. Il ne s'était pas attendu à cela ! Il ne savait pas s'il pourrait supporter très longtemps cette exquise torture.

Il lui semblait que, décidément, son statut de mâle était trop systématiquement remis en question. Frémir ainsi sous les baisers d'une femme, se soumettre à elle de cette façon, cela ne lui ressemblait pas. Dans les affaires amoureuses, il aimait avoir la haute main sur tout… Le contrôle, le fameux contrôle !

En outre, il était désorienté… choqué était un mot trop fort, mais il y avait de cela… Il était désorienté, donc, par la hardiesse, l'effronterie dont Laurette faisait preuve.

Bref, sa situation le mettait un peu mal à l'aise. Il était nu, et Laurette, agenouillée entre ses jambes, l'accablait de baisers qui étaient autant de petits sévices. C'était… étonnant, pour dire le moins.

Pour lors, la langue de Laurette lui agaçait un mamelon. Puis la succion se précisa. Il émit un gémissement. C'était trop… Il prit la jeune femme par les poignets, l'éloigna un peu de lui et proposa :

— Si je vous déshabillais, maintenant ?

— Plus tard, dit-elle avec calme et autorité. D'abord, il faut que je vous aime comme vous m'avez aimée.

— Non, car je crois que je ne pourrai pas…

— Mais si, vous pourrez. Vous allez voir.

Elle se releva et ordonna :

— Couchez-vous sur le ventre, voulez-vous ?

S'il voulait… Sutton Vane était partagé entre deux sentiments contraires. Il ne pouvait pas continuer à se soumettre, dans tous les sens du terme, à cette femme manipulatrice. Il n'était plus un gamin, tout de même !

Mais la perspective de sentir les lèvres de Laurette lui caresser tout le corps était alléchante…

La luxure l'emporta sur les convenances. Sutton Vane s'allongea, non sans avoir risqué une dernière tentative.

— Vous ne voulez pas que je vous déshabille ?

— Plus tard. C'est promis.

Laurette s'assit au bord du lit et se pencha pour déposer un baiser sur la nuque de Sutton Vane. Ce n'était que le début, un prélude.

Pendant la demi-heure qui suivit, Sutton Vane endura une douce agonie. Laurette avait dénoué ses cheveux. En même temps qu'elle lui donnait des baisers sur les bras, sur les épaules, sur tout le dos, les cheveux le caressaient. C'était à la fois délicieux et insupportable.

Sutton Vane, qui avait le visage caché dans ses bras croisés, laissa échapper un long gémissement guttural en suivant la progression d'une chaîne de baisers qui allait de sa nuque jusqu'en bas. Suivirent quelques aimables morsures infligées à ses fesses.

Soudain, tout s'arrêta, pendant plusieurs secondes qui parurent très longues à Sutton Vane. Déjà fini, le jeu ? se demanda-t-il. Il n'osa pas poser la question. Mais il y avait pris goût. Anxieux, il attendit.

Laurette s'était redressée. D'une voix étrange, elle demanda :

— Qu'est-ce que c'est que cette cicatrice ? Comment avez-vous eu ça ?

— Ce n'est pas une cicatrice, mais une marque de naissance.

— Allons donc ! fit la jeune femme, d'une voix qui trahissait son scepticisme. On dirait bien la cicatrice d'une vieille blessure... d'une brûlure, plutôt. Et même, on dirait des lettres...

Sutton Vane partit d'un rire forcé.

— Vous avez trop d'imagination, dit-il en se remettant sur le dos.

Il prit Laurette dans ses bras, pensant ainsi mettre un terme à un entretien qui devenait gênant. Mais elle insista :

— Je vous dis que ça ressemble à une brûlure et que vous avez la fesse marquée des lettres « DC ». Tournez-vous, que je jette encore un coup d'œil.

— J'ai une meilleure idée, répondit-il en lui prenant les lèvres.

Après un baiser, il reprit :

— Toute la journée, je n'ai pensé qu'à vous... au désir que j'éprouve pour vous... à la façon dont nous ferions l'amour. Je crois que je ne puis plus attendre. Alors, enlevez tous vos vêtements, s'il vous plaît.

Cette fois, la jeune femme accéda à la requête sans se faire prier davantage. Elle descendit du lit et, tournant le dos, se mit en devoir de déboutonner sa robe en laine.

— Pourquoi ne voulez-vous pas me regarder ? s'enquit Sutton Vane.

D'une voix hésitante, elle répondit :

— Je ne sais pas... C'est que... Toujours je...

— Tournez-vous. Regardez-moi.

Lentement, Laurette se retourna. Elle avait perdu toute son audace : son visage rougissant en témoignait.

— Il ne faut pas vous gêner avec moi, dit Sutton Vane. Vous n'avez aucune raison de vous cacher. Vous êtes si belle… Vous devez vous laisser admirer comme vous le méritez. Et pensez aussi à mon plaisir, que diable !

— Si vous voulez, murmura-t-elle avec timidité.

Elle se dévêtit très vite. Quand elle se trouva nue, Sutton Vane lui demanda de venir près de lui, sur le lit. Elle s'assit sur le rebord, le visage tourné vers lui. Elle ne savait plus quelle contenance adopter.

Sutton Vane lui prit une main, doucement l'attira sur son sexe érigé et brûlant. Les doigts se refermèrent, s'immobilisèrent.

— Je n'ai nullement l'intention de vous faire du mal, dit-il. C'est un instrument de plaisir que vous tenez là ; pas de torture.

Se penchant sur lui, elle lui donna un rapide baiser avant de faire cet aveu :

— J'éprouve tant de désir pour vous que je suis certaine de n'avoir jamais aucun déplaisir.

Entendant ces mots touchants, Sutton Vane sentit s'accélérer les battements de son cœur. Puis il tressaillit, parce que la jeune femme montait sur le lit et s'installait au-dessus de lui. Il constata avec satisfaction qu'elle pantelait de désir.

Hélas ! elle avait décidé de prolonger l'attente. A une sollicitation explicite de sa part, elle lui fit comprendre qu'il devrait patienter encore un peu avant de pouvoir s'unir à elle.

Les mains posées sur son torse, elle se pencha sur lui pour un baiser. La caresse des seins, sur sa poitrine, lui donna de tels frissons qu'il craignit de ne plus pouvoir se contrôler très longtemps. Ses mains se crispèrent sur les fesses de Laurette. D'une voix saccadée, il murmura :

— Mon amour, il ne faut plus me torturer ainsi.

Elle souleva la tête pour le regarder avec le plus grand sérieux ; avec un peu d'étonnement, aussi, peut-être.

— Je n'ai pas l'intention de vous torturer, dit-elle.

Puis elle se redressa et employa les mêmes termes que lui, la nuit d'avant :

— Regardez-moi pendant que je vous fais l'amour. Ne fermez pas les yeux.

18.

Epuisée de plaisirs, Laurette dormait dans les bras de Sutton Vane.

Couché sur le côté, Sutton Vane la regardait. Il admirait tour à tour le visage d'ange et le corps de déesse.

Elle paraissait si jeune, si innocente… si différente de la femme audacieuse qu'elle savait être à certains moments…

Le cœur de Sutton Vane se contracta douloureusement.

La pauvre petite n'avait pas la moindre idée des projets qu'il avait élaborés pour elle. Naïve, elle le croyait certainement aussi sincère qu'elle l'était elle-même. Parce qu'elle était sincère…

Elle avait sans doute déjà pensé qu'ils étaient destinés à vivre ensemble… Elle avait sûrement rêvé de mariage.

Sutton Vane ferma les yeux. Ses mâchoires se contractèrent.

Peut-être que ce qu'il avait en tête était trop cruel… inhumain ?

Non !

Surtout, ne pas se laisser attendrir. Blinder son cœur.

Il avait une vengeance légitime à accomplir. La loi du talion était la seule qu'il connaissait, désormais.

Avec précaution, il se déprit des bras de Laurette. Il se leva. Sur le plancher, il ramassa les couvertures, les ramena sur le corps de la jeune femme endormie. Il plaça un oreiller près de sa tête.

Ensuite il s'habilla et partit.

Quand Laurette s'éveilla, un peu plus tard, elle trouva, sur l'oreiller à côté d'elle, un billet et une rose. Le billet portait ces mots :

« A demain. »

Elle soupira de bonheur puis se leva et, serrant sur son cœur ses deux trésors, elle s'en fut vers sa chambre, toute nue dans les corridors. Dans sa chambre, elle posa le billet sur sa table de nuit et mit la rose dans un vase en cristal.

Vêtue d'une robe de chambre, elle descendit l'escalier. Elle mourait de faim. Dans la cuisine, elle dévora, sans aucune élégance, d'énormes tartines de fromage ; but plusieurs verres de lait. Repue, elle remonta l'escalier, pour retourner dans sa chambre et se préparer à une bonne nuit de repos.

Mais, sur le palier, elle s'arrêta pour étudier l'idée qui venait de la frapper : drôle d'idée, très inconvenante... Ce soir, elle ne prendrait pas de bain, pour garder sur sa peau la trace des baisers prodigués par Sutton, le parfum de Sutton, le souvenir de Sutton... Adopté ! Avec un sourire canaille, elle choisit de retourner vers la chambre d'amis où elle avait passé un si plaisant après-midi.

Il avait finalement cessé de pleuvoir et la lune se montrait dans le ciel encore nuageux. Pour la voir avant de s'endormir, Laurette choisit de dormir sans refermer les rideaux. Elle retira sa robe de chambre, se jeta sur le lit en bataille, ramena les couvertures sur elle et ferma les yeux... pour mieux penser à Sutton.

Elle se demanda à quoi il fallait attribuer la fascination absolue qu'elle avait éprouvée pour cet homme dès leur première rencontre. A la seconde même où elle l'avait aperçu, chez les Ivy, elle avait été complètement captivée, intriguée aussi ; car ce parfait inconnu, cet étranger brusquement débarqué à Mobile, lui semblait familier. C'était peut-être, décida-t-elle, cette mystérieuse et incompréhensible connivence qui la poussait vers lui...

... Qui l'effrayait, aussi. Il y avait, chez Sutton Vane, quelque chose d'étrange, d'insaisissable. Elle n'arrivait pas à savoir quoi. Il ne ressemblait pas au commun des hommes, ceux qu'elle avait l'habitude de rencontrer. Il semblait venir d'une autre planète.

Pourquoi, se demandait souvent la jeune femme, pourquoi avait-il si peu d'appétit ? Physiquement, il était bien proportionné, quoiqu'un peu trop maigre. Pas étonnant : quelle que fût l'excellence d'un repas, il y touchait à peine... Mais son caractère, surtout, intriguait Laurette.

Il pouvait se montrer incroyablement charmeur, plein d'esprit et, en une fraction de seconde, se refermer sur lui-même ; son humeur s'assombrissait. Fascinée, Laurette avait noté qu'il avait la capacité de rester immobile pendant une heure, parfois plus, sans lever le petit doigt, sans même cligner des paupières. Une statue ! mais une statue qui donnait l'impression d'être prête à exploser.

Sutton Vane était un homme dangereux.

Laurette avait, très vite, acquis la conviction qu'il détenait un secret, un lourd secret qu'il était inutile de vouloir partager avec lui. Il lui posait beaucoup de questions, auxquelles elle se faisait une joie de répondre, parce qu'elle n'avait rien à cacher. Mais quand, à son tour, elle se hasardait à le questionner, elle n'obtenait que des réponses vagues, et parfois pas de réponse du tout. Pourquoi ? Qu'avait-il à cacher ?

Prise d'un tremblement insidieux, Laurette remonta plus haut ses couvertures.

Inutile de se le cacher : elle craignait Sutton Vane, sans savoir pourquoi. Elle tenta de se raisonner : que signifiaient ces idées infantiles ? D'abord, si vraiment elle l'avait craint, elle ne se fût pas jetée dans ses bras, dans son lit ensuite, avec autant d'enthousiasme.

C'était l'autre partie du problème : elle s'interrogeait sur son propre comportement. Comment pouvait-elle avoir changé à ce point, en si peu de temps ? L'aspect physique de l'amour, jusqu'ici, la rebutait. Bien sûr, il y avait eu Ladd, mais c'était si loin ! Elle était jeune... Elle avait détesté les étreintes avec son mari. Tout le temps qu'avait duré leur mariage, elle avait redouté le moment où il fallait entrer dans la chambre conjugale. Elle avait eu des haut-le-cœur chaque fois qu'il la touchait...

Et voilà que le ténébreux étranger avait surgi dans sa vie. Dès qu'elle l'avait vu, elle avait eu envie de se jeter dans ses bras. Quand, enfin, il l'avait enlacée, elle avait eu l'impression étrange, mais délicieuse, d'avoir enfin trouvé sa vraie place dans le monde.

Pourquoi lui semblait-il que sa place était auprès de Sutton Vane ?

— La semaine dernière, je suis passé devant un terrain vague, rue du Canal. Cherchez à savoir s'il est à vendre. Si oui, achetez-le. Dans le cas contraire, trouvez-en un autre, aussi vaste, bien placé, au centre de la ville.

Le Pirate griffonna consciencieusement dans le carnet à couverture de cuir, ouvert sur ses genoux. Puis il leva la tête pour recueillir la suite des ordres.

— Voyez l'architecte en charge de ma maison sur l'île. Demandez-lui de dresser les plans d'un magasin de fleurs, avec une grande serre sur l'arrière.

De nouveau, le Pirate se pencha sur son carnet, y inscrivit quelques mots. Puis il demanda :

— Autre chose ?

Avant de répondre, Sutton Vane souleva le couvercle de la grande boîte en argent qui contenait ses excellents cigares cubains. Il en choisit un, le prépara, le plaça entre ses dents et craqua une allumette sur son pouce. Puis il s'adossa à son fauteuil et, les yeux fermés, savoura les premières bouffées.

Devant le grand bureau en acajou, le Pirate attendait placidement.

Ayant réussi quelques ronds de fumée, Sutton Vane reprit le cours de l'entretien.

— Que l'un de vos hommes se rende à l'orphelinat de la rue Saint-Francis et demande un entretien à la directrice, Mme Abigail Young. Il s'agirait de savoir si un ou plusieurs des enfants placés là aimeraient prendre des leçons de piano. Qu'il soit bien entendu que les leçons seront entièrement gratuites pour les petits, mais que leur bienfaiteur désire garder l'anonymat.

Il fit tomber la cendre dans un cendrier de cristal. Le crayon levé, le Pirate demanda :

— C'est tout ?

— Pour le moment, oui. Combien de temps prendront ces quelques missions ?

— Nous pourrons, je pense, vous apporter les premiers éléments de réponse dans les quarante-huit heures.

— Cela me convient. Je vous remercie, le Pirate.

— Je vous en prie…

Le Pirate referma son carnet, fit claquer l'élastique dans lequel il coinça son crayon. Puis il se leva et sortit de la pièce.

Ayant déclaré à Laurette qu'il ne pouvait plus vivre loin d'elle, Sutton Vane s'était mis en devoir de la retrouver chaque fois qu'il avait un moment de liberté, et de lui faire l'amour aussi souvent que possible, pendant quelques minutes ou quelques heures, si les circonstances s'y prêtaient.

Eblouie, subjuguée, obsédée, Laurette était toute à lui. Elle se jetait dans ses bras avec emportement, se donnait à lui avec fougue. Elle ne se lassait pas de faire l'amour et se délectait du moindre baiser, de la plus innocente caresse. Elle ne cherchait pas à se cacher qu'elle était folle de lui.

Elle avait, aussi, besoin de croire qu'il se trouvait, vis-à-vis d'elle, dans les mêmes dispositions, mais elle en doutait. Elle luttait contre le doute. Parfois elle se disait que, quoi qu'il pût arriver par la suite, elle lui serait toujours reconnaissante de l'avoir, pour quelque temps, tirée de la vie monotone et médiocre qu'elle menait depuis la fin de la guerre.

Elle se résignait à ne pas trop penser à l'avenir, à ne pas s'inquiéter du lendemain, à ne pas tirer de plans sur la comète, à ne pas bâtir de châteaux en Espagne. Elle tâchait de se persuader que sa liaison avec Sutton Vane était trop belle pour durer. Il lui arrivait même de se préparer à la rupture.

Puis elle formait des vœux pour que cette rupture n'eût jamais lieu. La pensée de perdre Sutton Vane lui était intolérable. Il était tout pour elle. Avant de le rencontrer, elle avait l'impression que sa vie était finie, déjà ; que le meilleur était derrière elle ; qu'elle n'avait plus rien à espérer.

Comme elle s'était trompée !

Avec Sutton Vane, le meilleur était devant elle.

Pourquoi accepter de s'en priver ?

Certain soir de la mi-février, Sutton Vane se présenta rue du Dauphin, une demi-heure plus tôt que prévu.

— Oh ! non ! gémit Laurette qui, se préparant dans sa chambre, l'avait vu arriver.

— Je sais que je suis en avance, lui dit-il d'emblée, quand elle lui ouvrit la porte.

En souriant, il l'attrapa par les revers de sa robe de chambre, l'attira à lui, lui donna un baiser et la garda prisonnière dans ses bras pour demander :

— Est-ce que vous me pardonnez ?

— Je vais y réfléchir. Je…

Un baiser torride coupa court à ces espiègleries. Puis Sutton Vane reprit :

— Savez-vous pourquoi je viens si tôt ?

— Je n'en ai pas la moindre idée.

Les yeux bleus se mirent à briller.

— J'espérais vous surprendre ainsi, pas apprêtée. Vous portez quelque chose, sous votre robe de chambre ? Ne dites pas… Je pense que vous n'avez rien.

Se tirant des bras qui l'enlaçaient, Laurette joua la sévérité.

— Sutton… Croyez-vous que le moment soit bien choisi ? Je vous rappelle que nous avons rendez-vous chez les Ivy à 20 heures et que je n'ai déjà plus trop de temps pour me préparer. C'est pourquoi je vais d'ailleurs monter dans ma chambre pour…

— Je suis sûr que vous aurez besoin d'aide.

— Surtout pas ! Attendez-moi dans le salon. Je redescends dans cinq minutes. J'y vais.

Sutton Vane la retint par le bras, pour un nouveau baiser. Après quoi il murmura :

— Je voudrais être déjà revenu du théâtre.

— Moi aussi, avoua Laurette.

Alors que la jeune femme montait l'escalier en toute hâte, Sutton Vane se dirigea vers l'arche qui donnait accès au grand salon mais, au lieu d'entrer, parcourut le long corridor qui menait à l'arrière de la maison. Arrivé devant la porte, ouverte, du salon de musique, il s'arrêta sur le seuil et regarda.

Il sourit avec mélancolie.

Au centre de la pièce se trouvait le somptueux piano en acajou sur lequel Laurette et lui avaient fait leurs gammes, sous la férule bienveillante de miss Foster. Bien des années s'étaient écoulées depuis ; une éternité, lui semblait-il.

A pas lents, il pénétra dans le salon de musique. Ses doigts coururent sur le couvercle du piano, laissèrent des traces brillantes dans la poussière blanchâtre. Voilà un instrument qui n'a plus été utilisé depuis longtemps, pensa-t-il.

Il s'assit sur le banc recouvert de velours, souleva le couvercle, ferma les yeux. Automatiquement, ses doigts trouvèrent leur place sur les touches blanches et noires et commencèrent à jouer la *Polonaise* de Chopin que Laurette et lui avaient étudiée au temps lointain de leur enfance.

Pendant quelques secondes il redevint le petit Ladd d'autrefois. Mais après quelques mesures, il rouvrit les yeux, sortit de son rêve éveillé. Sur le clavier, ses doigts s'immobilisèrent. Il grinça des dents. Son cœur battait avec violence.

Prête pour la soirée au théâtre, Laurette descendait l'escalier quand elle entendit les premières notes de la mélodie familière. Elle s'arrêta au milieu des marches, crut défaillir. Adossée à la rampe, elle porta une main sur son cœur, pour en comprimer les battements, et secoua la tête. La confusion s'emparait de son esprit ; la peur, de tout son être.

En frissonnant, elle tenta de se raisonner. Pourquoi s'émouvoir quand Sutton jouait un air connu, en l'occurrence une *Polonaise* de Chopin ? Ce morceau classique n'appartenait-il pas au répertoire de tout musicien talentueux ? Sutton Vane avait du talent en musique. Il avait du talent pour tout.

Le malaise de Laurette ne s'atténuait pas. Elle avait chaud et froid à la fois. La tête lui tournait. Pour se reprendre, elle se força à de longues inspirations, en se répétant qu'elle se faisait des idées ; que son imagination lui jouait un tour ; que les fantômes du passé la tourmentaient et qu'ils la tourmenteraient sans doute jusqu'à la fin de ses jours, mais qu'elle ne devait pas se laisser dominer par eux.

Finalement, elle se sentit mieux. Elle poussa un long soupir, sourit, reprit la descente des marches. Une coïncidence, se dit-elle ; rien de plus qu'une coïncidence. Fallait-il se gâcher la vie en interprétant des coïncidences ? Certainement pas.

— Votre piano est complètement désaccordé, lui dit Sutton Vane en s'avançant vers elle. J'enverrai quelqu'un pour le remettre en état.

Arrêtée au bas de l'escalier, Laurette murmura :

— Je ne savais pas que vous étiez pianiste.

— Je joue un peu, mais je ne suis pas vraiment pianiste ; et vous ?

— Non plus… En fait, je…

Elle ne savait plus quoi dire. De nouveau, ses idées s'embrouillaient. Plusieurs fois, elle toussota. L'envie la tenaillait de demander à Sutton Vane pourquoi il avait joué les premières mesures de la *Polonaise.* Mais quand elle ouvrit la bouche, Sutton Vane la lui ferma d'un baiser à l'issue duquel elle avait complètement oublié son angoisse. La question de la *Polonaise* lui parut même tout à fait hors de propos.

— Nous ne sommes pas en avance, dit Sutton Vane. Si nous y allions ?

Après une soirée au théâtre où la célèbre actrice Ada Rahan avait magnifiquement interprété le rôle de Catherine dans *La Mégère apprivoisée,* Laurette et Sutton Vane prirent congé des Ivy et regagnèrent la rue du Gouvernement. Ils y prirent un souper au champagne. Après quoi ils firent l'amour dans l'immense lit du maître de maison, à la lumière d'un feu de bois.

Quand Sutton Vane ramena Laurette chez elle, aux petites heures du jour, il éprouvait un sentiment d'intense satisfaction. Il avait, cette nuit-là, acquis la certitude que la jeune femme était désormais très amoureuse de lui.

Laurette s'étonna, en sortant de l'hôpital militaire, de ne pas voir, au coin de la rue, la voiture de Sutton Vane, selon une tradition bien établie désormais. Elle s'étonna mais ne s'inquiéta pas. Un peu de retard, sans doute…

Elle regarda d'un côté, puis de l'autre ; ne vit rien venir. Elle prêta l'oreille. Sutton Vane avait eu un léger contretemps, mais il n'allait pas tarder…

Après un quart d'heure d'attente, Laurette sut que Sutton Vane ne viendrait pas. Elle formula des explications, toutes plus alarmantes les unes que les autres. Les larmes lui vinrent aux yeux.

Puis elle rit d'elle-même. Qu'elle était sotte ! Sutton Vane s'était probablement rendu rue du Dauphin ; Pour quelle raison ? pour une de ces surprises dont il était coutumier ! Alors, elle se hâta de rentrer chez elle.

La voiture n'était pas devant la porte. Mais Sutton Vane allait arriver... Il ne pouvait en être autrement.

Laurette alluma le feu dans le salon, se rafraîchit, prépara le thé, en attendant le moment où Sutton Vane frapperait à la porte.

Mais Sutton Vane ne vint pas frapper à la porte. 19 heures, 20 heures... 21 heures, Sutton Vane n'était toujours pas arrivé. Laurette chercha dans ses souvenirs. Ne lui avait-il pas dit qu'il serait retenu ce soir par ses affaires ou pour tout autre motif, et qu'il ne pourrait venir ?

Non, il n'avait rien dit de semblable. Au contraire. En lui donnant le baiser d'adieu, ce matin, il avait affirmé qu'il l'attendrait à la sortie de l'hôpital militaire, comme d'habitude, et qu'il attendait déjà ce moment avec impatience.

Déconcertée, Laurette faisait les cent pas dans le salon, en se demandant ce qu'il avait pu arriver à Sutton Vane. Où était-il ? S'il n'arrivait pas très bientôt, elle allait se mettre à hurler. Elle en était sûre. Déjà ses yeux se mouillaient de nouveau.

Les dix coups de 22 heures retentirent lugubrement dans la grande maison vide. Effondrée dans un fauteuil, Laurette jeta un regard méchant à l'horloge puis se leva. A quoi bon attendre davantage ? Mieux valait aller au lit pour essayer de dormir, au lieu de se tourmenter. Sutton Vane ne viendrait pas aujourd'hui.

Mais elle se rassit et secoua la tête d'un air obstiné. Si, il viendrait ! Il avait du retard, mais il viendrait. Elle n'avait qu'à l'attendre encore un peu.

A 23 heures, vraiment déçue et désorientée, très fatiguée, elle monta l'escalier à pas lents. Elle se mit au lit, où elle ne trouva pas le sommeil. Agitée, elle ne cessa de se tourner et de se retourner, en continuant à se poser les mêmes questions et à se répéter les mêmes arguments rassurants, dont l'effet s'atténuait.

De plus en plus s'imposait à elle le sentiment qu'un changement terrible était intervenu aujourd'hui, changement dont elle aurait à souffrir les conséquences : si Sutton Vane n'était pas venu, c'était qu'il n'avait pas voulu la voir ; qu'il ne voulait *plus* la voir ; qu'il s'était lassé d'elle ; déjà…

Elle lutta contre ces sentiments déprimants et l'optimisme revint, pour un temps. Non, cette défection ne signifiait rien de grave. Après tout, Sutton Vane avait passé avec elle toutes ses soirées depuis quelque temps. Pour elle il avait sans doute négligé des amis ; des amis qui pouvaient, par exemple, lui avoir présenté de cordiales remontrances et l'avaient accaparé pour la journée. Quoi de mal à cela ?

Après tout, Sutton Vane n'appartenait pas à elle, Laurette Howard Tigart. Elle n'avait pas le droit d'exiger de lui qu'il ruinât, pour elle, sa vie sociale… Demain, pas plus tard que demain matin, quand il lui expliquerait les raisons de son absence, elle rirait, rirait…

Au moment où elle sombra enfin dans le sommeil, Laurette mettait au point les derniers détails de la scène qu'elle était appelée à vivre le lendemain : la porte s'ouvrait, Sutton Vane était là, avec un bouquet de roses ; l'air contrit, il la priait de lui pardonner ; il ouvrait les bras ; elle s'y précipitait…

Rien de tout cela n'arriva.

Les jours passèrent. Laurette ne revit pas Sutton Vane. De lui, elle n'eut aucune nouvelle.

Au bout d'une semaine, s'ajouta à sa souffrance un sentiment diffus de culpabilité. Elle multiplia les examens de conscience, se demandant ce qu'elle avait pu faire, ou pu dire de mal, qui eût éloigné Sutton Vane. Elle ne trouva rien.

L'incertitude demeura, à laquelle seul le retour de l'aimé pourrait mettre fin.

Mais reviendrait-il ?

Dans la meilleure suite de l'hôtel le plus élégant, le Saint-Louis, à La Nouvelle-Orléans, Sutton Vane se prélassait dans l'eau chaude d'une baignoire en observant le cours du pâle soleil de février qui descendait lentement sur le quartier français. Dans une main il avait un cigare cubain, dans l'autre un ballon de cognac. Les paupières mi-closes, il ne sommeillait pas, pourtant.

Malgré le bien-être que lui procuraient l'eau chaude et mousseuse, le tabac et l'alcool, il était tendu, ses mâchoires se serraient convulsivement. A son grand déplaisir, il devait le constater : il s'ennuyait, il se sentait seul.

Elle continuait d'accaparer ses pensées, ce qui l'agaçait prodigieusement. Il n'avait pas prévu qu'elle lui manquerait.

Mais non, elle ne lui manquait pas ! Simplement, il ressentait quelques petits remords à cause du traitement qu'il lui infligeait. S'il pensait à elle, c'était pour se demander dans quel état elle se trouvait après sa disparition soudaine. Bien fait pour elle ! Il fallait la laisser se tourmenter. N'était-ce pas dans ce but qu'il était venu à La Nouvelle-Orléans ?

Sutton Vane écrasa son cigare dans le cendrier en porcelaine posé sur un tabouret à côté de la baignoire. Il vida d'un trait le ballon de cognac, le posa à côté du cendrier, puis se leva. En se frottant énergiquement avec la serviette, il retrouva peu à peu le sourire. Ce soir, il avait rendez-vous avec l'une des plus belles femmes de la ville. Ne fallait-il pas s'en réjouir ?

A ce que prétendait la rumeur publique, miss Caroline Summers, reine du carnaval cette année-là, était une demimondaine qui, dans un lit ou ailleurs, savait donner beaucoup de plaisir aux hommes, mariés ou non. Sutton Vane croyait volontiers la rumeur publique sur ce point, parce que la veille, à l'issue d'un dîner, la belle, à qui on l'avait présenté en début de soirée, lui avait glissé à l'oreille :

— Monsieur, cela vous plairait-il de faire l'amour avec moi ?

Surpris, Sutton Vane avait dirigé un regard prudent vers le père de la demoiselle, qui ne trouvait non loin de là, avant de répondre à voix basse :

— Votre proposition me flatte énormément, mademoiselle, mais comme vous pouvez le constater, je ne suis pas seul.

Miss Summers avait jeté un coup d'œil à la riche veuve qui, en effet, accompagnait Sutton Vane à ce dîner. Méprisante, elle avait lâché :

— Cette femme ? Elle pourrait être votre mère.

Non sans rire, il avait objecté :

— Mme Sullivan n'est plus une jeune fille. J'en conviens. Tout de même, elle n'a que quarante et un ans, ce qui n'est pas encore très vieux.

— Mais moi, j'ai plus d'expérience, avait rétorqué la bouillante demoiselle. Si vous voulez, je vous montrerai un ou deux procédés dont elle n'a même jamais entendu parler.

La proposition était alléchante. Sutton Vane avait dit :

— Demain soir ?

— Pas avant minuit, alors. J'ai un autre rendez-vous.

— Minuit, c'est dit. J'ai une suite à l'hôtel Saint-Louis.

— J'y serai, avait conclu miss Summers, en battant des cils.

Caroline Summers était exactement le type de compagne dont il avait besoin ce soir : une jeune fille sans inhibitions, sans morale, n'attendant de lui rien d'autre que quelques moments de plaisir partagé.

Sutton Vane jeta un coup d'œil à la pendule : il était presque 21 heures. Caroline ayant promis d'arriver à minuit, il avait un peu de temps à tuer. Il s'habilla, sans hâte, d'un pantalon gris perle et d'une redingote assortie, noua autour de son cou une cravate qu'il fixa dans sa chemise amidonnée au moyen d'une épingle à perle noire.

Puis il s'autorisa un autre ballon de cognac, qu'il vida d'un trait avant de sortir de l'hôtel. Dans la rue, il héla le premier fiacre qu'il vit apparaître.

— Chez Toussaint, ordonna-t-il au cocher.

Il s'adossa à la banquette de cuir, en se promettant, dans cet établissement de jeu, quelques agréables moments préliminaires à sa nuit d'amour.

Il y trouva quatre messieurs disposés à jouer avec lui une partie de poker à hauts enjeux. En plus, la chance était avec lui ce soir. Il gagna plusieurs milliers de dollars. Le jeu l'absorba complètement.

Tout à coup, il lui revint qu'il avait un rendez-vous galant à minuit. Avec discrétion, il tira de son gousset sa montre en or, et fronça les sourcils : minuit et demi ! Déjà une demi-heure de retard… Mais il ne pouvait décemment pas quitter la table de jeu après avoir tant gagné, sous peine de laisser à ses partenaires le souvenir d'un mauvais joueur. Non, c'était aux autres, les perdants, de décider la fin de la partie.

Il dut attendre jusqu'à 2 heures du matin. Certain que miss Summers, fâchée contre lui, avait quitté l'hôtel depuis longtemps, il ne se hâta pas de rentrer. Mais quand il pénétra dans sa suite, il eut la surprise de trouver la belle étendue sur son lit, complètement nue, qui tendait les bras vers lui et souriait.

— Toutes mes excuses, lui dit-il. Je ne pensais pas que vous m'auriez attendu si longtemps.

— Cinq minutes de plus et je partais, répondit-elle en s'étirant langoureusement.

Elle tapota la place à côté d'elle et ajouta :

— Assez de temps perdu. Vous venez ?

Couché sur le dos, les mains croisées sous la nuque, Sutton Vane gardait les yeux ouverts dans la pénombre. Le jour n'allait pas tarder à se lever. Caroline Summers avait quitté la chambre quelques instants plus tôt.

C'était une amoureuse enthousiaste que Sutton Vane avait accueillie dans son lit ; une femme qui n'avait pas froid aux yeux et n'avait pas peur non plus d'exprimer sa pensée sans détour. Lorsqu'il s'était dévêtu, elle avait ri et s'était exclamée :

— Vous n'allez pas pouvoir faire grand-chose avec *ça*.

— Peut-être pourriez-vous m'aider ? avait-il proposé, l'air faussement contrit.

— Comptez sur moi.

Elle s'était montrée à la hauteur de sa réputation.

Mais alors, se demandait Sutton Vane, pourquoi avait-il eu très vite envie de la voir partir ? Cela n'avait pas de sens ! Elle avait toutes les qualités recherchées par un homme chez une femme : belle à couper le souffle, elle avait un corps fait pour l'amour. Quand il était entré dans la chambre et l'avait découverte, nue sur son lit, il s'était dit qu'il allait passer une nuit mémorable.

Non seulement il n'avait connu aucune défaillance, mais Caroline l'avait complimenté sur ses capacités, qu'elle avait jugées extraordinaires, hors norme. Il la connaissait assez pour savoir qu'elle était sincère. Pourtant, il n'avait ressenti aucune fierté à se voir distinguer parmi les innombrables amants de la demoiselle. Ce genre de considération ne l'intéressait plus. Lui aussi avait eu d'innombrables maîtresses. Il était un excellent amant. Il leur donnait des plaisirs ineffables, tout simplement parce qu'il savait se contrôler et que…

Sutton Vane fronça les sourcils.

Non, pas avec *toutes* les femmes… Ce n'était pas tout à fait vrai.

Avec Laurette, il n'était plus capable de garder un parfait contrôle de lui-même. Certain de ses capacités, il avait essayé mais s'était vite aperçu que cela lui était impossible.

Il frissonna dans la nuit. Pourquoi ? se demanda-t-il. Pourquoi était-ce différent avec Laurette ? Pourquoi le bouleversait-elle à un point tel qu'il se sentait redevenir le jeune homme inexpérimenté d'autrefois ?

Justement ! C'était parce qu'elle avait été sa première maîtresse qu'avec elle il oubliait toute l'expérience accumulée par la suite ! Aussi simple que cela.

De toute façon, c'était terminé avec elle. Inutile de se torturer davantage.

Il n'était pas subjugué par Laurette au point de croire qu'elle lui était indispensable. La preuve, c'est qu'il l'avait abandonnée sans aucune difficulté.

Le contraire n'était sans doute pas vrai, les rôles s'étaient inversés. Sutton Vane était prêt à parier les milliers de dollars gagnés ce soir qu'il pourrait rentrer à Mobile, se présenter chez Laurette sans lui donner aucune explication, et que pourtant elle se précipiterait dans ses bras.

Parce qu'elle était amoureuse de lui.

Lui ? Il ne l'aimait pas, bien sûr. Elle lui avait fait trop de mal et jamais il ne pourrait lui pardonner.

Enfin Sutton Vane sourit. Il pouvait être content de lui. Les yeux mi-clos, il condamna Laurette Howard Tigart à une nouvelle semaine de solitude et de chagrin. Il fallait qu'elle souffrît énormément à cause de lui, qu'elle en perdît le sommeil et l'appétit. Elle devrait abandonner tout espoir de le voir revenir. Il faudrait même qu'elle eût vent de son escapade à La Nouvelle-Orléans, et qu'elle sût qu'il s'y était bien amusé.

Quand, enfin, il retournerait à Mobile, c'est une esclave à genoux qu'il y trouverait ; une esclave dont il serait le maître impitoyable.

Ensuite, il n'aurait plus qu'à lui porter le coup fatal.

19.

Il en avait la conviction : ils se rapprochaient de lui.

Il sursautait au moindre bruit. Souvent il se mettait à transpirer et à trembler sans aucune raison. Chaque fois qu'il sortait dans la rue, le moins souvent possible, il avait l'impression qu'on l'épiait, qu'on le suivait, qu'on attendait le moment où il serait seul pour se saisir de lui.

Gilbert LaKid, dit le Gros ou le Borgne, se leva brusquement en repoussant la table de bois blanc. Il n'avait plus faim. Comme chaque fois qu'il était angoissé, il se mit à tourner en rond dans la misérable chambre de location qu'il occupait, depuis quelque temps, au rez-de-chaussée d'un immeuble miteux situé dans les quartiers les plus sordides de Washington, et qu'il ne tarderait pas à quitter pour s'en aller ailleurs, chercher une sécurité illusoire.

Depuis plusieurs années il errait ainsi, de ville en ville, acceptait des besognes louches afin d'obtenir les quelques dollars nécessaires à sa survie. Il évitait de lier connaissance avec les individus équivoques qu'il lui était donné de côtoyer. La plupart du temps il se cachait, dans l'espoir d'échapper aux démons qui le poursuivaient.

Immobile devant la porte de sa chambre, aux aguets, LaKid écouta longuement. Quand, enfin, il eut acquis la certitude qu'il ne courait aucun danger immédiat, qu'une fois de plus son imagination s'était jouée de lui, il entrouvrit la porte et jeta un rapide coup d'œil dans la petite cour sombre. Il n'y découvrit pas de silhouette menaçante. Seul un chat noir, qu'il dérangeait dans ses activités, émit un miaulement aigu et se réfugia derrière une caisse pleine d'ordures. LaKid referma la porte avec crainte.

Un chat noir, ce n'était pas bon signe.

Lourdement, il se laissa retomber sur sa chaise et s'empara de la lettre posée sur un coin de la table. Une fois encore, il examina l'enveloppe, qui portait le cachet de la poste londonienne à la date du 10 mars 1881. Puis il en tira la feuille de papier et relut le texte qu'il connaissait presque par cœur.

« Mon cher Gilbert,

» Merci de m'avoir envoyé un peu d'argent. Je te suis très reconnaissant de me tendre une main secourable, parce que je vis dans une grande détresse, dont je ne sais comment me sortir.

» Permets-moi de te mettre en garde, une nouvelle fois. C'est Dasheroon le responsable de ma ruine. Il te cherche, sois-en sûr et, si tu n'es pas assez prudent, il te retrouvera. N'oublie pas ce que je te dis. Cet homme est intelligent, rusé, impitoyable. En plus, il dispose de moyens illimités. Tu pourrais aller te cacher au bout du monde qu'il serait encore capable de te déloger.

» J'ai cru comprendre qu'il avait changé de nom ; mais j'ignore comment il se fait appeler maintenant.

» Tu en conviendras avec moi : la qualité essentielle, chez un homme, est la pitié. Il faut savoir pardonner à ses ennemis, n'est-ce pas ? Or, Dasheroon en est incapable. Il ne pense qu'à se venger, de la manière la plus cruelle possible. Les persécuteurs des premiers chrétiens, à côté de lui, passeraient pour d'aimables farceurs.

» Alors, fais gaffe, vieux camarade. Fais bien gaffe !

» Sincèrement,

» James Tigart. »

Avec soin, LaKid replia la lettre et la remit dans l'enveloppe. Malgré leurs vicissitudes, les deux hommes avaient réussi à rester en contact. Tigart était le seul ami de LaKid, qui se faisait un devoir de lui envoyer quelques subsides chaque fois qu'il le pouvait. Et pourtant, sa situation était loin d'être florissante.

Gilbert LaKid plaça une tasse de café froid sur la lettre et se leva pour arpenter la pièce à grands pas. De nouveau, la peur le tenaillait. Une idée s'imposait à lui : son sort serait scellé sous peu. L'ennemi invisible s'apprêtait à lui porter un coup fatal. La lettre de Tigart lui apportait la confirmation de ce qu'il soupçonnait depuis quelque temps.

Pour surmonter ses angoisses, il se dirigea vers un petit placard, en ouvrit les portes avec violence. Il en tira une bouteille qui avait contenu du bourbon, vide maintenant. LaKid arracha le bouchon en jurant, porta le goulot à sa bouche, aspira avidement les quelques gouttes d'alcool qui restaient au fond de la bouteille.

Furieux de ne pas obtenir le réconfort qu'il avait espéré, il jeta la bouteille contre un mur, où elle se fracassa. Une pluie de verre se répandit sur le plancher.

Pieds nus, LaKid ne s'aperçut pas qu'il marchait sur les fragments de la bouteille. Il poussa un hurlement, jura et sacra. De son gros orteil gauche, le sang giclait.

Sautant sur un pied, il alla jusqu'à son lit pour examiner sa blessure. Il essuya le sang avec un coin de la couverture. Puis il s'allongea, ferma les yeux et tenta de trouver le sommeil. Il découvrit bientôt que c'était impossible.

Sa main partit à la recherche de la boîte à cigares posée sur le sol, ce qui ne servait à rien puisque la boîte était vide. Son dernier cigare, LaKid l'avait fumé la veille, après un maigre dîner.

Il n'avait plus rien à boire, plus rien à fumer.

Fou de rage, il se leva et consulta sa montre : presque minuit ; trop tard pour sortir. Ce ne serait pas raisonnable. Alors il se recoucha. Ses pensées revinrent à Ladd Dasheroon. Il grinça des dents. Que n'avait-il tué le Sudiste quand il en avait le pouvoir ? Il n'en serait pas là aujourd'hui. D'abord, par quel miracle Ladd Dasheroon avait-il survécu à des années d'enfermement dans son cachot du Château du Diable ? C'était incompréhensible…

Mais qu'il comprît ou non, que cela lui plût ou non, Ladd Dasheroon était bel et bien vivant. Il portait un nom d'emprunt et représentait une menace constante. LaKid n'avait sur ce point aucun doute : attaché à le détruire, Dasheroon le cherchait. Chaque journée gagnée était un sursis provisoire. Toujours il faudrait craindre et sans cesse surveiller ses arrières. Ce n'était pas une vie, ça…

LaKid se leva, se dirigea vers la table, s'assit. Du bout des doigts il explora le cendrier, à la recherche d'un bout de cigare. Il n'y trouva que de la cendre froide.

Il s'adossa à sa chaise, songea au plaisir qu'il aurait à ingurgiter un peu d'alcool fort. Ses lèvres esquissèrent un mouvement de succion. Oserait-il ? Pourquoi pas ? Ses craintes n'étaient-elles pas ridicules ? Se terrer ainsi dans une chambre, sans oser sortir, était-ce le comportement d'un homme, d'un soldat ? Il était plus de minuit ! Que risquait-il de lui arriver, dans les rues désertes ?

Non, il n'avait pas peur. Il n'avait peur de personne. Il n'était pas un poltron. Donc, il était très capable de sortir, de se rendre dans un débit de boisson et de boire tout l'alcool qu'il voudrait.

LaKid, qui ne portait que des sous-vêtements douteux, regarda autour de lui. Où étaient ses habits ? Il les aperçut, en tas au pied de son lit. Il enfila son pantalon, sa chemise ; en chantonnant, parce qu'il avait retrouvé du courage.

Ou pour s'en donner ?

De quoi fallait-il s'inquiéter ? De rien, voyons ! Si Dasheroon n'avait pas été capable de le trouver, c'est qu'il ne le trouverait jamais. D'où l'utilité d'aller sans cesse d'une ville à l'autre et de changer sans cesse de résidence. Il suffisait de continuer ainsi ; procédé contraignant, mais sûr. D'ailleurs, Dasheroon avait peut-être arrêté les recherches ? Assoiffé de vengeance, il n'avait sans doute pas envie d'y consacrer toute sa vie. Il avait mieux à faire…

Tout à fait rassuré par son raisonnement qu'il trouvait très logique, LaKid sortit de sa chambre. Par les ruelles sombres il s'en alla vers son débit de boisson habituel, la taverne Darcy, en savourant cette nuit de mars exceptionnellement douce pour la saison.

Du seuil de la taverne, il jeta un coup d'œil circonspect à l'intérieur. Quelques consommateurs s'y trouvaient. LaKid les connaissait tous de vue. Il avait bien fait de venir. En sifflotant, il entra.

Arrivant au bar, il se vit accoster par une femme dont le corsage ne laissait presque rien ignorer de son abondante poitrine. C'était une habituée des lieux et LaKid la connaissait bien. Pour cinq dollars, elle vous autorisait à passer la nuit avec elle, dans un galetas situé à l'étage. Elle n'était pas belle avec son visage bouffi par l'alcool, ses cheveux trop rouges et clairsemés, sa bouche édentée.

Mais, à LaKid, elle apparut comme une promesse de bonheur. Claquant des doigts pour réveiller le tenancier, il énonça :

— Whisky ! Et vous laisserez la bouteille.

Se tournant vers la femme, il demanda :

— Combien, pour une demi-heure ?

— Donne-moi un dollar, répondit-elle en s'accrochant à son bras.

Une heure plus tard, LaKid, complètement ivre, sortait de chez Darcy. Chantant à tue-tête, il reprit la direction de sa chambre. Il riait ; de Dasheroon qui ne l'avait pas retrouvé et ne le retrouverait jamais ; de lui-même, qui avait eu si grand peur, sans raison.

La mort le frappa si vite qu'il eut à peine le temps de se rendre compte de ce qu'il lui arrivait.

Il n'était plus qu'à quelques pas de sa porte quand il sentit qu'on le saisissait par les bras. Il se débattit, essaya de lutter, mais en vain. Son assaillant le maintenait solidement, réussit à l'immobiliser. C'est alors qu'un autre homme surgit de la nuit. Une lame jeta un bref éclair avant de se porter vers la gorge de LaKid, qu'elle trancha d'une oreille à l'autre.

Avant de s'affaler sur les pavés, LaKid eut le temps de balbutier, malgré le sang qui giclait :

— Le diable t'emporte, Dasheroon !

— Qui c'est, ce Dasheroon ? demanda l'un des assassins, alors qu'ils s'éloignaient tranquillement.

Le cœur brisé, Laurette se sentait anéantie. Pour elle, la vie n'avait plus de sens.

La nuit, elle ne dormait que par intermittence, pas plus d'une heure ou deux d'affilée. Le plus souvent, elle devait attendre l'aube pour trouver enfin un sommeil difficile. Elle n'avait plus d'appétit. Il lui fallait se forcer à prendre quelque nourriture. En public, à l'hôpital militaire en compagnie de ses collègues de travail, elle tâchait de faire bonne figure. Mais seule dans sa maison vide, elle donnait libre cours à ses larmes. Il lui arrivait souvent de rester des heures assise devant le feu, à méditer sur son malheur, en pleurant jusqu'à l'épuisement.

Sans Sutton, la vie n'avait plus de sens. La vie lui était devenue insupportable.

Si elle s'était donné pour règle de taire son malheur, elle avait toutefois cédé aux tendres sollicitations des jumelles Parlange et consenti à leur confier son désespoir. Elles avaient compati et promis de garder bouche cousue. Sincèrement inquiètes pour elle, ces deux amies fidèles se faisaient un devoir de la visiter presque chaque jour, pour la réconforter. Elles apportaient de quoi faire la dînette, et forçaient Laurette à ne pas se laisser dépérir. Elles tâchaient de la divertir, ce qui n'était pas facile.

— Ma pauvre chérie, lui dit un soir Johanna Parlange en lui passant un bras autour des épaules, M. Vane est sans doute un homme charmant, mais c'est aussi un vil séducteur qui ne vaut pas que tu te laisses abattre par le chagrin à cause de lui. Tu ferais mieux de l'oublier.

La sage Juliette avait alors jeté un regard sévère à sa jumelle et lui avait rétorqué :

— Si tu crois que c'est facile…

Les deux sœurs s'étaient tournées vers Laurette pour recueillir son avis. Ayant beaucoup soupiré, elle avait admis :

— Non, ce n'est pas facile du tout... Je sais bien que je me conduis comme une idiote, mais je n'y peux rien. Vous voyez, c'est que... c'est que je suis tombée amoureuse de Sutton Vane. Voilà, c'est dit !

Johanna avait paru horrifiée. Juliette avait hoché la tête : elle comprenait. A l'unisson, elles avaient repris :

— A la longue, tu finiras par oublier.

— Comme tu as fini par oublier Ladd, avait ajouté Johanna.

— Bien sûr, j'oublierai, avait dit Laurette, qui en doutait.

Ses souffrances s'avivèrent quand, à l'hôpital militaire, elle entendit l'infirmière Nora Huffington, la plus redoutable commère de tout Mobile, raconter à qui voulait l'entendre que Sutton Vane résidait présentement à La Nouvelle-Orléans et qu'il s'y rendait célèbre par l'extravagance de ses frasques. A ce qu'on lui avait rapporté, l'impénitent séducteur affichait une nouvelle conquête chaque soir. Il...

C'est alors que Nora Huffington sembla découvrir la présence de Laurette dans son auditoire. Elle se répandit en excuses qui n'avaient pas l'air très sincères.

— Excusez-moi, madame, je ne vous avais pas vue. A ce qu'on dit, vous avez été très proche de M. Vane...

— Très proche, c'est beaucoup dire, répondit Laurette avec la plus grande sérénité. Je l'ai accompagné au théâtre, une fois ou deux, avec le colonel et Mme Ivy, à la demande du colonel, précisément. C'est tout ce qu'il y a à dire sur nos relations.

Souriante, elle s'en retourna à son travail. Mais tandis qu'elle enroulait des bandages, elle s'aperçut que ses mains étaient sujettes à un tremblement impossible à contenir. Ce jour-là, elle eut hâte de voir la fin de son service, pour courir chez elle et, une fois de plus, pleurer tout son soûl.

Elle savait bien qu'elle se comportait comme une collégienne amoureuse. Pourtant elle n'avait plus seize ans, mais trente. Pas étonnant qu'un homme comme Sutton Vane eût si vite perdu tout intérêt à la fréquenter. Pouvait-elle l'en blâmer ? Dans l'amour, entre toujours une part de jeu. Or, elle n'avait pas su jouer avec le cœur, avec les sentiments de Sutton Vane.

Quand, pour la première fois, il avait exprimé le désir de faire l'amour avec elle, elle s'était donnée trop vite, alors qu'elle eût dû le lanterner un peu, le faire languir, se faire désirer. Elle avait été une conquête trop facile, donc sans intérêt. Dès le début de leurs relations, il avait dû la trouver ennuyeuse.

En ce milieu de mars, l'hiver résistait à Mobile. Il pleuvait beaucoup et le temps restait anormalement froid.

Quand Laurette sortit de l'hôpital militaire, un samedi en fin d'après-midi, elle jeta un coup d'œil désespéré vers le ciel noir comme charbon. Déjà la lumière faiblissait. Il tombait une petite pluie insidieuse et glaçante.

En frissonnant de froid et de tristesse, Laurette se mit en chemin pour regagner la rue du Dauphin.

Quand elle ouvrit la porte, elle s'arrêta, très intriguée. Il faisait bon dans sa maison. Pourtant, le feu s'était éteint hier soir dans la cheminée du salon, et elle ne l'avait pas ranimé ce matin avant de partir pour l'hôpital militaire.

Il faisait trop chaud…

La porte se referma doucement derrière elle.

Elle s'arrêta, prêta l'oreille, perçut les crépitements du feu.

Qui avait allumé du feu dans sa maison ?

Elle avança, sur la pointe des pieds, jusqu'à la porte du salon. Son cœur battait très fort. Sur le seuil, elle s'arrêta.

Devant la cheminée dont les flammes éclairaient toute la pièce, il était assis, complètement nu, un verre à la main. Tournant la tête vers elle, il sourit et leva son verre en disant :

— Bienvenue à la maison !

Sa peur s'évanouit. Elle se mit en colère.

— Comment êtes-vous entré ? demanda-t-elle en entrant dans le salon. Je veille à ce que les portes soient toujours fermées à clé et…

— J'ai une clé, révéla-t-il posément.

— Vous avez une… Mais vous n'avez pas le droit !

— Ah ! mais si ! Je vous rappelle que cette maison m'appartient.

— Non, non, non… Faut-il que je vous l'apprenne ? La maison est propriété de la compagnie de la Baie Minette.

— La compagnie de la Baie Minette, c'est moi, lui dit-il avec une évidente satisfaction. Vous ne le saviez pas ?

Elle ne le savait pas, mais elle s'en doutait.

— Que faites-vous dans cette tenue ?

— Mes vêtements étaient mouillés. Je remarque que les vôtres aussi, d'ailleurs.

Elle le fusilla du regard pour le dissuader de formuler une proposition déplacée, puis elle retira sa grande cape dégoulinante qu'elle jeta sur lui, en intimant :

— Rhabillez-vous et fichez le camp d'ici. Je ne veux plus vous voir.

D'un ton badin, il rétorqua :

— Déshabillez-vous plutôt, et venez près de moi.

Elle tressaillit comme sous l'effet d'une gifle. Sa voix devint sifflante.

— Vous n'y pensez pas ? Vous êtes un être abject, répugnant ! Si vous ne quittez pas cette maison tout de suite, je demanderai l'aide des autorités pour vous expulser.

D'un geste vif il rejeta la cape dont elle l'avait recouvert, et se leva. Il la regarda en souriant puis avança d'un pas, d'un autre encore. Et il s'arrêta.

Elle comprit qu'il lui donnait la possibilité de l'abandonner là et de fuir. Fuir ? Elle y songea bien. Mais comment fuir ce mâle magnifique, ce corps parfait que les flammes sculptaient de reflets ambrés ?

Comment fuir des souvenirs brûlants ?

Impossible, tout simplement impossible !

Voyant qu'elle ne bougeait pas, il combla la distance qui les séparait et ouvrit les bras pour l'attirer contre lui. Elle eut une petite velléité de résistance, lutta pour se dégager, mais il avait la volonté mieux trempée que la sienne. En plus, il était beaucoup plus fort. Il lui prit les lèvres. Elle ne résistait plus. Le baiser la priva bientôt de souffle, tandis que son cœur se mettait à battre si fort qu'elle l'entendait sonner à ses oreilles, comme une cloche.

Enlacés, ils ne tardèrent pas à tomber à genoux devant l'âtre, en continuant à se dévorer de baisers. Puis il lui prit le visage entre ses mains et, la regardant droit dans les yeux, il lui dit d'une voix rauque :

— Il faut que je vous fasse l'amour. Je ne peux plus attendre.

— Non ! s'écria-t-elle. Non, vous ne pouvez pas m'abandonner et réapparaître brusquement en espérant que je...

— J'avais une bonne raison de m'absenter.

Elle partit d'un rire strident.

— Une bonne raison ? Je serais curieuse de l'entendre.

— Dès que nous aurons fait l'amour, je vous dirai tout, répondit-il en lui caressant le cou de ses lèvres.

Elle ne tarda pas à gémir. Mais il ne s'agissait pas de céder. Question d'honneur. Elle ordonna :

— Arrêtez. Ou vous me dites pourquoi vous…

Elle ne put continuer, le désir annihilant son peu de volonté. Bientôt elle se trouva toute nue et très contente de l'être.

Alors que la pluie giflait les vitres, il s'allongea sur le dos et l'attira sur lui pour lui murmurer à l'oreille la promesse de plaisirs inédits et interdits, dont elle savait fort bien qu'il était très capable de les lui donner.

Après quelques minutes de jeux sensuels, ils changèrent de position. Elle se retrouva allongée sur le tapis et lui, au-dessus d'elle, plaça son bassin étroit entre les jambes qu'elle lui ouvrait. Lentement il descendit en elle. Aussitôt elle sentit son sang bouillir dans ses veines. Il pencha la tête vers elle et leurs lèvres s'unirent aussi.

Ils ne faisaient plus qu'un.

Pendant une demi-heure, il lui fit l'amour de la façon qu'elle aimait, avec une lenteur calculée, en retardant sans cesse l'explosion du plaisir.

Avant, elle avait l'habitude de s'offrir, bras et jambes largement ouverts, pour s'adonner toute et sans pudeur au délicieux tourment ; mais pas cette fois. Non. Au contraire, elle s'agrippa à lui et lui planta ses ongles dans les bras et les épaules. Et en même temps qu'elle lui labourait les chairs, elle l'emprisonna avec ses jambes pour l'attirer à elle, pour l'obliger à rester en elle…

Dans l'éblouissement du plaisir qui vint enfin, elle songea, avec tristesse, que c'était fini, qu'il repartirait pour ne plus revenir peut-être.

Sûrement.

Pour lui elle n'était qu'un jouet, dont on se lasse et qu'on rejette.

Elle ferma les yeux et ainsi ne vit pas le petit sourire de triomphe qu'il arborait alors que, lui aussi, connaissait le bonheur suprême.

Il pouvait être satisfait. La soirée se déroulait selon ses vœux, correspondait exactement au plan qu'il s'était tracé. Il avait obtenu ce qu'il voulait. Déjà — il en était sûr — elle reprenait espoir. Si l'amour avait déserté son cœur, ce qui était peu probable, il y reprenait place. De nouveau elle rêverait de lui appartenir corps et âme. Mais alors…

Ils reposaient côte à côte, pantelants, en sueur. Quand elle eut retrouvé un peu de souffle, elle lui dit :

— Savez-vous que je suis toujours très fâchée contre vous ?

— Je ne vous crois pas.

— Vous devriez partir, maintenant. Rentrez chez vous et laissez-moi en paix.

— Vous n'en pensez pas un mot.

— Mais si !

Elle se souleva sur un coude pour le regarder, sans doute lui montrer son visage redevenu sévère et prouver ainsi qu'elle ne plaisantait pas.

Il sourit et soupira :

— Vous vous conduisez comme une enfant gâtée.

— Savez-vous seulement ce que c'est qu'un enfant ?

— Mais oui, parce que j'en ai été un, autrefois. Et j'ai une excellente mémoire, figurez-vous…

— Vous ne m'en avez jamais parlé.

— Je vous ferai partager les trésors de ma mémoire, mais une autre fois. Pour le moment, j'ai cru comprendre que vous désiriez quelques explications quant à ma brusque disparition.

Soutenant le regard des yeux bleus, brillants de malice, Laurette lança, sur un ton qui montrait qu'elle n'était pas décidée à se laisser berner :

— En effet, j'attends des explications. Et vous avez intérêt à ce qu'elles soient convaincantes.

Sutton Vane se laissa rouler sur le dos, attira Laurette à lui et l'obligea à poser la tête sur sa poitrine. Puis, d'une voix grave, il commença :

— Mon amour, je n'ai pas l'intention de vous mentir. Si je me suis éloigné de vous, c'est que j'avais peur.

— Peur ? murmura-t-elle, incrédule. Vous, peur ? De quoi ?

— Peur de tomber amoureux de vous, lui souffla-t-il à l'oreille.

Aussitôt le cœur de Laurette se mit à battre plus vite. Déjà, la joie la submergeait.

— Il ne faut pas avoir peur de moi, Sutton, murmura-t-elle. Moi aussi, je vous aime.

— J'espérais que vous diriez cela. Mais il faut que vous soyez sincère, ce dont je ne suis pas certain. Pourriez-vous me convaincre ?

Folle de bonheur, Laurette lui couvrit le visage de baisers avant de reprendre :

— Mon amour, n'ayez pas peur. Vous ne m'aimerez jamais autant que je vous aime. Tout ce que je veux, c'est vous rendre heureux, aujourd'hui comme demain et pour toujours. Mon souhait le plus cher, c'est que vous soyez toujours aussi heureux que je le suis en ce moment. Croyez-moi, jamais vous n'aurez à vous plaindre de moi. Jamais je n'ai aimé personne comme je vous aime.

— Personne ?

— Personne.

— Même pas votre mari ?

— Même pas lui, non... Je vous en prie, dites que vous aussi, vous m'aimez.

Sutton Vane sourit, mais ne répondit pas.

20.

A l'hiver anormalement froid et prolongé de 1881 succéda enfin un printemps tardif, d'autant plus apprécié par la population de Mobile.

En ouvrant ses fenêtres, chaque matin, Laurette respirait à pleins poumons les capiteux parfums des magnolias. Elle s'attardait un instant à contempler son jardin en fleurs, métaphore de son bonheur.

Laurette était une femme heureuse.

Depuis qu'il avait avoué son amour pour elle, Sutton Vane avait insisté pour l'avoir près de lui à chaque minute. Il était si entiché d'elle, si amoureux, qu'elle se demandait parfois à quoi il passait son temps quand elle travaillait à l'hôpital militaire ou rendait visite à quelques amis. Une fois, elle lui avait posé la question. Il avait répondu que le plus souvent il jouait aux cartes avec le colonel Ivy, au club des Camélias. Bref, il savait s'occuper.

Sutton Vane s'occupait, certes, mais à des activités qu'il se gardait bien de révéler à Laurette. Il continuait à agir dans l'ombre, à ourdir des plans tortueux pour infliger la justice, *sa* justice, à ceux qui l'avaient trahi.

Sa philosophie se résumait en une formule lapidaire : faire souffrir autant qu'il avait souffert.

Déçu de n'avoir pu encore localiser Gilbert LaKid, il n'était cependant pas prêt à abandonner la traque. Même s'il devait y consacrer le reste de sa vie, il retrouverait le féroce capitaine qui l'avait battu, humilié, torturé.

Si Sutton Vane croyait à la nécessité de frapper ses ennemis, il était attentif aussi à aider ceux qui, comme lui, avaient souffert de la guerre et se trouvaient dans le besoin.

Sur la liste de ses œuvres figuraient, par exemple, Melba et Lydia Adair, spoliées de l'argent qu'elles avaient tiré de leur maison vendue. Ses agents avaient réussi à localiser Jackson Tate, l'escroc qui avait capté la maigre fortune des deux femmes, ils l'avaient ramené à Mobile pour le livrer à la justice. Condamné à dix ans de prison, cet homme peu recommandable séjournait dans le pénitencier de Montgomery. Cela dit, Jackson ayant dilapidé l'argent volé, sa juste punition n'avait pas rendu leur aisance aux dames Adair.

Pour résoudre le problème qui se posait à lui — comment apporter son aide sans que la dignité de ses protégées eût à en souffrir ? — Sutton Vane avait trouvé la solution idéale : ouvrir un magasin de fleurs, dont il confierait la gestion à Melba et à Lydia. Elles pourraient ainsi vivre décemment tout en satisfaisant leur passion des fleurs. L'aménagement du magasin était presque terminé, la construction de la serre avait commencé.

Miss Foster, qui lui avait appris à jouer du piano, bénéficiait aussi de ses largesses. L'opération était même un succès plus grand que prévu, puisque tous les enfants de l'orphelinat avaient manifesté leur envie d'apprendre la musique quand la possibilité leur en avait été offerte. On avait rapporté à Sutton Vane que la demoiselle, en apprenant la nouvelle, avait versé des larmes de joie ; qu'elle avait pleuré de nouveau en arrivant à l'orphelinat, où elle avait découvert ses élèves sagement rangés autour d'un superbe piano en bois de merisier.

Sutton Vane avait toujours plusieurs fers au feu. Il punissait et récompensait, chacun selon ses mérites. Mais il n'oubliait pas que son dossier le plus important portait le nom de Laurette Howard Tigart, la femme qui l'avait tant déçu.

Au traitement de cette affaire il apportait tous ses soins et ne se pressait pas d'agir. Avant de porter le coup fatal, il voulait être certain qu'elle était bel et bien amoureuse de lui. Quand ce jour viendrait, il la quitterait, une bonne fois pour toutes. Il l'abandonnerait au profit d'une autre femme, n'importe laquelle, pourvu qu'elle fût jeune et belle.

Il briserait le cœur de Laurette comme elle avait brisé le sien.

Pour lors, il s'agissait de la préparer, en la rendant folle de bonheur. Sutton Vane la comblait de cadeaux. Il lui faisait l'amour chez lui, rue du Gouvernement ; chez elle, rue du Dauphin ; sur son bateau ancré au beau milieu de la baie de Mobile. Jamais elle ne se refusait à lui, car elle aimait l'amour. Chaque fois qu'il la laissait, pantelante de plaisir, il se disait qu'il venait de lui donner un souvenir de plus, à regretter plus tard.

Avant la fin de l'été, tout serait consommé.

— Il semble qu'on vous ait doublé, mon ami, déclara le Pirate en entrant dans le bureau, un journal à la main.

Sutton Vane, qui méditait sur le sort réservé à Laurette, sortit de sa rêverie.

— Que se passe-t-il ? demanda-t-il.

— Gilbert LaKid a été assassiné dans les bas-fonds de Washington. On l'a retrouvé dans une ruelle, proprement égorgé.

Le Pirate déposa le journal sur le bureau et s'assit. Comme Sutton Vane, après avoir parcouru l'article, ne disait rien, le Pirate reprit :

— A l'évidence, vous n'étiez pas le seul à lui en vouloir. Quelqu'un d'autre lui a proprement réglé son compte. Remarquez, cela se comprend : vous n'avez sans doute pas été le seul prisonnier soumis à ses brutalités.

Le regard fixé sur le journal, Sutton Vane ne disait rien. Immobile, il semblait pétrifié. Après quelques minutes de silence, il leva la tête et prononça d'une voix d'outre-tombe :

— LaKid… est mort ?

— Mort et enterré, confirma le Pirate.

Pendant quelques minutes, de nouveau, Sutton Vane s'immobilisa dans un silence pesant. Soudain, sa main droite se referma et s'éleva au-dessus du bureau. Et c'est avec une brutalité inouïe que Sutton Vane abattit son poing sur le journal.

Le Pirate sursauta, se leva. Sa chaise tomba sur le sol. Il ne songea pas à la ramasser. Bouche bée, il observa son ami, dont la rage le stupéfiait. Jamais il ne l'avait vu dans cet état.

Le visage convulsé, les yeux jetant des éclairs, Sutton Vane se leva pour aller chercher des dossiers dont il répandit le contenu sur le plancher, avant de les piétiner en jurant.

— Ce salaud a eu de la chance ! hurla-t-il. Il a eu une mort trop douce.

— Je sais bien, dit le Pirate, mais qu'y pouvons-nous ? Après tout, c'est peut-être mieux ainsi. Au moins, il…

Sutton Vane poussa un cri terrible qui résonna dans toute la maison.

— Non ! Mille fois non ! LaKid méritait de souffrir ! Je lui réservais des jours et des jours de torture !

Pivotant sur lui-même, il fracassa, de son poing, la porte d'une armoire dont le bois vola en éclats. Insensible au sang qui coulait de sa main, il entreprit de précipiter à terre tous les dossiers qui restaient encore sur les rayonnages.

Le Pirate décida alors d'intervenir.

— Arrêtez ! dit-il en ceinturant son ami.

Il le maintint fermement, malgré les efforts frénétiques de celui-ci pour se libérer, le ramena à son fauteuil pour l'obliger à se rasseoir.

— Je ne veux pas m'asseoir ! hurla Sutton Vane en se débattant. Fichez-moi la paix ! Sortez d'ici ! J'ai besoin d'être seul.

— Non, je ne pars pas, dit le Pirate, sans se départir du plus grand calme. Je m'en vais vous chercher quelque chose à boire.

— Je ne veux pas boire ! Lâchez-moi, à la fin, ou je vous…

— C'est ça, frappez-moi, si ça vous fait du bien.

Les deux hommes se défièrent du regard, aucun des deux ne voulant baisser les yeux devant l'autre. Finalement, le visage de Sutton Vane s'adoucit. Il parut soudain très las. Lentement, il s'assit.

— Excusez-moi, murmura-t-il. Je ne savais plus ce que je faisais.

— Pas la peine de vous excuser, mon ami, dit le Pirate en lui rendant la liberté de ses mouvements. Je comprends ce que vous ressentez.

Il se rendit vers le meuble placé dans l'angle de la pièce, l'ouvrit, en tira une bouteille de bourbon et deux verres qu'il remplit aussitôt et rapporta près du bureau. Il tendit l'un à Sutton Vane et ordonna :

— Buvez un coup.

Sutton Vane vida son verre, d'un trait.

— Un autre ? proposa le Pirate.

— Non, je vais mieux. Plus la peine de vous inquiéter. Je vais monter dans ma chambre pour soigner ma main.

— Je peux vous aider, mon ami.

— Pas nécessaire. En plus, j'ai besoin d'être un peu seul, pour réfléchir, faire le point.

Pas trop convaincu, le Pirate demanda :

— Vous n'avez pas l'intention de faire une bêtise, au moins ?

Enfin Sutton Vane éclata de rire. Donnant une bourrade dans l'épaule de son ami, il répondit :

— N'ayez pas peur, car je ne suis pas du genre à me suicider pour si peu.

A grands pas, il s'éloigna. Sur le seuil, il s'arrêta, se retourna et ajouta :

— Je me suis comporté comme un gamin. Cela ne se reproduira plus. Promis.

Le Pirate acquiesça d'un hochement de tête.

— Il faut vous faire une raison, dit-il. Tout est fini, maintenant. LaKid était le dernier de ceux que vous vouliez...

— Pas tout à fait, dit Sutton Vane, avec un sourire sardonique. Il y a encore quelqu'un.

Le Pirate fronça les sourcils et soupira. Il ne savait que trop ce que signifiaient ces paroles.

Une soirée parfaite pour un concert en plein air.

A 20 heures, la température était encore douce. Le soleil, rouge au-dessus du golfe, promettait pour le lendemain une nouvelle journée de beau temps, idéale pour les courses en mer. Après s'être cloîtrés chez eux pendant des mois, les habitants de Mobile étaient heureux de pouvoir s'attarder dans les rues de la ville, pour profiter encore de la clémence du temps avant de rentrer chez eux et dormir, toutes fenêtres ouvertes pour respirer les parfums du magnolia, du jasmin et du chèvrefeuille.

Laurette et Sutton Vane se trouvaient, ce soir-là, parmi la foule rassemblée place Bienville pour écouter le concert et s'adonner aux plaisirs de l'amitié.

Fait suffisamment rare pour être noté, la *Vieille Garde* de Mobile avait très vite adopté Sutton Vane, peut-être à cause des relations de celui-ci avec Laurette Howard, dont tous les amis s'accordaient à reconnaître qu'elle irradiait le bonheur depuis qu'elle le fréquentait.

De son côté, la jeune femme ne cherchait pas à cacher qu'elle adorait le bel homme qui avait surgi dans sa vie, à un moment où elle pensait qu'elle ne connaîtrait plus aucune joie.

Alors que Sutton Vane et Laurette se frayaient un passage dans la foule pour s'approcher de l'estrade sur laquelle l'orchestre officiait, ils rencontrèrent Melba et Lydia Adair, qui poussèrent des cris de joie en les apercevant.

— Laurette, ma très chère Laurette ! s'exclama Melba en lui prenant les mains.

— Hello, Melba, Lydia ! dit Laurette, très contente aussi de rencontrer ses amies. Permettez-moi de vous présenter Sutton Vane, que vous connaissez sans doute déjà, de réputation au moins.

— Bonsoir, mesdames, dit Sutton Vane, en s'inclinant.

Les deux femmes le saluèrent en disant, à l'unisson :

— Ravie de vous rencontrer.

Puis elles se tournèrent vers Laurette et Melba, enthousiaste, reprit :

— Laurette, vous ne devinerez jamais ce qu'il nous arrive. C'est merveilleux.

— Dites-nous, proposa Laurette. Nous avons hâte de savoir. N'est-ce pas, Sutton ?

Sutton confirma son impatience. Melba assura :

— Vous ne nous croirez jamais…

Puis elle s'adressa à sa fille.

— Dis-leur, toi.

Lydia, dont la grande timidité ne s'atténuait pas avec les années, rougit. Les yeux baissés, elle répondit :

— Non, dis-leur, toi, maman.

Melba ne se fit pas prier.

— Figurez-vous que Lydia et moi avons été pressenties pour diriger le nouveau magasin de fleurs dont l'installation se termine actuellement, rue du Canal. Nous sommes si heureuses… comme des enfants. Le magasin doit ouvrir la semaine prochaine, et nous avons hâte de commencer.

— C'est merveilleux, commenta Laurette, sincèrement ravie pour ses amies. C'est une excellente nouvelle, dites donc !

— N'est-ce pas ?Uun véritable miracle ; un rêve qui devient réalité. Vous savez que rien ne nous donne plus de plaisir que de nous occuper de fleurs et… et… Pensez donc ! Grâce à la serre qui se trouve derrière le magasin, nous pourrons cultiver toutes sortes de fleurs exotiques, des orchidées surtout. Et puis, il nous sera possible d'avoir des roses même en plein hiver ! Vous imaginez notre bonheur ?

Melba, radieuse, battait des mains. Quand Laurette lui demanda pourquoi elles avaient été choisies, elle et sa fille, elle avoua qu'elle n'en savait rien.

— Tout ce que je peux supposer, dit-elle, c'est que notre amour des belles fleurs a attiré l'attention d'un mécène.

Laurette approuva.

— C'est forcément la raison.

Elle se tourna vers Sutton Vane.

— Mesdames Adair étaient réputées pour la magnificence de leur jardin, le plus beau de Mobile, sans contestation possible.

— Alors, conclut Sutton Vane, le propriétaire du magasin de fleurs a bien choisi.

— Qui est le propriétaire ? demanda Laurette.

— Il n'y en a pas un, mais plusieurs, dit Melba. J'ai cru comprendre, en effet, que la compagnie de la Baie Minette avait acheté le terrain pour y faire construire le magasin.

— Oh ? murmura Laurette, qui jeta un regard en coin vers Sutton Vane.

Il garda le même visage impénétrable. Seules ses paupières, d'un léger battement, le trahirent. Pleine d'admiration, Laurette comprit alors qu'il était responsable du sauvetage des dames Adair. La compagnie de la Baie Minette possédait le magasin de fleurs ? Cette compagnie, c'était lui. La conclusion n'était pas difficile à tirer. En cette affaire, il était d'autant plus admirable qu'il connaissait à peine celles à qui il apportait son aide discrète.

Quand les amies de Laurette s'en furent allées un peu plus loin, celle-ci pressa la main de Sutton Vane et lui dit en souriant :

— Petit cachottier…

— Cachottier, moi ? fit-il comme s'il ne comprenait pas l'allusion.

— Parfaitement ! Je me rends compte, jour après jour, que vous ne ressemblez pas du tout à l'image que vous donnez de vous.

— Quelle image donné-je de moi ?

— Celle d'un jeune homme riche et beau, mais égoïste, qui ne vit que pour son plaisir.

— Je plaide coupable ! s'écria-t-il en riant.

— Non, vous n'êtes pas coupable, rétorqua Laurette. En fait, vous êtes un homme généreux, mais discret, ce qui vous rend plus attachant encore. La façon dont vous avez aidé les dames Adair est tout à fait admirable.

— Je ne comprends pas du tout de quoi vous voulez parler, ma chérie.

— Moi-même... bien sûr que si. Mais ne vous inquiétez pas. Pas un mot ne sortira de ma bouche à ce sujet. Si vous préférez accomplir vos bonnes actions dans l'ombre, libre à vous. Ce n'est pas à moi d'attirer l'attention sur vous...

Posant sa tête sur le bras de Sutton Vane, Laurette ajouta :

— Si vous saviez comme je vous aime... Plus je vous connais, plus je découvre vos petits secrets, plus je vous aime.

A cette déclaration, Sutton Vane sourit, mais ne répondit pas. Il pensa : Vous me connaissez encore bien mal, ma chère ! Vous ne savez pas qui je suis vraiment, et vous n'imaginez pas ce que j'ai l'intention de vous faire subir.

Le couple circulait à pas lents dans la foule, allait d'un groupe à l'autre, saluait des amis au passage. Au moment où l'orchestre commençait à jouer, ils arrivèrent près de miss Foster qui écoutait les premiers accords, radieuse, les mains pressées sur son cœur. Laurette, en la saluant, la tira de sa rêverie.

— Laurette ! s'écria la vieille demoiselle. Avez-vous eu vent du bonheur qui m'arrive ?

— Eh bien, non... Je...

La voix hachée par l'émotion, miss Foster raconta le nouveau projet qui changeait sa vie.

— ... et presque tous les enfants de l'orphelinat ont manifesté le désir de prendre des leçons de piano ! N'est-ce pas surprenant, merveilleux ? Croyez-moi, je n'ai jamais été aussi occupée de toute ma vie.

Elle partit d'un grand rire joyeux et poursuivit :

— En fait, je n'avais plus donné beaucoup de leçons depuis ces années, déjà lointaines, où je vous avais pour élève, avec Ladd Dasheroon.

Elle se tourna vers Sutton Vane pour expliquer :

— Ladd Dasheroon était le petit garçon qui habitait en face de chez Laurette, de l'autre côté de la rue.

— Oui, elle m'en a déjà parlé, dit Sutton Vane.

— Un garçon si plein de talent... murmura la vieille demoiselle. Vous vous rappelez, Laurette, le mal que vous avez eu avec certaine *Polonaise* de Chopin ? Ladd, lui, l'a jouée divinement après quelques leçons seulement.

— Je me rappelle, en effet, soupira Laurette, frappée à ce moment par le souvenir de Sutton Vane jouant avec art la fameuse *Polonaise.*

— Pauvre, cher petit Ladd, reprit miss Foster soudain mélancolique. Dire qu'il a été tué à la guerre, au début de sa vie d'homme. Ce n'est pas juste...

Mal à l'aise, Laurette dirigea la conversation vers un sujet plus gai.

— Cette idée d'ouvrir à la musique les enfants de l'orphelinat est tout à fait bien.

— Et ils sauront en tirer un grand profit. Si vous saviez comme ils sont heureux d'apprendre ! En plus, j'oubliais de vous dire : nous avons un piano flambant neuf, en bois de merisier ; un véritable instrument de virtuose !

Pensive, elle ajouta :

— Je n'ai aucune idée de qui est à l'origine de cette action. Mme Young, la directrice de l'orphelinat, me dit que le bienfaiteur désire garder l'anonymat.

— Vraiment ? fit Laurette, les sourcils hauts.

Restée seule avec Sutton Vane, elle tourna vers lui un regard interrogateur. Il s'empressa de déclarer :

— Je n'ai rien à dire sur ces leçons de musique.

Elle n'en crut pas un mot. Son cœur, débordant d'amour pour cet homme si généreux et si discret, se mit à battre plus vite quand il se pencha pour lui souffler à l'oreille :

— J'aimerais être un peu seul avec vous.

— Alors, allons-nous-en, répondit-elle sans hésiter.

Le jour n'était pas encore levé, le lendemain matin, quand le Pirate, appelé par Sutton Vane, entra dans le cabinet de travail plongé dans l'obscurité. La lampe posée sur le bureau brûlait, mais sa mèche courte dispensait une chiche lumière.

Assis dans son fauteuil, Sutton Vane n'était qu'une silhouette indistincte et immobile. Le Pirate prit une chaise en face de lui, s'assit et attendit ce qu'il avait à lui dire. Mais rien ne vint. Toujours assez gêné dans ce genre de situation, le Pirate toussota plusieurs fois. Puis il ouvrit son carnet à reliure de cuir, le feuilleta. Quand il eut trouvé la page qu'il cherchait, il leva la tête et, presque timidement, demanda :

— Puis-je commencer ?

— C'est pour cela que vous êtes ici, répondit Sutton Vane, d'une voix caverneuse.

— Très bien... Cet après-midi de la semaine dernière, quand elle s'excusa de ne pouvoir accepter votre rendez-vous, sous le prétexte qu'elle était occupée ailleurs, je l'ai suivie, selon vos instructions.

— Au fait, dit Sutton Vane.

Le Pirate se pencha pour déchiffrer son écriture, difficilement lisible dans l'obscurité.

— Mme Tigart est rentrée de l'hôpital peu après 14 heures. Après avoir passé quelques instants seulement dans sa maison, elle en est sortie, en portant une sorte… comment dire ?

— Que transportait-elle ? demanda Sutton Vane, la voix vibrante de curiosité.

— En fait, c'était un petit sac fermé par un cordon. Vous voyez le genre ? Mme Tigart le portait sous le bras. Elle s'est rendue en ville.

— Continuez, dit Sutton Vane, impatient.

— Mme Tigart est entrée dans l'officine du prêteur sur gages qui se trouve rue Monroe. A la façon dont l'homme au comptoir l'a accueillie, j'ai vu qu'il la connaissait bien, qu'elle était une cliente régulière. Elle a ouvert son sac, en a tiré un objet que je n'ai pas pu voir. Le prêteur n'a pas perdu de temps à examiner cet objet et à l'évaluer. Il l'a pris, l'a posé sous son comptoir. Puis il a ouvert sa caisse, en a tiré quelques billets qu'il a tendus à Mme Tigart. Je ne peux pas vous dire de quelle somme il s'agissait. Mme Tigart a pris les billets, les a mis dans son sac. Puis elle a quitté l'échoppe.

Le Pirate leva les yeux. Sutton Vane demanda :

— Ensuite ?

— J'ai attendu qu'elle se fût éloignée pour entrer à mon tour chez le prêteur. Je lui ai demandé à voir l'objet mis en gage par Mme Tigart. Il a haussé les épaules et m'a regardé de travers. J'ai posé quelques billets sur le comptoir. Alors il a bien voulu énoncer : « De l'argenterie ; quatre pièces. » J'ai demandé : « Et les fois précédentes ? » Nouveau haussement d'épaules. Deux nouveaux billets ont été nécessaires pour apprendre que Mme Tigart, depuis plusieurs années, avait engagé toute son argenterie, quelques pièces à la fois. Elle a également mis en gage une montre en or, quelques bijoux, un cadre en argent.

A cet énoncé, Sutton Vane frémit. Il se rappelait fort bien son portrait, dans un cadre en argent, qu'il avait donné à Laurette juste avant de partir pour West Point.

— Le portrait se trouvait-il encore dans le cadre ? demanda-t-il, sarcastique.

— Je vous demande pardon ?

— Non, rien... Oubliez. Continuez plutôt. Racontez-moi la suite.

— Je suis sorti de l'échoppe en vitesse. J'ai réussi à rattraper Mme Tigart.

— Elle ne vous a pas vu ?

— Non. Elle ne s'était pas beaucoup éloignée, et j'ai pu la suivre de loin, sans risque.

— Je suppose qu'elle n'est pas rentrée directement chez elle ?

— Non, pas directement.

— Je n'en suis pas surpris, dit le cynique Sutton Vane.

Cette réflexion amena le Pirate à sourire et à répondre :

— Vous serez peut-être surpris quand je vous dirai où elle est allée.

Sutton Vane frémit. Sur Laurette, il désirait connaître toute la vérité, et en même temps il ne voulait pas l'entendre.

— Dites-moi tout, soupira-t-il d'une voix sourde. Je peux tout endurer, car je sais depuis fort longtemps quelle malhonnête petite personne elle est.

— Malhonnête ? s'exclama le Pirate. Qu'y a-t-il de malhonnête à se promener dans la rue de l'Ecluse ?

Les sourcils froncés, Sutton Vane attendit la suite, sans savoir s'il était déçu ou rassuré.

— Elle a frappé à la porte d'une maison modeste, poursuivit le Pirate. Aussitôt la porte s'est ouverte. Il m'est apparu que la propriétaire des lieux était une Noire. Les deux femmes se sont embrassées. Elles ont ri, beaucoup ri.

— Ruby Lee, dit Sutton Vane.

— Je vous demande pardon ?

— Ruby Lee, vous dis-je. C'était la gouvernante de Laurette, autrefois. Ruby Lee faisait partie du personnel de la maison Howard.

— Alors, je comprends mieux pourquoi Laurette a donné à cette femme l'argent qu'elle avait obtenu du prêteur sur gages.

Sutton Vane grinça des dents.

— C'est tout ? dit-il. Ou est-elle encore allée se promener, après ça ?

— Elle est restée en compagnie de Ruby Lee quelques minutes seulement, puis est rentrée directement chez elle, où elle est arrivée aux environs de 16 heures. Si je me souviens bien, vous vous êtes présenté à sa porte vers 16 h 45. Elle a donc eu peu de temps pour se rafraîchir et se…

— Très bien, très bien, coupa Sutton Vane en agitant la main. Vous êtes bien sûr qu'elle n'est allée nulle part ailleurs ?

Le Pirate referma son carnet avec une vigueur qui trahissait son agacement. Il déclara, en détachant nettement ses mots :

— Sutton, vous m'avez ordonné de suivre Mme Tigart au moins une douzaine de fois et jamais je ne suis rentré de ma mission en ayant recueilli le moindre élément qui attesterait d'une conduite déloyale envers vous. Je ne sais pas ce que vous espérez encore découvrir, mais si vous voulez mon avis, vous perdez votre temps, et le mien.

Sutton Vane ne répondit pas. Il soupira longuement, s'absorba dans ses pensées. Puis il dit, d'une voix lasse :

— Vous pouvez disposer.

— Dois-je poursuivre cette stupide mission de surveillance ?

— Je suppose que ce n'est plus la peine, dit Sutton Vane avec un sourire penaud.

— Pas trop tôt ! s'exclama le Pirate en se levant.

Il allait franchir le seuil de la pièce quand Sutton le rappela.

— J'ai une nouvelle mission à vous confier : rendez-vous dans la maison de Ruby Lee. Voyez si Ruby et sa famille seraient disposées à travailler pour moi. Blakely a besoin d'aide dans la cuisine. Quant aux servantes, il me semble qu'elles ne sont pas assez nombreuses.

— C'est comme si c'était fait !

Le Pirate sortit, referma la porte.

Pendant un long moment, Sutton Vane resta assis, immobile derrière son bureau. Il avait encore à réfléchir. Soudain il se leva, comme mû par un ressort. Il marcha vers la fenêtre derrière lui, ouvrit les rideaux, s'absorba dans la contemplation du parc envahi par la lumière rose de l'aube.

Il était, comme chaque fois qu'il venait d'entendre un élogieux exposé sur Laurette, partagé entre le soulagement et la déception. Il eût été tellement plus facile de haïr la jeune femme si le Pirate avait eu des éléments équivoques à lui rapporter ! Il gardait toutefois une conviction : Laurette Howard Tigart était une femme sans cœur et sans conscience. Alors, pourquoi ne se conduisait-elle pas comme telle ?

Elle s'était peut-être aperçue que le Pirate la filait ? Alors elle se méfiait et jouait les vertueuses…

Ah ! s'il pouvait la surprendre, lui-même, dans quelque situation scabreuse ! Le plaisir de la confondre n'en serait que plus grand. Si, par exemple, elle voyait d'autres hommes…

Sutton Vane frissonna de dégoût. C'était une idée répugnante qu'il venait d'avoir là. Il n'aimait pas Laurette, certes ; il était toujours décidé à se venger d'elle, mais il ne supporterait pas de savoir qu'elle se partageait entre lui et un rival… D'autres mains que les siennes sur le corps de Laurette… non !

Et d'autres lèvres… mille fois non !

En attendant, elle s'était quand même laissé épouser par l'homme dont il avait cru qu'il était son meilleur ami.

Il n'était pas près d'oublier.

Il n'était pas prêt à pardonner.

21.

L'île achetée par Sutton Vane, à six miles de la côte, mesurait cinq miles de long et un mile de large. La villégiature qu'il y avait fait construire consistait en une charmante maison ceinturée d'une véranda, bâtie au centre exact de l'île, sur un promontoire naturel. Dissimulée dans un fouillis de verdure, elle ne paraissait pas aussi vaste qu'elle l'était, et offrait toutes les garanties de discrétion recherchées par Sutton Vane. Plus qu'une villégiature, c'était une thébaïde.

En effet, Sutton Vane avait l'intention de ne partager son paradis privé avec personne d'autre que Laurette... pendant un certain temps seulement puisque, à la fin de l'été, Laurette Howard Tigart, nouvelle Eve, serait chassée du paradis, sans espoir de retour.

Sutton Vane était très jaloux de sa solitude. Même les quelques serviteurs qu'il affectait à l'entretien de sa maison sur l'île n'avaient pas le droit d'y passer la nuit. Ils retournaient à Mobile aussitôt leur service terminé.

Laurette connut une véritable joie d'enfant, la première fois qu'elle fut invitée sur l'île.

Elle avait maintes fois demandé la faveur de visiter la maison en construction. Sutton Vane avait toujours refusé. Mais, le jour tant attendu arrivait enfin. C'était à la mi-mai, il faisait beau. Le bonheur de Laurette était d'autant plus grand que non seulement elle pourrait poser le pied sur l'île mystérieuse, mais encore Sutton Vane lui accordait-il le privilège d'y passer la nuit ; un privilège qu'elle avait d'abord cru devoir repousser, en arguant du scandale, qu'elle craignait. Que diraient les serviteurs ? Que penseraient les amis, quand ils apprendraient ? Elle s'était entendu répondre qu'il n'y aurait pas de serviteurs ; que donc, personne n'apprendrait ; discrétion totale.

Sutton Vane avait ajouté, non sans humour, que ses amis connaissaient depuis belle lurette sa liaison avec lui ; alors, quelle différence cela ferait-il ? Finalement, elle s'était laissé convaincre.

Ils débarquèrent sur l'île. Le petit bateau à moteur qui les avait amenés là s'en retourna aussitôt vers Mobile, ses pétarades s'amenuisant très vite. Le silence se fit. Alors le charme de l'île agit sur Laurette. Elle apprécia le silence, la sérénité de ces lieux.

Quelques instants plus tard, elle tomba littéralement amoureuse de la maison dont tous les détails avaient été conçus pour le confort et l'agrément des occupants. Après avoir parcouru toute la véranda, elle venait d'entrer dans un immense salon presque uniquement meublé de sofas et de fauteuils revêtus de cuir blanc ou beige, eux-mêmes agrémentés de coussins dont les vives couleurs s'harmonisaient très bien avec l'ensemble. Il n'était pas jusqu'au bois soigneusement empilé à côté de la cheminée, dont les couleurs semblaient avoir été choisies en fonction du décor.

Bouche bée, la jeune femme erra longuement dans cette pièce. Puis elle en sortit par la porte du fond, trouva un corridor qui la mena à une chambre aux dimensions tout aussi impressionnantes que le salon. Sutton Vane, qui l'avait suivie sans bruit, lui révéla que c'était la seule chambre de la maison.

— Vous vous moquez de moi, dit-elle en souriant.

— Me moquer de vous ? Certainement pas ! Vous et moi sommes les deux seules personnes appelées à séjourner dans cette maison. Il ne nous faut donc pas plus d'une chambre, n'est-ce pas ?

— Sans doute... répondit-elle, charmée par cette perspective.

Reportant toute son attention sur la chambre, elle découvrit que cette pièce s'étirait sans doute sur toute la longueur de la maison. Sur les quatre murs, trois étaient en fait des alignements de portes-fenêtres, toutes ouvertes, rideaux voletant au gré de la brise marine. La seule pièce de mobilier consistait en un lit aux dimensions extraordinaires, placé de telle façon que ses occupants pussent d'un côté admirer la végétation luxuriante ou, de l'autre, les vagues venant s'écraser sur les rochers de la plage.

Laurette eut une vision : elle se vit, sur ce lit, alanguie dans les bras de Sutton Vane, offrant son corps aux caresses brûlantes de celui-ci et à celles, rafraîchissantes, de la brise marine.

Elle se dirigea vers la double porte qui, à n'en pas douter, donnait accès à la salle de bains. Son instinct ne l'avait pas trompée, et son émerveillement redoubla. Ici aussi le soleil entrait à flots, non par les fenêtres puisqu'il n'y en avait pas, mais par la verrière sommitale, sous laquelle se trouvait la baignoire en marbre, assez grande pour deux personnes. Ainsi, il était possible de se prélasser dans un bain en regardant passer les nuages blancs.

— La salle de bains est-elle à votre goût ? demanda Sutton Vane.

— Certainement. Je n'ai jamais rien vu d'aussi beau.

— Tout a été conçu pour vous, pour votre plaisir, ma chérie.

— Alors, soyez certain que vous avez réussi dans votre entreprise. Les mots me manquent pour décrire mon ravissement.

C'est à ce moment que Laurette, revenant dans la chambre, découvrit un appareil étrange : une barre horizontale posée sur deux hauts montants de bois, et à cette barre étaient attachées de grosses chaînes terminées par des bracelets en acier et des sangles de cuir. Médusée, elle regarda, sans oser questionner.

Sutton Vane tourna les yeux dans la même direction et se mit à rire. Il s'approcha de Laurette, l'enlaça par-derrière et lui murmura à l'oreille :

— N'ayez crainte, mon amour. Ce n'est pas un instrument de torture, quelque invention chinoise que vous voyez là.

— Je veux bien vous croire, dit-elle, sceptique ; mais de quoi s'agit-il ?

— Une petite démonstration ?

Il se plaça sous le portique, attacha ses poignets aux anneaux d'acier. Puis, lentement, à la seule force des bras, il se souleva, les jambes à l'horizontale. Il garda quelques instants la position avant d'expliquer :

— Je m'exerce chaque jour, afin de rester en forme. C'est très tonique, vous savez.

Admirative, Laurette observa le magnifique athlète qui montait et descendait lentement. Elle imaginait sans peine quels muscles il fallait pour pratiquer cet exercice, ce que Sutton Vane lui confirma plaisamment :

— Il faut des bras puissants pour vous enlacer.

Il se laissa descendre, posa les pieds sur le sol. Il n'avait pas l'air fatigué.

— Vous voulez essayer ? proposa-t-il.

— Je ne saurai pas…

— Venez ici.

Réticente, Laurette prit position sous le portique.

— Levez les bras et attrapez les anneaux.

Comme elle était trop petite, Sutton Vane la prit par la taille et la souleva. Il l'attacha aux anneaux d'acier. Quand elle fut suspendue, il reprit :

— Maintenant, tirez sur les bras pour vous hisser.

Crispée, elle essaya mais, comme elle s'y attendait, elle n'obtint aucun résultat.

— Je n'y arriverai jamais, dit-elle. Je n'ai rien fait et j'ai déjà mal partout.

— Je sais que ce n'est pas facile, au début. Moi-même, il m'a fallu un certain temps pour obtenir des résultats probants. Je vais vous aider encore un peu.

Il la poussa vers le haut et dit :

— Vous voyez comme vous montez facilement ? Mettez vos jambes en équerre, pour voir.

Laurette tenta des efforts méritoires, tout aussi infructueux que les précédents. Il lui parut qu'elle avait des pieds en plomb. Mais Sutton Vane semblait content.

— Oui, c'est bien… Encore un peu…

Les dents serrées, Laurette maintint aussi longtemps que possible une figure qui ne rappelait que de très loin l'équerre. Puis son corps se détendit, elle se laissa pendre aux anneaux en soupirant :

— Il faudra que je trouve un autre genre d'exercice.

— Justement, j'en aurais un à vous proposer, dit Sutton Vane, avec un mince sourire.

— Vous ne pensez donc qu'à ça ! s'exclama-t-elle, faussement réprobatrice. D'abord, je n'ai pas encore tout vu. Où se trouve la cuisine, par exemple ? Il faut que je vous montre mes talents de cordon-bleu.

— Ce n'est pas nécessaire, mon amour. Avant de partir, mes gens nous ont préparé un dîner.

Laurette passa les bras autour du cou de Sutton Vane. D'une voix tendre, elle lui dit :

— Vous me gâtez trop, mon amour. Je suis en train de m'y habituer et déjà il me semble que je ne saurais plus me passer de vous.

— J'espère bien, murmura-t-il.

Nuit noire comme de l'encre.

Entendant des rats courir le long des murs, il frissonna de dégoût. Il haïssait ces animaux.

Il essaya de se rendormir, mais ne le put. Les yeux grands ouverts dans le noir, il lutta contre la terreur insidieuse qui revenait chaque nuit. Il avait peur de perdre la raison. Parfois il se demandait s'il n'était pas déjà devenu fou. Il y avait si longtemps qu'il croupissait dans ce cachot... trop longtemps... Combien de temps encore pourrait-il supporter la solitude, et l'obscurité ?

Soudain la porte du cachot s'ouvrit. La lumière entra et, avec elle, l'espoir. Vite il se mit debout. Hélas ! c'était LaKid qui venait le visiter ; LaKid qui avait le sourire mauvais et qui cachait une main derrière son dos.

Ladd balbutia :

— Je vous en supplie, laissez-moi sortir d'ici ; juste pour quelques minutes. Ensuite vous pourrez m'enfermer de nouveau. Laissez-moi sortir. Je voudrais contempler les étoiles et sentir le vent sur mon visage. Je…

— Te laisser sortir ? brailla LaKid. Jamais tu ne sortiras de ce cachot, Dasheroon. N'aie pas peur, Tigart et moi avons pris les dispositions qu'il fallait pour cela. Tu mourras ici pour expier les crimes que tu as commis contre les Etats-Unis. Sudiste de malheur !

Puis, en se léchant les babines, LaKid ramena vers l'avant la main qu'il cachait : elle tenait un tisonnier porté au rouge. Les yeux de Ladd s'agrandirent de terreur.

— Non ! s'écria-t-il. Non, ne recommencez pas. Pitié !

Il tomba à genoux devant son tourmenteur qui ricanait.

D'un coup de pied, LaKid le mit à quatre pattes, lui baissa son pantalon, appliqua le fer rouge sur une fesse, puis sur l'autre.

Ladd hurla de douleur et de rage.

— Arrête, LaKid ! Arrête ! Le diable t'emporte ! Ah… Je te tuerai ! Un jour, je sortirai d'ici. Tu ne m'empêcheras pas de m'évader. Et alors, tu pourras commencer à trembler, parce que je te chercherai. Je remuerai ciel et terre, je te débusquerai et je te tuerai. Je te tuerai, LaKid !

— Sutton, Sutton ! murmurait Laurette en le secouant par le bras.

D'un bond il se redressa dans le lit mouillé de sa sueur. Hagard, le cœur battant à tout rompre, il regarda autour de lui, sans reconnaître le lieu où il se trouvait.

— Tout va bien, mon amour, lui dit Laurette qui l'avait enlacé et le berçait. Vous êtes en sûreté, sur votre île. Ici, il n'y a personne d'autre que vous et moi. Vous vous rappelez ?

Personne ne peut vous faire de mal. Et s'il le faut, je vous protégerai.

Retrouvant ses esprits, il se détendit. Laurette reprit :

— C'était un mauvais rêve ; un cauchemar. Il faut oublier.

Il s'astreignit à respirer lentement. Les battements de son cœur redevinrent normaux. Quand il eut repris ses esprits, il se déprit des bras de Laurette.

— Désolé, lui dit-il. Je vous ai réveillée.

Il se maudissait de l'avoir amenée ici, pour passer la nuit. Il savait qu'il ne devait pas dormir avec elle. Mais il n'avait plus eu de cauchemars depuis plusieurs mois et donc s'en croyait libéré pour toujours. Il venait d'avoir la preuve que ce n'était pas le cas. Les cauchemars le hanteraient jusqu'à la fin de ses jours. Jamais il ne pourrait s'endormir en paix.

— C'était un rêve terrible, mon amour, murmura Laurette. Mais ce n'était qu'un rêve.

— Juste un cauchemar, dit-il en grinçant des dents.

— Vous pourriez me dire ce qu'il se passait dedans ?

— Je ne me rappelle pas.

— Qui est LaKid ?

Sutton Vane tressaillit et répéta :

— LaKid ?

— Oui, vous avez crié ce nom plusieurs fois. Ce LaKid, vous vouliez le tuer et…

— Je ne connais personne qui s'appelle LaKid et je ne comprends pas pourquoi j'ai crié.

Laurette lui baisa les lèvres. Elle dit :

— Bons ou mauvais, les rêves s'évanouissent souvent à la seconde où on s'éveille. Vous avez déjà oublié le vôtre ? C'est mieux ainsi, n'est-ce pas ?

— Oui. Je ne me rappelle absolument rien.

— Alors, vous allez pouvoir vous rendormir.

Sutton Vane enroula autour de ses doigts les cheveux blonds de Laurette. Il répondit :

— Je n'ai pas envie de dormir. Je veux faire l'amour avec vous.

Enfin Sutton Vane s'endormit dans les bras de Laurette. Il l'avait aimée avec violence ; une violence inouïe.

Troublée, Laurette ne put, comme lui, trouver le sommeil. Elle se demandait quelles épreuves il avait subies, pour connaître de si affreux cauchemars.

Elle s'interrogeait aussi sur la façon brutale dont il lui avait fait l'amour, cette nuit : c'était presque comme si… comme s'il cherchait à lui faire mal, à la punir. Il l'avait plaquée sur les draps, en la tenant par les poignets qu'il serrait de façon convulsive… Son regard fixe, halluciné… Il n'avait pas dit un mot… Et quand elle avait crié de plaisir, Laurette avait cru voir, dans les yeux de Sutton Vane, un éclair de triomphe, de satisfaction mauvaise, comme s'il venait de remporter une victoire sur elle.

Laurette ne comprenait pas et s'inquiétait. Elle ne reconnaissait plus Sutton Vane en qui le cauchemar avait, semblait-il, réveillé de terribles démons.

Elle connaissait si peu l'homme qu'elle aimait de tout son cœur et de toute son âme ! Son passé était une énigme. *Il* était une énigme ! Son apparition dans la vie de Laurette avait quelque chose de bizarre, comme si elle ne devait rien au hasard… comme si elle avait été prévue, arrangée. Mais dans quel but ? Il semblait parfois à la jeune femme que Sutton Vane n'était venu à Mobile que dans le but de la séduire, de la rendre amoureuse de lui.

Tracassée, elle posa son regard sur le beau visage de l'homme endormi. Aussitôt ses doutes s'évanouirent, et elle se les reprocha. Il fallait n'avoir pas toute sa raison, pour formuler des idées aussi étranges ! Comment, en effet, un étranger pourrait-il concevoir le projet de venir la rencontrer ? Cela n'avait pas de sens. Non, si Sutton Vane et elle s'aimaient, il fallait en rendre responsables leurs destins respectifs.

En soupirant, Laurette repoussa une mèche de cheveux qui barrait le front de Sutton Vane. Elle songea alors qu'elle dormait avec lui pour la première fois, et qu'elle le reverrait au matin, dès son réveil. Ne serait-ce pas une façon merveilleuse de commencer une nouvelle journée ? Une nouvelle vie peut-être ?

Laurette, qui ne souhaitait rien tant que de dormir avec Sutton Vane toutes les nuits de sa vie, soupira parce qu'elle n'était pas certaine que la réciproque fût vraie. Elle se serra contre lui, ferma les yeux.

Elle trouva le sommeil, mais pas l'apaisement.

L'île de Sutton Vane devint très vite le refuge de Laurette. Assurée de pouvoir y vivre loin du regard de la société, elle s'y sentait libre, totalement libre. Elle pouvait fouler aux pieds toutes les conventions, dont les codes vestimentaires. En fait, Sutton Vane et elle prirent peu à peu l'habitude d'y vivre nus, ou à peu près.

Dès le début du mois de juin, la chaleur devint accablante à Mobile, même sur l'île pourtant rafraîchie par des brises continuelles. Pour lutter contre la moiteur ambiante, les deux jeunes gens essayèrent de se dévêtir et s'en trouvèrent bien. Dès lors, Sutton Vane ne porta plus qu'un pantalon de toile retroussé jusqu'aux genoux, une chemise qu'il négligeait de boutonner. Il abandonna très vite l'usage des souliers. Quant à Laurette, elle jugeait à propos de ne plus porter qu'une chemise de Sutton Vane, et rien dessous.

Pendant que la *Vieille Garde* pratiquait la vie sociale dans les villas disséminées le long de la baie, Sutton Vane et Laurette se réjouissaient de vivre seuls sur leur île, loin de tout, loin de tous. Dès que l'hôpital militaire accordait un ou deux jours de congé à la jeune femme, le couple disparaissait de la ville et s'embarquait.

Sur l'île, ils jouaient comme des enfants. Dans les cris et les rires, ils se poursuivaient, se chamaillaient. Ils pratiquaient, sur l'herbe, sur le sable de la plage, dans la baignoire ou sur les tapis du salon, des corps à corps énergiques qui ne tardaient jamais à se muer en étreintes beaucoup plus tendres. Leur passion les accaparait, les sollicitait à tout moment de la journée et de la nuit. Sans retenue et sans vergogne, ils cédaient à leurs désirs et à leurs caprices.

Quand leurs sens satisfaits les laissaient en repos pour un moment, ils dormaient dans les bras l'un de l'autre ; ou, allongés sur leur lit ou sur la plage, ils admiraient, sans mot dire, un spectaculaire coucher de soleil.

Laurette se disait souvent qu'elle vivait un rêve. Elle se demandait s'il était possible que ce rêve ne se terminât jamais. Elle en doutait. Saisie de crainte, elle se jetait alors dans les bras de Sutton Vane, avec une ardeur renouvelée.

Souvent, elle disait :

— Nous ne nous quitterons jamais, n'est-ce pas ?

Le plus souvent, Sutton Vane souriait alors.

Parfois, il lui donnait un baiser.

Jamais il ne répondait.

22.

La journée commença normalement.

Dans les derniers jours d'un mois de juillet caniculaire, qui semblait ne jamais devoir finir, Laurette et Sutton Vane passaient, une nouvelle fois, la fin de la semaine sur leur île.

En fin d'après-midi, le vendredi, quand ils arrivèrent, ils étendirent une grande couverture sur la plage. Sutton Vane ramassa du bois mort et alluma un feu. Ils s'étaient munis d'un panier de pique-nique bien rempli. Après avoir dîné de fromage, de jambon fumé, de crevettes et de pain français, ils s'allongèrent sur le dos et guettèrent les étoiles filantes, pour prononcer des vœux, gages de leur bonheur futur.

Le samedi matin, ils se permirent une grasse matinée. Sutton Vane apporta à Laurette son petit déjeuner au lit : café noir et jus de fruits. Après quoi, elle voulut lui montrer, enfin, ses talents de cordon-bleu. Elle fila dans la cuisine, revint quelque temps plus tard avec un plateau alléchant.

Ils passèrent beaucoup de temps au lit.

Toute la journée, ils paressèrent et ne sortirent de la maison que tard le soir, pour une longue promenade sur la plage. Main dans la main ils marchèrent, en silence presque tout le temps, comme s'ils avaient craint de troubler, par quelques paroles inutiles, la sérénité de leur paradis. Puis ils retournèrent à la maison et s'assirent sur les marches du perron.

Alors qu'ils parlaient, à voix basse, un énorme papillon se posa sur les cheveux de Laurette. Sutton Vane le vit, offrit sa main, paume ouverte vers le haut. Le papillon s'y transporta.

— Qu'il est beau ! s'exclama Laurette, quand elle l'eut vu.

— Un grand lithénée pourpre, affirma Sutton Vane.

— Un quoi ?

— Un grand lithénée pourpre. C'est le nom que lui ont donné les lépidoptéristes.

— Comment dites-vous ? Lépipod…

— Lépidoptéristes : ce sont les savants qui étudient les lépidoptères, autrement dit, les papillons.

— Comment se fait-il que vous soyez si féru de papillons ? s'étonna la jeune femme.

— J'ai eu l'occasion de les étudier, dit Sutton Vane qui continuait d'admirer l'insecte dans sa paume. En plus, j'avais un excellent professeur.

Non sans émotion, il se rappelait le jour où le papillon, entré par le soupirail dans sa cellule, était venu se poser dans sa main, comme celui-ci. C'était ce jour-là qu'il s'était juré d'exercer sa justice sur tous ceux qui l'avaient trahi. Peu de temps après, il avait rencontré Finis Schafer.

— Oh non ! murmura Laurette, parce que le papillon venait de prendre son envol. Allons, reviens !

— Il ne reviendra pas, dit Sutton Vane.

Le papillon parut se dissoudre dans l'obscurité. Quelques secondes passèrent. Puis Laurette demanda :

— Où avez-vous étudié les papillons ?

— C'était il y a très longtemps… Si nous rentrions ? J'ai faim.

— Moi aussi.

Enlacés, ils entrèrent dans la maison. Une heure plus tard, ils dînaient à la lueur des chandelles. Puis ils revinrent dans la véranda, s'installèrent dans le hamac. En se balançant doucement, ils guettèrent l'apparition de la lune.

Le dimanche, en fin d'après-midi, Sutton Vane était de nouveau dans le hamac, mais seul, Laurette lui ayant demandé de sortir pendant qu'elle préparait le dîner.

Les mains croisées sous la nuque, il avait fermé les yeux et sans doute se fût-il immergé dans le sommeil si un bruit de pas n'avait attiré son attention. Il entrouvrit les paupières et vit Laurette qui sortait de la maison en courant, franchissait d'un bond les marches du perron et filait vers la plage.

Pieds nus, elle portait une simple robe de coton rouge. Ses cheveux attachés à la diable voletaient autour de sa tête.

Curieux, Sutton Vane se redressa, posa les pieds sur le plancher, quitta le hamac pour chercher, dans la véranda, l'endroit d'où il pourrait le mieux voir Laurette sur la plage. Quelle nécessité la poussait à y courir si vite ?

Il ne tarda pas à être renseigné : la jeune femme retira sa robe, qu'elle jeta sur le sable. Dessous, elle ne portait rien. Reprenant sa course, elle entra dans l'eau jusqu'à mi-cuisses, puis plongea et disparut.

Sutton Vane partit d'un rire heureux. Quelle nymphe il avait là ! Les mains en visière, il suivit ses évolutions dans l'eau. Elle nageait, marchait, plongeait, se laissait tomber en arrière… Elle jouait comme une enfant !

Quand elle regagna la plage, le rire s'étrangla dans la gorge de Sutton Vane. Laurette était belle à couper le souffle. Sa démarche était celle d'une déesse émergeant de l'océan.

A ce moment précis, Sutton Vane ressentit un choc intérieur, très violent, et il eut l'impression que, dans son esprit, se déchirait le voile qui lui cachait la vérité.

Il éprouvait, pour Laurette, un amour infini.

La gorge serrée, il l'observa encore qui revenait vers lui, sans se douter qu'il l'épiait. Elle souriait, remettait ses cheveux en place. Dans le moindre de ses mouvements il y avait une grâce innée.

Il ne pourrait jamais la quitter.

Non, jamais il ne pourrait accepter de se séparer d'elle, une fois encore.

L'évocation de cette éventualité lui causa un mal affreux. Son cœur, qu'il avait cru désormais inattaquable par le chagrin, se briserait comme la première fois s'il chassait Laurette de sa vie ; s'il la perdait encore.

Il l'aimait.

Obnubilé un temps par son désir de vengeance, il n'avait, pourtant, jamais cessé de l'aimer. Sans le savoir, il l'aimait chaque jour davantage.

Maintenant, il savait.

Les larmes aux yeux, il sortit de la véranda pour courir à la rencontre de Laurette.

Elle rit de bonheur quand il la saisit à bras-le-corps pour la remmener vers l'océan. Il la jeta dans l'eau, s'y jeta avec elle. Ils batifolèrent un moment, puis revinrent vers la plage, où ils s'affalèrent. A demi immergés, ils firent l'amour.

Après, Sutton dit :

— Laurette, je t'aime.

Pour la première fois depuis si longtemps, il était sincère.

Toutefois, s'il était sûr d'aimer, maintenant, il ne s'en trouvait pas moins confronté à un terrible dilemme. Il devait révéler à Laurette qui il était. Il ne pouvait pas lui laisser croire, pour le reste de sa vie, qu'il était un autre. Quoique, dans le fond…

Cela serait-il si immoral ?

Il fallait réfléchir, ne pas prendre de décision à la légère.

Plus qu'un dilemme : un cas de conscience.

La tentation était forte de ne rien dire. C'était plus simple, et quel mal cela ferait-il à Laurette ?

S'il révélait sa véritable identité, il serait obligé, aussi, de dire pourquoi il s'était caché pendant si longtemps derrière un pseudonyme. Il faudrait parler des tortueux desseins qu'il avait conçus. Laurette, alors, lui pardonnerait-elle ? Ne risquait-il pas de la perdre, non pour l'avoir chassée, mais parce qu'elle lui tournerait le dos après avoir découvert quel sinistre personnage il pouvait être ?

Et dans ce cas, pourrait-il la blâmer ? Non…

— Sutton, qu'y a-t-il qui ne va pas ? demanda Laurette, plus tard, pendant leur dîner sous la véranda.

— Mais… tout va bien.

— Je ne te crois pas. Depuis que nous sommes revenus de notre baignade, tu as l'air préoccupé. Tu n'as pas prononcé deux mots de toute la soirée. Je sais que quelque chose te tracasse. Tu ne veux pas me dire ce que c'est ? Ce n'est pas, au moins, parce que tu m'as enfin avoué ton amour ?

— Non…

Sutton Vane but d'un trait son verre de vin, qui était plein. Puis il se leva en disant :

— Attends-moi. Je reviens dans une minute.

Intriguée, et au fond un peu inquiète, Laurette sourit néanmoins. Elle répondit :

— Va, mon amour. Je t'attends.

Sutton Vane entra dans la maison. Quand il réapparut, quelques minutes plus tard, il s'était complètement rasé.

C'était la première fois que la jeune femme le voyait ainsi. Elle découvrit qu'il était aussi beau qu'avant, qu'il avait le teint légèrement olivâtre... Mais d'où venait ce vague malaise qui la poignait ? Elle frissonna et, plus anxieuse, attendit la suite.

Sutton Vane vint près d'elle, s'agenouilla, lui prit la main et déclara :

— Ma chérie, je dois te dire quelque chose d'important. Il faut que je te fasse une révélation... des aveux. Promets-moi de ne pas te mettre en colère contre moi.

Elle continuait à le dévisager en se demandant si ce visage glabre ne lui rappelait pas quelqu'un ; mais qui ? Improbable. Elle chassa cette pensée inopportune et répondit :

— Mon amour, tu sais bien que jamais je ne pourrai me mettre en colère contre toi. Dis ce que tu as à me dire.

Pensif, il la regarda pendant un long moment, comme s'il hésitait, comme s'il avait vraiment peur d'avouer quelque faute grave. Puis il ferma brièvement les yeux, et quand il les rouvrit, prononça ces simples mots :

— Je ne m'appelle pas Sutton Vane. Mon nom est Ladd Dasheroon.

Laurette sursauta. Elle fronça les sourcils, esquissa un sourire, redevint très sérieuse. Elle se pencha pour voir de près le visage de celui qui tenait de si étranges propos.

— Non, non ! s'exclama-t-elle. Tu n'es pas Ladd. Tu ne peux pas être Ladd. Il est mort dans une prison nordiste, pendant la guerre.

— J'ai connu la prison, c'est vrai, mais je n'y suis pas mort. J'ai réussi à m'évader.

— Quand même, je ne te crois pas ! C'est impossible que tu sois Ladd. Je sais que cela ne peut pas être.

— Et pourtant, mon amour, je suis bien Ladd Dasheroon. Tu ne me reconnais pas ? C'est moi qui t'ai fait l'amour dans le parc, au bord de la rivière, la nuit qui a précédé mon départ pour West Point ; moi qui ai reçu, avec toi, les leçons de musique dispensées par miss Foster. Nous sommes nés le même jour, à un an d'intervalle et nous avons toujours célébré ensemble nos anniversaires. C'est au cours d'une de ces fêtes que nous avons échangé notre premier baiser, que nous nous sommes avoué l'amour que nous éprouvions l'un pour l'autre.

Des larmes perlèrent aux cils de Laurette, mais elle ne pleura pas. Elle garda le silence. Pendant un long moment, elle ne dit rien. Immobile, sereine en apparence, elle suivait les péripéties du terrible combat qui se livrait en elle. En fait, elle était partagée entre deux désirs : se jeter dans les bras de Sutton… de Ladd, ou se jeter *sur* lui, pour le battre avant de le chasser loin d'elle.

Toujours agenouillé, Ladd retenait sa respiration. Il savait que son sort se jouait en ce moment. Inquiet ? Il avait raison de l'être…

Les mâchoires tellement serrées qu'elle en avait mal aux dents, Laurette pensait à toutes les années de solitude et de chagrin qu'elle avait connues. Or, l'homme qu'elle croyait disparu se trouvait maintenant à ses pieds.

Il s'était joué d'elle.

Il s'était moqué d'elle.

Pourquoi ne lui avait-il pas avoué d'emblée qui il était ? A quoi rimait ce jeu imbécile ?

Le ressentiment l'emporta. Laurette se leva. Brandissant les poings, prête à frapper, elle hurla :

— Tu es un être immoral et cruel ! J'espère que tu t'es bien amusé ? Et maintenant que le jeu a perdu de son sel, tu l'interromps ! Mais il faut que tu m'en expliques les règles, afin que je puisse rire aussi. Explique-moi, car je n'arrive pas à comprendre. Pourquoi m'as-tu dit t'appeler Sutton Vane ? Et pourquoi, brusquement, m'avoues-tu la vérité ?

Lentement, Ladd se leva à son tour. Penaud, il commença :

— Oh Lollie, je t'expliquerai si…

— Ne me donne plus de *Lollie* ! Plus jamais ! Je veux, j'exige des explications et il me les faut tout de suite. Pour quelle raison, ces simagrées ? Pourquoi t'es-tu présenté à moi sous une fausse identité ?

Ladd soupira, réaffirma :

— Je te dirai tout. Mais tu devrais t'asseoir…

— Non, je ne veux pas m'asseoir ! Je veux que tu me dises ce que tu as dans la tête et pourquoi tu t'es moqué de moi pendant si longtemps.

— Je te dirai tout, répéta Ladd ; vraiment tout. Mais d'abord, laisse-moi te dire que je n'ai jamais cessé de t'aimer. Chaque jour de ma vie, chaque minute, chaque seconde, j'ai vécu avec l'amour que j'éprouve pour toi depuis que tu es née. Mais je ne le savais pas et…

— Menteur ! Si tu m'aimais, comme tu dis…

— Oui, je t'aime. Crois-moi, je t'aime. Ecoute-moi. J'ai été blessé pendant la guerre et capturé par les armées nordistes. Ensuite, j'ai été jeté dans une terrible prison, qui s'appelle le Château du Diable. J'y suis resté de longues années, la plupart du temps dans un cachot, tout seul. C'est là que j'ai changé d'identité. Sutton Vane est né au Château du Diable.

Ladd s'interrompit, marqua un instant de silence.

Impénétrable, Laurette ne dit rien. Alors il poursuivit :

— J'avais déjà passé un an au Château du Diable quand Jimmy Tigart est arrivé pour prendre le gouvernement de la forteresse. Je m'en suis réjoui, en me disant qu'avec lui mes conditions de détention s'amélioreraient. Je n'ai pas tardé à comprendre mon erreur.

Il s'interrompit de nouveau avant de conclure d'une voix sourde :

— C'est Jimmy qui m'a fait jeter au cachot.

Laurette tressaillit, protesta :

— Non, c'est impossible ! Jimmy était ton meilleur ami. Il ne peut pas…

— C'est pourtant bien lui qui m'a condamné au cachot, d'où je ne devais sortir, d'après lui, que les pieds devant. Et sais-tu pourquoi il a donné cet ordre inique ? Pour te conquérir, ma chérie ; pour te prendre à moi. Je n'en savais rien, alors, mais il semble qu'il t'ait toujours aimée et que cet amour ait engendré, chez lui, un profond ressentiment à mon égard.

Les yeux écarquillés d'horreur, Laurette crut défaillir. Ladd hâta la fin de son terrible récit.

— A la fin de la guerre, il est revenu à Mobile pour recevoir la récompense de son forfait. Et toi, tu l'as épousé. Tu l'as épousé sans savoir si j'étais mort ou vif.

— Non ! s'écria Laurette. Non ! Jimmy m'a affirmé que tu étais mort en prison. Je n'avais aucune raison de mettre sa parole en doute. Déjà que je n'avais plus de nouvelles de toi depuis si longtemps…

— Au Château du Diable, le courrier n'entrait ni ne sortait.

— Je croyais que tu étais mort, répéta Laurette.

— Admettons… Tu t'es quand même mariée bien vite.

Laurette se rebella.

— J'ai enterré mon cœur avec toi, mais je devais survivre, tout de même, et la vie n'a pas été facile pour moi à cette époque. Je n'avais plus de parents, plus de famille, pas d'argent. J'ai tout perdu ! Je me sentais désespérée. Et je n'avais plus aucune nouvelle de toi depuis plus de deux ans. Jimmy s'est trouvé là, il m'a offert sa sympathie et son aide. J'ai accepté. Que pouvais-je faire d'autre ?

Elle prit une longue inspiration et poursuivit, d'un trait :

— Peut-être trouves-tu que je suis superficielle et égoïste, mais je n'ai pas voulu me laisser mourir à petit feu comme tant de nos concitoyens à cette époque. Alors oui, oui, je me suis mariée avec Jimmy, ou plutôt, je me suis laissé épouser par lui. Comment pouvais-je savoir qu'il m'avait menti ? Je n'avais aucune raison de douter de lui. Je ne savais pas que tu étais encore en vie !

Le visage congestionné par l'émotion, elle criait maintenant.

— Je croyais que tu étais mort et que je ne te reverrais plus jamais. Si j'avais su la vérité, je ne n'aurais pas convolé avec Jimmy, ni avec qui que ce soit d'autre !

— Eh bien, je n'étais pas mort, dit sombrement Ladd. J'étais dans une prison dont je m'étais juré de m'évader pour… pour…

Laurette lui coupa la parole.

— Entre parenthèses, la guerre est terminée depuis seize ans. Qu'est-ce que tu as fait, pendant tout ce temps ? Pourquoi as-tu tant tardé à revenir ?

— Je suis resté prisonnier bien longtemps après la fin de la guerre. Finalement, j'ai réussi à m'évader, en 1875.

Cette explication ne satisfit pas Laurette, qui reprit, sourcils froncés :

— Pourquoi n'es-tu pas revenu, alors ? Et pourquoi as-tu éprouvé le besoin d'utiliser un pseudonyme ? Pourquoi t'es-tu amusé à me faire croire que tu étais quelqu'un d'autre ? Pourquoi ?

Ladd ouvrit la bouche pour répondre. D'un geste impérieux de la main, Laurette l'obligea au silence. Elle ne savait plus si elle voulait entendre. Frénétique, elle se mit à hurler :

— Pourquoi ? Pourquoi ? Pourquoi ?

Quand elle eut retrouvé un peu de calme, Ladd commença à parler, mais il énonça des explications que lui-même trouva insuffisantes, pas satisfaisantes.

Quelques semaines plus tôt, quelque jours plus tôt, il avait encore le sentiment d'agir judicieusement et d'exercer une vengeance légitime.

Il commençait à se demander s'il n'avait pas perdu la raison. Le stratagème qu'il avait ourdi pour punir la jeune femme, dont il avait été si fier, maintenant lui semblait misérable. Il regrettait d'avoir eu des idées si machiavéliques.

Humblement, il demanda à Laurette un pardon qu'elle lui refusa. Et quand il voulut la prendre dans ses bras, elle le repoussa avec violence.

— Ne me touche pas ! cria-t-elle. Ne me touche plus jamais !

Véhémente, elle lança :

— Tu étais en prison ? Moi aussi ! Tu seras sans doute heureux d'apprendre que j'ai été très malheureuse avec Jimmy. Jamais je ne l'ai aimé. Je n'avais même pas beaucoup de respect pour lui.

Le cœur brisé, au bord des larmes, Ladd murmura :

— Si tu savais comme je suis désolé… Mais, de ton côté, essaie de comprendre quels furent mes sentiments quand j'appris que tu avais épousé Jimmy. Je ne pouvais croire que tu avais convolé si facilement, alors que tu m'avais promis de m'attendre toujours. Pourquoi n'as-tu pas tenu ta promesse ? Pourquoi m'as-tu oublié ?

— Je ne t'ai pas oublié, Ladd. Jamais je ne t'ai oublié. Mais comme je te l'ai déjà dit, je n'avais pas le choix.

— Je crois que tu...

— Je me moque de ce que tu crois ou ne crois pas. Tu crois, toi, que tes combines sont excusables ? Tu crois que je ne comprends pas à quoi tu as passé ton temps ? Tout devient clair pour moi. Tu as provoqué la déchéance de Jimmy qui t'avait trahi. Facile, puisque tu étais le propriétaire de la banque où il travaillait. Ah ! tu as dû être content de pouvoir le pincer pour détournement de fonds, l'obliger à divorcer, l'exiler... Avoue que c'est toi qui as manigancé tout cela ! Toi ! Toi !

— Oui, je l'avoue, reconnut Ladd à regret. Et j'avoue aussi que je recommencerais si c'était nécessaire. Admets d'ailleurs qu'il s'en est plutôt bien tiré, Jimmy ; parce qu'il aurait pu passer tout le reste de ses jours en prison.

Laurette le regardait avec horreur. Elle reprit :

— Après avoir réglé le sort de Jimmy, il fallait s'occuper de moi. C'est alors que, au cours d'une soirée chez le colonel Ivy, j'ai rencontré l'étranger riche et un peu mystérieux, un certain Sutton Vane, qui a déployé des talents de séduction inouïs pour m'étourdir. Quel plan admirable ! La punition commençait, et je ne m'en doutais pas. Comme tu devais rire...

— Laurette, je...

— Tais-toi ! La meilleure façon de me punir, la plus cruelle donc la plus délectable, c'était de m'abandonner quand je serais bien amoureuse de toi. Parce que c'était ça, ton intention, n'est-ce pas ?

Ladd ne répondit pas. Laurette hurla :

— Dis que c'est ça que tu avais en tête ! Dis-le !

D'un hochement de tête, Ladd admit l'ignoble vérité. Puis, de nouveau, il implora le pardon de la jeune femme qui, une fois encore, le lui refusa.

Il lui dit qu'il l'aimait et voulait l'épouser, mais elle détourna la tête avec dégoût.

Désespéré, il lui prit le poignet pour la ramener à lui. Elle le repoussa.

— Va-t'en !

Il joignit les mains pour supplier.

— Laurette, je t'en prie, écoute-moi ! Je réparerai mes fautes. Je passerai le reste de ma vie à t'aimer, à satisfaire le moindre de tes désirs… Tu me demanderas tout ce que tu voudras. Jamais plus tu n'auras plus à te plaindre de moi. Je te le jure.

— Lâche-moi, murmura-t-elle. Laisse-moi partir.

Accablé, il lui rendit sa liberté. Elle s'éloigna de quelques pas, se retourna… Ses yeux luisaient de rancœur. Lentement, elle pointa un doigt contre lui. D'une voix sèche, elle lui signifia sa condamnation.

— Tu m'as laissé croire que tu étais mort. Eh bien, maintenant, tu es mort pour moi, Dasheroon. Je ne veux plus jamais te voir ; plus jamais ! Je te déteste autant que je t'ai aimé. Je te détesterai jusqu'à la tombe, et encore après, si c'est possible !

Elle partit en courant vers la plage, et au-delà vers la jetée. Il était presque 21 heures, et le bateau qui devait les ramener à Mobile n'allait pas tarder à accoster.

Ladd la regarda partir, sans bouger. Il ne connut pas la tentation de courir derrière la jeune femme pour tenter de la raisonner encore, et de la ramener à lui. Inutile ! Elle ne voudrait même pas l'écouter. Tout était consommé.

Quand il vit arriver le bateau blanc, il traversa à son tour la plage pour embarquer.

Sur le pont, le Pirate tendait les mains à Laurette qui franchissait la passerelle.

Quand elle l'entendit arriver, la jeune femme se retourna.

— Non, déclara-t-elle. Tu ne viens pas. Est-ce bien compris ? Je ne veux plus te voir de ma vie. Cette décision prend effet ici et maintenant. Tu rentreras un autre jour.

Stupéfait, le Pirate questionna Ladd du regard. Celui-ci lui dit, d'une voix lasse :

— Je reste ici une nuit de plus. Venez me prendre demain.

Laurette se hâta de disparaître à l'intérieur du bateau.

Les mains dans les poches, la tête basse, les épaules affaissées, écrasé par la douleur, Ladd assista au départ. Des yeux, il suivit le bateau et resta encore longtemps sur la jetée, alors que la nuit descendait sur son cœur.

A bord du bateau, le Pirate, adossé au bastingage, avait le visage sombre. Lui aussi souffrait, pour Laurette. Il éprouvait du ressentiment pour celui qui avait causé le malheur de la jeune femme.

Il supposait que Ladd avait mis à exécution son funeste projet et qu'il avait, ce jour même, signifié à Laurette que tout était fini entre eux ; qu'il était fatigué d'elle ; qu'il ne voulait plus la voir… Quels termes exacts avait-il employés ? Peu importait : ils étaient détestables de toute façon. Et odieux était le plan dont le Pirate connaissait la suite : dans quelques jours, Sutton Vane s'afficherait avec une ravissante jeune fille, afin que Laurette souffrît encore plus, qu'elle souffrît jusqu'à la fin de ses jours. Il était même question de mariage…

Les larmes brûlèrent les paupières du Pirate. Il aimait Laurette comme une sœur. Il jugeait inhumain le comportement de Sutton Vane envers elle. Elle ne méritait pas cela…

Quand le bateau atteignit le port de Mobile, il appela Laurette.

— Madame, nous sommes arrivés…

Lorsqu'elle parut sur le pont, il comprit aussitôt, à ses yeux rouges et gonflés, qu'elle avait passé tout le voyage en pleurs. Son cœur se brisa de la voir si malheureuse et il se maudit de ne pas savoir quoi lui dire pour la réconforter.

De toute façon, les mots étaient inutiles.

Il la suivit sur la passerelle en lui délivrant un avertissement :

— Madame, ce vieux quai de bois est plein d'échardes acérées. Si je puis vous donner un conseil…

Laurette s'arrêta, prit conscience qu'elle marchait pieds nus. En effet, dans sa hâte à fuir l'île, elle avait oublié ses chaussures. Jusque-là, elle ne s'en était pas aperçue.

Elle risquait de se blesser sur les poutres de bois mal équarri. Indécise, elle se tourna vers Willard, qui proposa :

— Si vous me le permettez, je vous porterai jusqu'à votre voiture.

D'un hochement de tête, elle accepta.

Le bon géant la prit dans ses bras aussi facilement que si elle eût été une petite fille, parcourut avec elle toute la longueur du quai, la déposa dans la voiture, monta derrière elle, donna au cocher l'ordre d'aller rue du Dauphin, et referma la portière.

A l'arrivée, il lui dit qu'il serait honoré de la porter jusqu'à sa maison. Très lasse, la jeune femme accepta encore.

Il la déposa dans le vestibule de la maison silencieuse et sombre.

— Restez ici un moment, conseilla-t-il. Je vais vous donner de la lumière.

— Merci, murmura-t-elle d'une voix éteinte, en s'adossant contre le mur.

Il revint peu après, avec une lampe qu'il posa sur une table. Avant de partir, il ne put s'empêcher de demander, la voix rendue plus rocailleuse par l'émotion :

— Y a-t-il encore quelque chose que je puisse faire pour vous ?

— Non, je vous remercie, soupira Laurette.

Avec un triste et beau sourire, elle ajouta :

— Vous êtes un homme bon et généreux, Willard. Heureusement qu'il en reste quelques-uns sur cette terre.

23.

Lorsqu'elle eut admis qu'elle ne trouverait pas le sommeil cette nuit-là, Laurette sortit de son lit.

Marchant de long en large dans sa chambre, elle revécut, par la pensée, tous les événements de cette journée terrible. Elle se rappela mot pour mot tout ce que Ladd lui avait dit, pesa chacune des paroles qu'il avait prononcées.

Le résultat de cette analyse confirmait son intuition première : Ladd Dasheroon n'avait eu d'autre intention que de la séduire pour se moquer d'elle, lui briser le cœur.

Accablée, elle grimpa sur le rebord de la fenêtre, comme lorsqu'elle était adolescente. Remontant les genoux sous son menton et tenant ses jambes enlacées, elle s'absorba dans la contemplation des lumières de la ville, et de la baie qu'elle devinait au loin. Elle pouvait situer, avec exactitude, l'île où elle avait passé certains des moments les plus heureux de sa vie.

Elle ressentit dans sa chair, comme une terrible maladie, les atteintes du désespoir.

Mon Dieu comme elle aimait Ladd…

Mais comme elle le haïssait, aussi…

Resté seul sur son île, Ladd, lui non plus, ne trouva pas le sommeil. Il passa toute la nuit à faire les cent pas dans la véranda.

Lui aussi repassa à la mémoire tous les événements et les paroles de cette journée. Au terme de cet exercice éprouvant, il eut la conviction que Laurette, jamais, ne lui pardonnerait.

Il comprenait.

Sa conduite, inqualifiable, ne méritait aucune excuse. Ses manigances ne pouvaient prétendre à aucune justification d'aucune sorte. Il n'avait pas le droit de jouer ainsi des sentiments de Laurette. Que n'avait-il le pouvoir de remonter le temps ? D'effacer ses actes ? De tout recommencer ? Pourquoi était-il revenu à Mobile ? Quel démon l'avait poussé à venir tourmenter Laurette ?

Son amie d'enfance l'avait aimé de tout son cœur, de toute son âme. Elle s'était donnée à lui, sans arrière-pensée, sans calcul d'aucune sorte. Quels moments de bonheur indicibles n'avaient-ils pas connus, dans les bras l'un de l'autre…

Ladd s'arrêta soudain de marcher et se jeta dans le hamac. Croisant les mains sous sa nuque, il porta son regard sur la baie, au fond de laquelle il distinguait les lumières de Mobile. Il pouvait situer, avec exactitude, l'endroit où se trouvait la rue du Dauphin. Dans cette rue, il y avait une grande maison toute blanche. Et dans cette maison s'était réfugiée la femme qui lui avait donné les plus beaux moments de sa vie.

Sa gorge se serra. Il crut suffoquer. Il ressentit dans sa chair, comme une terrible maladie, les atteintes du désespoir.

Mon Dieu ! comme il aimait Laurette…

Mais comme elle devait le haïr…

Au milieu de la matinée, le lendemain matin, le Pirate retourna sur l'île. Le bateau ayant accosté, il attendit quelques instants. Ne voyant pas venir Ladd, il traversa la plage pour aller le chercher dans la maison.

Il le trouva allongé dans le hamac sous la véranda, immobile, les yeux grands ouverts, hagard. Il n'était pas difficile de comprendre qu'il n'avait pas dormi de la nuit.

Le Pirate n'éprouva pour lui aucune pitié. S'il s'était écouté, il l'eût même jeté au bas de son hamac avant de lui décocher un bon coup de poing dans la mâchoire ; une punition méritée, lui semblait-il. Mais il se contenta d'attendre en silence, les bras croisés, le regard sévère.

Ladd se leva, péniblement. Le Pirate lui tourna le dos et sortit. Il le suivit. L'un derrière l'autre ils arrivèrent au bateau, sans prononcer un seul mot, sans avoir échangé un seul regard.

Au moment de poser le pied sur la passerelle, le Pirate se retourna pour lancer :

— Alors, ça y est ? Vous lui avez dit hier soir que tout était fini entre vous.

Ce n'était pas une question.

— Vous avez tout faux, répondit Ladd d'une voix lasse. C'est elle qui me l'a dit.

Le Pirate grimaça.

— Comment ça, elle vous l'a dit ? Qu'est-ce que ça signifie ?

Ladd haussa les épaules, esquissa un pauvre sourire et répondit :

— Contrairement à ce que j'avais imaginé, c'est Laurette qui a pris l'initiative de la rupture. Elle m'a chassé avec pertes et fracas. Mais je n'ai que ce que je mérite, je suppose…

— Je ne comprends pas.

Du bout de son pied nu, Ladd dessina quelques lignes dans le sable, et expliqua :

— Vous allez comprendre très vite. Je n'avais pas prévu que je tomberais de nouveau amoureux de Laurette, sincèrement.

Dès lors, je ne pouvais plus continuer à lui cacher la vérité, n'est-ce pas ? Je lui ai donc tout dit…

— Vous lui avez dit que vous étiez Ladd Dasheroon ? s'exclama le Pirate, les yeux écarquillés.

— Mais oui… Et ma franchise m'a valu de la perdre pour de bon.

— Non ! Il ne faut pas dire ça. Vous n'en savez rien, au fond. Voici ce qu'il faut faire : vous allez la retrouver sans tarder et lui présenter des excuses. Ensuite, vous expliquerez tout. Il faut qu'elle comprenne.

— Qu'elle comprenne quoi ? Que je suis un ignoble individu revenu à Mobile dans le seul but de me venger d'elle ? Elle sait déjà tout cela. Laurette a l'esprit vif, vous savez. A peine avais-je commencé à m'expliquer qu'elle avait déjà démêlé l'écheveau de mes tortueuses pratiques.

— Mais puisque vous avez avoué… Elle devrait en tenir compte. Vous ne croyez pas ? Et puis d'abord, vous n'allez pas vous avouer vaincu si vite, j'espère.

— Mon cher ami, je ferai tout ce qui sera en mon pouvoir pour la reconquérir. Mais je la connais bien. Elle est assez entêtée, orgueilleuse aussi. Elle veut me rendre la monnaie de ma pièce, en quelque sorte. Qui pourrait l'en blâmer ?

— Pas moi, affirma le Pirate.

— Ni moi, soupira Ladd. Elle me haïra jusqu'à la fin de ses jours. Je sais que je le mérite, mais Dieu ! que j'aimerais pouvoir regagner ses faveurs.

— Allons, tout n'est pas perdu. Il est sans doute possible de réparer les dégâts. Laurette est une personne de qualité et elle vous aime.

— Non, elle *m'aimait* : nuance.

— Elle a aimé deux hommes : le jeune Ladd Dasheroon et Sutton Vane, l'homme mûr. Vrai ?

Ladd hocha la tête.

— Alors, reprit le Pirate avec enthousiasme, vous ne me convaincrez jamais qu'elle vous aimait hier et qu'elle ne vous aime plus aujourd'hui. Elle est blessée, oui ; confuse, sans doute ; aigrie, certainement. Mais elle vous aime encore et rien n'est perdu.

— Si seulement vous pouviez dire vrai…

Ladd comprit alors qu'avant tout, il devait mettre son amour-propre entre parenthèses.

Il aimait Laurette. Il n'avait qu'un désir : obtenir son pardon et la reconquérir. Il était prêt à tout mettre en œuvre pour y parvenir, quel que fût le prix à payer.

Après une journée interminable d'attente et de supputations, puis une nouvelle nuit sans sommeil, il se décida enfin à prendre un bain, à se raser de près et à s'habiller de façon décente. Puis il monta dans sa voiture, qui le conduisit à l'hôpital militaire.

Aussi nerveux qu'un collégien à son premier rendez-vous, il attendit le moment où Laurette sortirait.

Il attendit longtemps, puis consulta sa montre. Il était en avance : Laurette quittait l'hôpital à 14 heures précises ; ce serait dans plusieurs minutes.

Oppressé, fébrile, il se mit dès lors à tirer sa montre toutes les dix secondes pour contrôler la fuite du temps.

A 14 heures, il reporta toute son attention sur la porte de l'hôpital.

Laurette ne parut pas.

Quand il rouvrit sa montre, elle marquait 14 h 15.

Malade d'angoisse, incapable de rester en place, Ladd ouvrit la portière de la voiture et sortit. Insensible au terrible soleil de juillet, il continua d'attendre, les bras croisés, un pied battant la mesure sur les pavés.

Les médecins et les infirmières sortaient les uns après les autres, seuls ou par groupes. Laurette ne se trouvait pas parmi eux.

A 14 h 30, Ladd n'en pouvait plus. Décollant son dos, humide de sueur, de l'habitacle contre lequel il s'était appuyé, il courut vers l'hôpital, gravit quatre à quatre les marches du perron monumental, poussa la porte avec violence. Dans le vestibule ombreux et frais, il s'adressa à la première personne qu'il rencontra, une infirmière qui avait un physique masculin et un visage autoritaire.

— Excusez-moi, lui dit-il avec un humble sourire. Vous ne connaîtriez pas Mme Tigart, par hasard ?

— Bien sûr que je connais Laurette, lui fut-il répondu d'un ton brusque.

— Pourriez-vous me dire où elle est ?

— Certainement pas, car elle n'est pas venue aujourd'hui. Elle nous a fait savoir qu'elle était malade et que…

Sans vouloir écouter la suite, Ladd ressortit aussi vite qu'il était entré. Sautant les marches de l'escalier, il se débarrassa de sa redingote et cria à son cocher de l'emmener *illico* rue du Dauphin.

Arrivé à destination, il franchit en quelques bonds l'espace qui le séparait de la porte. Puis il s'arrêta car il était essoufflé. Son cœur battait trop vite et trop fort. La main levée, il hésita. Il avait peur. Lentement, enfin, il toqua de l'index replié.

Il attendit longtemps. Enfin la porte s'entrouvrit. Laurette parut dans l'entrebâillement.

Timide, Ladd commença :

— Laurette, je…

Elle lui coupa la parole.

— Je croyais pourtant m'être bien fait comprendre. Je ne veux plus te voir ; jamais.

Elle lui claqua la porte au nez.

Désespéré, il tambourina contre le battant, implora :

— Laurette, donne-moi cinq minutes ; juste cinq minutes. Je t'en prie, notre amour ne peut pas se terminer ainsi ! Lollie, écoute-moi ! Permets-moi de me racheter.

Il n'obtint aucune réponse. Alors il s'emporta, se meurtrit les poings sur la porte.

La porte resta close, comme le cœur de Laurette.

Au cours des jours, puis des semaines qui suivirent, Ladd n'abandonna pas l'espoir de reconquérir Laurette. Chaque jour il vint l'attendre à la porte de l'hôpital militaire. Jamais il ne put lui parler, car elle l'ignorait. S'il la suivait, elle refusait de l'écouter. Et s'il insistait, elle lui disait qu'il l'importunait.

Chaque jour, il fit livrer, chez elle, trois douzaines de roses blanches, avec un carton portant ces mots :

« Jamais je ne cesserai de t'aimer. Pardonne-moi, je t'en supplie. »

Mais Laurette, qui avait beaucoup souffert, avait appris à endurcir son cœur. Il lui importait peu, désormais, que Ladd l'aimât ou ne l'aimât pas. Jamais elle ne lut les cartons qui accompagnaient les roses… ces roses qu'elle jetait sans pitié à la seconde où elle les recevait.

Elle avait dit à Ladd que désormais il était mort pour elle, et elle entendait bien qu'il en fût ainsi. Elle ne voulait plus se préoccuper de lui, ne plus ressasser sans arrêt les griefs qu'elle éprouvait à son égard. En bref, elle voulait l'oublier ; vivre comme s'il n'avait jamais existé.

Elle avait conscience que la nouvelle de leur rupture s'était répandue en ville. Mais elle ne se souciait ni des regards qui s'attachaient à elle, ni des murmures qu'elle percevait parfois.

Elle était le principal sujet de conversation ? La belle affaire ! Ce n'était pas la première fois et cela ne durerait qu'un temps. L'important était de garder la tête haute.

Elle n'avait rien à se reprocher.

Elle n'accepta d'évoquer ces péripéties avec personne, non par pudeur, mais parce que tout cela n'avait plus aucune espèce d'importance. Même les jumelles Parlange, pourtant ses meilleures amies, ne reçurent aucune confidence. Celles-ci, comme tout le reste de la ville, en furent réduites aux conjectures.

Laurette s'était ainsi convaincue d'être sur la voie de la guérison. Elle s'interdisait tout sentiment. Sereine et froide, détachée de tout, elle accomplissait quotidiennement son devoir à l'hôpital militaire, avec ponctualité et conscience. Mais elle ne s'émouvait plus devant un homme gravement malade ou souffrant de solitude. Elle ne passait avec lui pas plus de temps que ne l'exigeaient ses fonctions. Elle appliquait le règlement à la lettre.

Ladd, de son côté, retrouvait les vieilles habitudes acquises autrefois dans la solitude de son cachot. Il se fermait à son prochain, ne se confiait plus à quiconque, même pas au Pirate. Bientôt, il serait totalement coupé du monde.

Il s'en félicitait.

L'ennui, c'était que son cœur semblait avoir une vie autonome et restait capable de sentiment. En vérité, il rappelait sa présence. Il devint même de plus en plus importun à mesure que le temps passait. Si bien que Ladd, qui avait espéré, un temps, connaître la paix que donne la résignation, devint au contraire de plus en plus aigri et agité.

Le jour, il tournait comme un lion en cage. Le soir venu, il renonçait à monter dans sa chambre, car il savait qu'il ne trouverait pas le sommeil. Alors, dans la solitude de son cabinet de travail, il buvait jusqu'aux petites heures du jour, en ressassant son malheur, un malheur qu'il avait lui-même provoqué par ses mauvaises actions.

Lui aussi savait que la nouvelle de sa rupture s'était répandue en ville comme une traînée de poudre. Connaissait-on sa véritable identité ? Peu lui importait. Sa réputation, il s'en moquait. Mais il se désolait d'avoir provoqué un scandale qui affectait Laurette.

Le Pirate s'inquiétait pour Ladd qu'il voyait dépérir de jour en jour ; Ladd qui ne s'alimentait presque plus, mais qui buvait de plus en plus.

Une nuit de septembre, le Pirate entra dans le cabinet de travail. Comme il s'y attendait, il y trouva Ladd, un grand verre de bourbon à la main. Il tenta de lancer la conversation, mais d'un geste impatient de la main, et le regard furieux, Ladd l'accueillit avec rudesse.

— Qu'est-ce que vous fichez ici, à cette heure ? lui jeta-t-il d'une voix pâteuse. Vous ne voyez pas que je suis occupé ? Allez vous coucher.

— C'était précisément la suggestion que je venais vous présenter, rétorqua le Pirate.

— Vous avez suggéré, c'est bien. Merci. Maintenant, vous pouvez aller prendre un repos bien mérité.

Le Pirate insista.

— Ecoutez, Ladd. Je sais bien que je me mêle de ce qui ne me regarde pas, mais…

— Vous avez absolument raison. Vous vous mêlez de ce qui ne vous regarde pas.

Ladd vida son verre d'un trait, se passa le dos de la main sur les lèvres.

— Ce n'est pas en buvant que vous la ferez revenir, dit le Pirate.

— Je sais, soupira Ladd. Rien ne la fera revenir ; jamais. Je l'ai perdue pour de bon, mon pauvre ami.

A l'été caniculaire de 1881 succéda un automne très vite assez rigoureux. Les feuilles jaunirent et tombèrent en un rien de temps. Tout le monde s'accordait à prédire un hiver particulièrement long et glacial.

L'hiver ne serait jamais aussi glacial que Laurette Howard Tigart. Elle demeurait inflexible.

Obstinément, elle repoussait toutes les ouvertures de Ladd. Celui-ci, après des semaines d'efforts infructueux, perdit espoir et renonça définitivement. Il s'était persuadé que tout était perdu ; que jamais il ne conquerrait de nouveau le cœur de Laurette ; qu'il fallait, enfin, se faire une raison, si toutefois c'était possible. Il connaissait Laurette.

Elle était têtue.

Il ne la changerait pas.

Mais alors, s'il devait vivre sans elle, il valait mieux vivre loin d'elle ; pas question de s'attarder en Alabama ; mais où aller ? New York… ou Londres… Paris peut-être ? Cela ne faisait aucune différence.

Quand, par un froid matin de novembre, il s'ouvrit de ses projets au Pirate, celui-ci déclara :

— Ce n'est pas une mauvaise idée. Donnez-moi quelques semaines et je vous prépare le voyage.

— Certainement… mais rien ne presse.

Ayant appris que Ladd s'apprêtait à quitter Mobile, le Pirate se dit que le temps des tergiversations était terminé. Il fallait agir, et vite.

Il passa une grande partie de la journée dehors, ce qui ne lui ressemblait pas.

Ladd s'en aperçut et se demanda où il était, à quoi il travaillait. La curiosité le taquina. Cependant, il ne posa aucune question, le soir, quand le Pirate rentra.

Le Pirate prit grand soin de ne pas éveiller la suspicion de Laurette. C'est avec un luxe inouï de précautions préparatoires qu'il s'appliqua à la rencontrer, par hasard, de plus en plus souvent.

La première fois, il croisa son chemin au marché, en plein centre de la ville. Elle s'étonna de le voir paraître en ce lieu. Il fit semblant de s'étonner aussi. La conversation s'engagea. Sagement, le Pirate ne lui parla que de la pluie et du beau temps, du travail qu'elle accomplissait à l'hôpital, et du prix des légumes qui augmentait considérablement depuis une ou deux semaines.

Laurette avait de l'amitié pour lui. Aussi n'éleva-t-elle aucune objection quand il proposa de la ramener chez elle.

Pas une fois le Pirate ne mentionna le nom de Ladd Dasheroon.

Deux jours plus tard, il se trouva qu'il passait devant l'hôpital militaire, au moment où la jeune femme en sortait. Une fois encore, le hasard faisait bien les choses. Le Pirate ramena Laurette chez elle, après quelques instants de conversation amicale.

En aucune manière il n'évoqua Ladd Dasheroon.

Laurette aimait bien le Pirate, qu'elle préférait appeler par son prénom : Willard. Elle aimait, depuis leur première rencontre, cet homme bon et gentil qui, malgré sa force surhumaine, n'eût pas fait de mal à une mouche. Leurs rencontres devenant de plus en plus nombreuses, elle apprécia de l'avoir pour escorte, alors que la nuit tombait de plus en plus tôt. Avec lui, elle se sentait en sécurité.

Par un après-midi froid et sombre de début décembre, elle sourit, en sortant de l'hôpital militaire, parce que le Pirate se trouvait là, une fois de plus. Elle alla vers lui. Il lui prit le bras et la raccompagna rue du Dauphin.

Cette fois, cependant, il ne la laissa pas à sa porte en lui souhaitant de passer une bonne soirée. Au moment où elle mettait le pied sur la première marche du perron, il lui dit :

— Vous permettez que j'entre pour quelques instants ? Je voudrais vous parler.

Laurette lui jeta un regard sceptique. Elle savait de qui il voulait parler. Elle n'avait pas envie d'écouter. Elle commença par secouer la tête, en disant :

— Je suis désolée, Willard, mais c'est non. Je connais vos intentions. Elles sont louables. Or, il se trouve que je ne changerai pas d'avis au sujet de Ladd Dasheroon.

— Vous avez vos raisons, et je les respecte. Mais il y a tant de choses que vous devriez connaître ; tant de choses que Ladd, trop modeste, ne voudra jamais vous raconter lui-même ; des choses qu'il n'a jamais racontées à personne d'autre qu'à moi.

Pas convaincue, Laurette fronça les sourcils. Willard feignit de ne pas s'en apercevoir, et, d'autorité, il la suivit à l'intérieur de la maison. Elle n'osa pas le lui reprocher.

Il jeta son manteau sur un fauteuil du vestibule et gagna directement le salon, où il alluma une lampe avant de s'agenouiller devant la cheminée, pour allumer une flambée.

N'osant protester, Laurette l'avait laissé faire. Elle patienta en l'observant, sans mot dire. Quand le feu crépita dans l'âtre, elle tendit ses mains aux flammes, en disant :

— Vous êtes un ami loyal, mais vous perdez votre temps.

— Possible, mais c'est mon temps et j'en fais ce que je veux, répliqua-t-il plaisamment. Si vous vous asseyiez ?

Elle resta debout devant lui. Alors il la prit par le bras et, gentiment, la conduisit vers le sofa placé en face de la cheminée. Elle s'assit, mais garda une attitude raide, les lèvres pincées, les mains croisées sur les genoux, pour signifier qu'elle écouterait puisqu'on la forçait, mais que cela ne servirait à rien.

Rien de ce que Willard pourrait dire ne l'inciterait à changer d'avis au sujet de l'indélicat Ladd Dasheroon.

Willard ne s'assit pas. Il resta debout devant la cheminée, face à Laurette. Il semblait réfléchir. Puis il commença :

— Vous savez que Ladd a été prisonnier dans une forteresse qu'on appelle le Château du Diable ?

— Oui.

— Mais vous ne savez pas tout ce qu'il y a enduré. Le capitaine des gardes était un homme sadique dont il avait fait la connaissance à West Point et qui, déjà, lui avait rendu la vie très difficile. Le retrouvant soumis à son autorité dans la forteresse, il a fait de lui son souffre-douleur. A cause de lui, Ladd a connu la faim, les coups, les tortures, les marques au fer rouge...

Laurette se rappelait certaines marques sur le corps de Ladd. Elle avait questionné, et Ladd lui avait répondu qu'il s'agissait de blessures de guerre pour certaines, ou de cicatrices résultant de chutes de cheval pour d'autres. Elle se rappelait ces lettres qu'elle avait cru lire : « DC »...

— Il a eu de la chance de survivre à tous les mauvais traitements que ce LaKid lui infligeait quotidiennement, dit Willard.

— LaKid ? Le capitaine des gardes s'appelait LaKid ?

— Oui ; Gilbert LaKid. Pourquoi ?

Rêveuse, Laurette ne répondit pas. Le nom de LaKid lui était familier. Elle se rappelait très bien la première nuit qu'elle avait passée avec Ladd sur l'île, nuit au cours de laquelle elle avait été témoin d'un cauchemar qui faisait crier à Ladd : « Je te tuerai, LaKid. »

Willard poursuivit :

— Après une année d'épreuves, Ladd s'est réjoui quand il apprit que le major James Tigart prenait le commandement de la forteresse. Il pensait que son ami empêcherait LaKid de lui nuire et que, partant, sa captivité serait rendue moins pénible. Hélas ! c'est tout le contraire qui s'est produit. La première décision de Tigart a été de faire jeter Ladd dans un cachot où il a passé, ensuite, onze années interminables.

— Comment cela se peut-il ? demanda Laurette. La guerre s'est terminée en 1865 et…

— Tigart avait accusé Ladd d'un crime contre le gouvernement fédéral, ce qui faisait de celui-ci un prisonnier politique dangereux, à garder au secret. N'ayant pas été libéré à la fin de la guerre, il ne devait, théoriquement, jamais sortir de prison.

— Quel était le crime commis par Ladd ?

— Ladd n'a commis aucun crime. Tigart a menti. Son but était de faire mourir Ladd en prison.

Laurette expliqua :

— Jimmy m'a dit que Ladd était mort en prison, très peu de temps avant que lui-même n'en prît le gouvernement. Il disait que s'il avait pu, il eût porté le nom de Ladd en tête des listes qui servaient à l'échange des prisonniers.

— Tigart vous a menti pour pouvoir vous épouser.

— Seigneur ! Je ne savais pas que Ladd était encore vivant, murmura Laurette. Je le jure.

— Ladd vous a-t-il révélé dans quelles circonstances il avait appris la nouvelle de votre mariage ?

— Non, non…

— Cela s'est passé plusieurs années après l'événement. Un jour, un soldat a jeté, sur le sol du cachot, un vieux journal, et sur ce journal, un morceau de viande immonde qui serait sa pitance du jour. C'étaient les usages… Il se trouve que le journal était un exemplaire de *La Presse de Mobile*, daté du 10 juin 1865. L'annonce de votre mariage y figurait. Vous imaginez aisément ce que Ladd a dû ressentir alors. Vous comprenez pourquoi il a juré alors de se venger de Tigart… de vous aussi, oui.

Willard s'interrompit, attendant sans doute une réaction… Laurette s'appliqua à ne laisser paraître aucune émotion. Quoi qu'elle pût apprendre, avait-elle décidé, elle resterait insensible. Le sort de Ladd, passé et futur, ne devait plus la concerner.

Après quelques instants de silence, Willard reprit, en soupirant :

— Ladd, finalement, a réussi à s'échapper en se dissimulant dans le linceul d'un compagnon de captivité. Les deux hommes s'étaient rencontrés en creusant un tunnel dans le mur qui séparait leurs cellules. Tous deux vivaient une épreuve si cruelle, depuis si longtemps, qu'ils étaient au bord de la folie. Inutile de vous dire qu'ils sont aussitôt devenus amis. L'autre homme, qui s'appelait Finis Schafer, est devenu le mentor de Ladd. Il lui a appris l'histoire, la littérature, la musique, les arts… Ce qui ne les empêchait pas de creuser, ensemble, le tunnel au bout duquel ils espéraient trouver la liberté. Ils ont travaillé durement, mais la tâche, surhumaine, a épuisé le vieil homme, qui est mort. Mais avant de trépasser, il a révélé comment il avait arraisonné un bateau nordiste transportant une importante cargaison d'or, et pris cet or qu'il avait enterré dans les Appalaches. Ladd s'est enveloppé dans son linceul, qu'il a ensuite cousu. Les soldats l'ont enterré dans le cimetière de la forteresse qui se trouvait à l'extérieur des hauts murs.

Le Pirate marqua un nouveau temps d'arrêt. Sûrement, ce qu'il venait de révéler susciterait un commentaire, une réflexion, une marque de compassion… Peine perdue : Laurette garda le silence. Assise bien droite sur le sofa, les mains croisées sur les genoux, le regard perdu, elle semblait ne pas entendre.

Il fallait terminer le terrible récit.

— Après avoir enterré Ladd, les soldats se sont hâtés de rentrer dans la forteresse. Ladd est alors sorti de la tombe et a couru vers l'océan. Sans hésiter, il s'est jeté dans les eaux froides de la baie de Chesapeake, afin d'échapper aux chiens qui seraient lancés à sa poursuite dès que son évasion serait éventée. L'ennui, c'est qu'il était si affaibli par tant d'années de privations et de sévices, qu'il n'a pas réussi à nager bien longtemps. Comprenant qu'il risquait de se noyer, il est revenu vers la rive. Par malchance, il a posé le pied sur une bande de sables mouvants, dont il n'est pas parvenu à s'arracher. Alors, il a su qu'il allait mourir.

— A l'évidence, il n'est pas mort, nota Laurette, avec cynisme.

— Non, il n'est pas mort, parce que je suis arrivé juste à temps pour le tirer de ce mauvais pas. Moi aussi j'avais des soucis, et j'avais décidé de mettre fin à mes jours. Mon intention était de sauter dans l'eau et de m'y noyer. J'étais en chemin pour accomplir ce funeste projet, quand j'ai aperçu le pauvre garçon qui luttait contre les sables mouvants. Je me suis porté à son secours.

En souriant, le Pirate conclut :

— Ce jour-là, nous nous sommes mutuellement sauvé la vie. Vous comprenez, maintenant, pourquoi je lui suis tellement attaché ?

Laurette hocha la tête, sans rien dire. N'éprouvait-elle aucune compassion ?

Pendant une demi-heure encore, le Pirate parla. Il raconta comment Ladd et lui s'étaient lancés à la recherche du trésor yankee, en quelles circonstances ils l'avaient trouvé. Il parla, parla... et quand il s'arrêta, Laurette se leva et dit froidement :

— Il commence à se faire tard.

— Oui, murmura-t-il, confus. Je crains d'avoir abusé de votre hospitalité. J'en suis désolé.

A pas lents, la tête basse, le Pirate sortit du salon. Il était déçu, désabusé. Il avait espéré, et franchement avait cru que Laurette, en apprenant ce qu'avait souffert Ladd, changerait d'attitude à son égard, qu'elle s'attendrirait, et lui pardonnerait.

Il avait eu tort. Il avait bien vu, à la manière dont elle s'était comportée pendant son long récit, qu'elle n'était pas émue.

Elle était devenue insensible.

Ladd avait raison : elle ne lui pardonnerait jamais.

La main sur le bouton de la porte, le Pirate s'apprêtait à prendre congé d'une maison où vraisemblablement il ne reviendrait plus, quand il eut la surprise d'entendre Laurette lui demander d'une voix douce :

— Pourquoi vouliez-vous mourir, le jour où vous avez sauvé Ladd ?

— Cela n'a plus d'importance, vous savez. C'était il y a si longtemps...

— Je vous en prie... Dites-le-moi.

Le Pirate ferma les yeux, pour se recueillir. Quand il les rouvrit, il énonça d'une voix grave :

— J'avais perdu ma femme et mon fils. J'étais marin, à cette époque. Débarquant de mon bateau, j'appris que ma douce Amanda était entrée en travail, beaucoup plus tôt que prévu. J'ai couru à la maison. Elle a donné le jour à notre enfant, un garçon mort-né. Elle-même a trépassé quelques minutes après l'accouchement. J'ai voulu mourir avec eux.

— O ! murmura Laurette, sincèrement touchée. Comme je suis désolée pour vous !

— Ne le soyez pas. Amanda m'a donné beaucoup de bonheur. Que son nom soit béni… Et moi, j'estime que la vie m'a favorisé, puisque j'ai eu la chance de connaître l'amour, un véritable et merveilleux amour… Peu de mes semblables peuvent se vanter de m'égaler sur ce point.

Rêveur, il s'interrompit. Puis il murmura :

— Quand le destin vous favorise d'un amour pareil, il faut…

Laurette lui coupa la parole.

— Je suis si fatiguée !

Il comprit, répondit :

— Cette fois, je m'en vais. Je n'ai que trop abusé de votre temps. Mais quand je serai parti, pensez un peu à tout ce que je vous ai raconté aujourd'hui. Je n'espère pas que vous changerez d'avis dans l'immédiat, mais peut-être qu'à la longue, mes propos vous aideront à comprendre pourquoi Ladd a commis les actes que vous lui reprochez.

— Non, cela ne changera rien, déclara Laurette, catégorique. Ce n'est pas que je n'éprouve pas de la pitié à cause des souffrances qu'il a endurées. Mais si je suis capable m'émouvoir, je ne puis pourtant lui pardonner sa conduite inqualifiable envers moi.

Glaciale, elle conclut :

— Vous êtes bien placé pour savoir que Ladd Dasheroon n'est pas le seul homme à avoir souffert sur cette terre.

Le Pirate hocha la tête. Il ouvrit la porte. Il sortit. Mais, sur le perron, il se retourna brusquement.

— Il y a une chose que je voudrais vous dire encore.

— Oui ?

— Ladd vous aime.

— Tant pis pour lui.

24.

Laurette Howard Tigart avait en elle des ressources de fierté et de force qui lui avaient permis de surmonter d'innombrables épreuves. Si elle avait beaucoup souffert, jamais elle ne s'était laissé abattre par l'adversité. Non sans une certaine satisfaction, elle se disait qu'elle était capable de survivre aux pires tragédies.

Le cœur brisé, elle vivrait.

Elle n'avait pas menti à Ladd quand elle lui avait déclaré que, désormais, il était mort pour elle. C'était la vérité. C'est pourquoi le récit du calvaire subi par Ladd en prison, s'il l'avait émue, ne la ferait pas changer d'attitude. Elle comprenait qu'il eût souffert en apprenant qu'elle s'était mariée avec Jimmy Tigart.

Le destin n'avait pas été clément avec le pauvre Ladd.

Mais était-ce une raison pour se comporter avec elle d'une façon qui continuait à la révulser chaque fois qu'elle y pensait ? Elle ne pouvait lui pardonner d'être revenu à Mobile dans le seul but de l'humilier. Parce qu'il avait souffert, avait-il le droit de lui infliger d'autres souffrances ? Certainement pas.

Le malheur n'excusait pas tout.

Laurette n'avait dit à personne que l'homme connu dans tout Mobile sous le nom de Sutton Vane n'était autre que Ladd

Dasheroon. Tout ce qu'elle avait bien voulu raconter, après beaucoup d'amicales pressions, c'était que Sutton Vane et elle étaient convenus de ne plus se voir. Les jumelles Parlange l'avaient implorée pour qu'elle voulût bien leur apprendre les raisons de cette rupture, mais elle n'avait pas cédé. Elle avait ajouté qu'elle ne voulait plus jamais entendre prononcer le nom de Sutton Vane, ce qui interdisait toute nouvelle conversation sur ce sujet.

Il fallait croire que Ladd, de son côté, n'avait pas révélé sa véritable identité, puisque la rumeur s'interrogeait sur les causes qui avaient conduit Sutton Vane, depuis un certain temps, à mener une vie de reclus. A ce qu'on disait, il ne voulait plus voir personne. Il s'enfermait dans sa maison de la rue du Gouvernement et n'en sortait que pour se rendre sur son île. La Vieille Garde s'inquiétait, s'indignait aussi de ce comportement qu'elle jugeait méprisant à son égard.

Il se trouvait des curieux pour importuner Laurette avec des questions indiscrètes. Sans se départir de la plus grande sérénité, elle répondait qu'elle n'avait aucune idée sur les raisons qui avaient incité M. Sutton Vane à se couper ainsi de la société. Elle ajoutait en souriant qu'elle n'était pas dans les confidences de ce monsieur.

Tout était dit.

Elle n'ajoutait pas — mais pensait — que tout cela lui importait aussi peu que possible.

Alors que Noël approchait, Laurette mettait un point d'honneur à se montrer aussi joyeuse que tout le monde. Elle fit l'emplette, pour ses amis proches, de menus cadeaux qu'elle prit beaucoup de plaisir à emballer et à enrubanner, le soir, devant la cheminée, assise sur le plancher du salon.

Seule.

Cependant, elle ne jugea pas utile de décorer un arbre. Avec un peu de nostalgie, elle s'avisa que, pour la première fois de sa vie, il n'y aurait pas de sapin de Noël, dans un coin du salon. Les ornements resteraient dans leurs cartons, au grenier.

Mais à quoi bon dresser un sapin de Noël qu'elle serait seule à admirer ?

A quoi bon fêter Noël, d'ailleurs ?

— Quoi ? s'exclama Johanna Parlange Ford. Tu n'as pas de sapin ?

— Tu as le coup d'œil rapide, répondit Laurette, derrière ses amies qui entraient dans le salon.

— Mais qu'est-ce que c'est que toutes ces boîtes empilées dans le vestibule ? demanda Juliette.

— Mes affaires, répondit laconiquement Laurette.

Les jumelles échangèrent un regard intrigué.

On était à six jours de Noël, maintenant. Selon une tradition bien établie, les jumelles Parlange passeraient cette fête à La Nouvelle-Orléans. Elles avaient supplié Laurette de les accompagner, en l'assurant que leurs cousins disposaient d'une grande chambre d'amis et qu'ils seraient ravis de l'avoir comme invitée d'honneur. Mais Laurette avait décliné cette aimable proposition, sous le prétexte que son service la retenait à l'hôpital militaire.

Déçues mais pas fâchées, les jumelles Parlange s'en étaient donc venues, ce soir-là, pour fêter Noël, un peu en avance, avec leur amie d'enfance. Il allait sans dire que la soirée serait animée et très gaie.

Sur le perron, au moment de frapper à la porte, Juliette avait murmuré à sa sœur :

— Tu te rappelles qu'il ne faut, en aucune manière, prononcer le nom de Sutton Vane dans cette maison ?

— Bien sûr que je me rappelle, avait rétorqué Johanna. Tu crois que j'ai envie de gâcher notre Noël ?

Elles venaient rue du Dauphin pour échanger des cadeaux, boire du chocolat chaud devant le feu, et rire en racontant des histoires amusantes.

Aussitôt entrées, les jumelles présentèrent leur cadeau, un immense châle en laine, qu'elles avaient tricoté ensemble. Laurette poussa des « Oh ! » et des « Ah ! » en le recevant. Elle le mit sur ses épaules et le garda pendant toute la soirée.

Johanna reçut une boîte de savons parfumés, car Laurette savait qu'elle aimait se prélasser, des heures durant, dans un bain chaud et odorant. Quant à Juliette, l'intellectuelle, elle eut droit au chef-d'œuvre de Henry James, *Portrait d'une dame*. Les jumelles s'enchantèrent de leurs cadeaux.

Ensuite, les trois amies bavardèrent à perdre haleine. Elles connurent plusieurs crises de fou rire. Alors que la soirée était déjà bien avancée, Laurette s'en alla chercher une bouteille de cognac qu'elle avait épargnée en vue d'une grande occasion. L'occasion était là. Johanna applaudit à tout rompre en voyant arriver la bouteille. Juliette sourit et, d'un hochement de tête, signifia son accord. Très fière, Laurette arracha le bouchon.

Les petits verres succédèrent aux petits verres. La conversation devint plus animée et plus décousue, les rires plus stridents. Bientôt tout le monde se retrouva à plat ventre devant le feu. On épuisa le répertoire des chants de Noël. Ensuite il y eut conciliabule, à voix de plus en plus basse. Les premiers bâillements se firent entendre.

Laurette répartissait entre les trois verres ce qu'il restait du cognac, quand la pendule du vestibule égrena les douze coups de minuit.

— Mon Dieu ! s'écria Juliette en se mettant à genoux avant de s'asseoir sur les talons. J'étais loin d'imaginer qu'il pouvait déjà être si tard.

— Moi aussi, ajouta Johanna. Il faut rentrer, car demain nous devons nous lever tôt. Le bateau pour La Nouvelle-Orléans démarre à l'aube.

Quelques minutes plus tard, les jumelles sortaient dans le froid de l'hiver, leur cadeau à la main.

— Ce fut une merveilleuse soirée, déclara la gentille Juliette.

— Pour moi aussi, répondit Laurette. Je vous remercie d'être venues.

— Nous nous reverrons dans dix jours, ajouta Johanna, la voix légèrement pâteuse.

Sa sœur lui en fit la remarque, donnant ainsi le départ d'un ultime fou rire. Puis eurent lieu les embrassades.

Sur le seuil, Laurette suivit du regard ses amies qui s'éloignaient. Elle frissonna, de froid, de solitude peut-être.

Dans la rue, Johanna se retourna pour lancer :

— Au fait, tu connais la nouvelle ? Il quitte la ville.

Aussitôt, le cœur de Laurette commença à battre la chamade. Mais elle se força à rire pour demander :

— Qui donc ?

— Chut ! dit Juliette. Tu ne peux donc pas tenir ta langue ?

— Sutton Vane ! s'exclama Johanna, sourde aux avertissements de sa sœur. Il quitte Mobile ; pour de bon ! Il s'en va, à New York ou à Paris. Je ne sais plus où. C'est tout frais, je ne l'ai appris que d'hier soir.

— Allez, viens, Johanna, viens ! dit Juliette en la tirant par la manche.

Les jumelles s'éloignèrent en agitant la main et en disant :

— Bonne nuit, Laurette.

— Bonne nuit à vous, répondit Laurette. Et bon séjour à La Nouvelle-Orléans.

Elle referma, tourna la clé. Pensive, elle s'adossa à la porte.

Alors, Ladd Dasheroon quittait Mobile…

Parfait !

Merveilleux !

Bon vent !

Elle était satisfaite. Enfin, elle pourrait se promener tranquillement dans les rues de la ville, sans craindre à tout moment de voir surgir une silhouette trop connue. Enfin la vie reprendrait son cours normal.

Peu à peu elle oublierait…

Ah oui ! Elle était heureuse d'apprendre cette nouvelle.

Elle retourna dans le salon. Sur le plancher, elle ramassa les verres, qu'elle porta dans la cuisine. Revenant sur ses pas, elle s'empara de la bouteille de cognac, qui gisait devant l'âtre. Elle porta le goulot à ses lèvres, y cueillit les dernières gouttes du précieux liquide.

D'un coup d'épaule, elle se débarrassa du châle tricoté par les jumelles Parlange, et se laissa tomber assise sur le sofa. Le regard fixé sur le feu qui s'éteignait doucement, elle soupira, dodelina de la tête, ferma les yeux…

Elle s'étendit et sommeilla.

Quand elle se réveilla, il ne restait, dans l'âtre, que des braises rougeoyantes parmi un gros tas de cendres.

Laurette se leva. Il était temps d'aller au lit. Mais au lieu de prendre l'escalier pour monter dans sa chambre, elle se mit à marcher de long en large dans le salon, à grands pas.

Elle avait à réfléchir.

Soudain elle s'arrêta et tressaillit avec violence. Puis elle se mit à trembler.

Une sorte d'hallucination s'empara d'elle.

Voilà qu'elle avait seize ans. C'était la nuit qui précédait le départ, pour West Point, de Ladd, son bien-aimé.

Laurette gémit en se rappelant avec quelle tendresse ils avaient fait l'amour, cette nuit-là. Elle avait peur alors, peur de ne plus revoir Ladd.

Elle ne l'avait plus revu.

— Non ! s'écria-t-elle. Je ne peux pas accepter de le perdre encore une fois !

En courant, elle sortit du salon.

Sans prendre le temps de se couvrir du châle, pourtant à portée de sa main, elle quitta sa maison.

Dans la nuit froide de décembre, elle courut par les rues désertes de Mobile. Elle courut jusqu'à la rue du Gouvernement. Quand elle arriva, elle claquait des dents, tremblait comme une feuille.

Sans prendre le temps de retrouver son souffle, elle frappa des deux poings.

Plusieurs minutes passèrent.

Enfin la porte s'ouvrit. Willard parut.

— Laurette ! s'exclama-t-il, les yeux écarquillés de surprise. Mais ne restez pas dans le froid. Entrez, vite ! Qu'est-ce qui vous amène, à une heure si tardive ?

— Où est-il ? demanda-t-elle.

Willard paraissait ne pas comprendre.

Une main sur son cœur qui battait à tout rompre, Laurette insista.

— Est-il déjà parti ? Est-ce que je n'arrive pas trop tard ?

Enfin Willard sourit.

— C'est sur son île que Ladd a choisi de passer sa dernière nuit à Mobile. Il y est seul.

Laurette s'agrippa à lui, essaya de le secouer. D'une voix pressante, elle dit :

— Il faut que je le voie. Il faut que j'aille le voir. Acceptez-vous de m'amener à lui ?

Avec un bon rire, Willard répondit :

— Hélas ! c'est impossible. Ladd est parti avec le bateau. Il faudra attendre demain matin pour le voir.

Lisant la déception dans les yeux de la jeune femme, il se ravisa :

— Une traversée dans une petite embarcation vous effraierait-elle ?

— Je n'ai peur que d'une chose : perdre Ladd pour toujours.

Hochant la tête avec gravité, Willard s'éloigna en disant :

— Je vais vous chercher un des manteaux de Ladd.

Il revint avec un énorme et lourd vêtement, qu'il lui mit sur les épaules, et dans lequel il l'enroula. Puis il annonça :

— Je vais réveiller le cocher et lui demander de nous conduire au port. Nous essaierons d'y trouver ce qu'il vous faut.

— Faites vite ! implora-t-elle. S'il vous plaît…

— C'est l'affaire d'une dizaine de minutes, pas plus.

Willard s'en fut, cette fois en direction du quartier des serviteurs.

Peu après, il aidait Laurette à monter dans la voiture. En refermant la portière il cria :

— Fouette, cocher !

Sur le port, Willard se démena pour trouver un patron marin qui acceptât de gagner l'île ; en vain. Quand il revint près de Laurette, il avait la mine déconfite.

— Je suis désolé, dit-il. Je crains que ce ne soit vraiment pas possible ce soir. Mais demain matin, nous…

— Il faut que je voie Ladd ce soir, déclara Laurette, avec énergie.

Elle désigna, du doigt, quelques barques qui dansaient au bord du quai.

— Qu'en dites-vous ?

Willard se frotta le menton.

— Celles-là sont vraiment petites. Ce ne serait pas raisonnable.

— Nous serons prudents.

— La mer est calme, cette nuit. C'est vrai. Mais on ne sait jamais si… Et puis, la traversée risque d'être un peu longue.

— Je vous en prie… Et je vous aiderai à ramer. Il faut que je voie Ladd.

— Allez, c'est dit ! Venez avec moi.

C'est ainsi que Willard parcourut à la rame, pour Laurette, les six miles qui séparaient l'île de la côte.

Au bout du voyage, il attacha la barque à un poteau, sauta sur la jetée, tendit la main pour aider Laurette, et aussitôt rembarqua.

— Attendez ! dit Laurette. Vous ne venez pas avec moi ?

— Non. C'est une affaire entre vous et Ladd. Moi, je rentre à Mobile.

Le doute s'empara de Laurette. Soudain moins sûre d'elle, elle murmura :

— Vous me laissez seule ici ? Mais si Ladd ne veut pas…

Willard ne voulut pas l'écouter. Déjà il ramait avec énergie. Son imposante silhouette se diluait dans la nuit.

Laurette s'attarda sur la jetée. Elle tourna un peu en rond, en méditant. Elle esquissa une prière.

Ladd se trouvait bien dans la maison, car il y avait de la lumière à une fenêtre. Mais comment l'accueillerait-il ? Ne la bannirait-il pas aussitôt qu'il la verrait apparaître ?

Laurette hésitait.

Soudain, elle prit son élan. Alourdie par le grand manteau de Ladd qui traînait dans le sable, elle courut vers la maison, sous la lune qui lui dessinait une ombre démesurée.

Ladd, à la fenêtre, se demanda s'il ne rêvait pas quand il vit Laurette qui accourait vers lui. Il résista à l'envie de se pincer. Puis, ayant acquis la conviction qu'il n'avait pas d'hallucination il sortit de la maison, les bras grands ouverts.

Quand ils se rejoignirent, ils riaient, pleuraient, ils hoquetaient de joie. Ils tombèrent à genoux, roulèrent dans le sable. Sans rien dire, ils se tinrent embrassés.

Après, Laurette murmura :

— Ladd, mon amour, je t'ai perdu une fois. Par ma folie, j'ai failli te perdre une seconde fois. Que cela n'arrive plus jamais ; plus jamais !

Ladd exultait. En riant, il répondit :

— Lollie, ma jolie Lollie, j'en fais le serment : de ce côté-ci du paradis, tu ne me perdras jamais plus.

Rendez-vous exceptionnel

Grands Romans Historiques

Le 1er mai,
découvrez 2 romans inédits.

L'AVENTURIÈRE, de Susan Wiggs • n°13

Enfin libre ! pense Isabel, grisée, en s'enfuyant de la maison de correction où elle a passé toute son enfance. Finies les brimades, adieu les coups de badine. Le monde, désormais, lui appartient, et elle va y entrer par la grande porte. Oh, bien sûr, elle ne vient pas du sérail, mais grandir sans parents lui a forgé le caractère. D'une façon ou d'une autre, elle deviendra une lady et mènera grand train… Forte de cette certitude, elle réussit l'impossible : se faire engager comme dame de compagnie dans une maison huppée où, à force d'écoute et d'observation elle se prépare à jouer le rôle qui, désormais, sera sien — celui de la très respectable miss Isabel Fish-Wooten, aventurière de bonne famille…

Et la deuxième partie
de la trilogie de Candace Camp…

Grands Romans Historiques

LE CHÂTEAU DES OMBRES, de Candace Camp • n°14

(2ème partie)
Une malédiction séculaire plane sur le manoir des Eaux-Noires, propriété des comtes de Ravenscar : aucun de ses propriétaires n'y connaîtra jamais le bonheur...

Désespéré par la mort accidentelle de sa femme et de leur petite fille, lord Richard Claybourne attend Noël, date anniversaire de la tragédie, pour mettre fin à ses jours. Il en est empêché par l'arrivée inopinée chez lui de la jeune Gabriella, fille de feu son meilleur ami, et de Jessica Maitland, sa préceptrice, qui lui explique être chargée de mettre en sécurité Gabriella dont la vie serait menacée. Le duc se résigne à les héberger quand une soudaine tempête de neige le contraint à offrir l'hospitalité à d'autres fâcheux. Une cohabitation houleuse s'ensuit, qui tourne au drame lors d'une nuit tragique...

L'ENFANCE VOLÉE, ***de Charlotte Vale Allen***

Roman sensible et émouvant sur l'énigme d'une vie volée, et qui répond à cette question : que feriez-vous si vous découvriez, à la mort de votre mère, qu'elle vous a «volée» à une autre femme et que votre vie n'a été qu'un mensonge ?

Une intrigue captivante, une réflexion sur l'identité, le mensonge et les liens d'amour. Un puzzle passionnant…

— Genre : drame psychologique —

RAPT, ***de Erica Spindler***

Elle n'est qu'un pion dans un scénario macabre. Elle croit le cauchemar terminé… mais il n'a pas encore commencé.

Un thriller qui joue la carte de l'angoisse et plonge le lecteur dans l'univers obsédant d'un psychopathe. On explore cette zone limite où l'on traverse la frontière qui sépare le bien du mal…

«Indispensables», ont écrit les critiques de *USA Today* et du *New York Times*, à propos des romans d'Erica Spindler.

— Genre : angoisse —

LE PIÈGE*, ***de Meg O'Brien***

Sur une île coupée du monde, ils sont tous suspects. Mais il n'y a qu'un meurtrier.

Huis-clos sur fond de cataclysme et de crime. Très fines et rapides notations sur les personnages du roman, un roman servi par le regard aigu et parfois ironique de l'auteur. Meg O'Brien joue à cache-cache avec son lecteur pour mieux lui dévoiler son jeu…

(*déjà publié en France sous le titre : *Mortel abri*)

— Genre : suspense —

LE REFUGE IRLANDAIS, ***de Emilie Richards***

Sous la plume talentueuse de l'auteur se déploie l'histoire prenante et tourmentée des sœurs Donaghue, filles d'immigrants irlandais, au destin marqué par un tragique secret.

Richesse de l'intrigue, finesse de l'analyse psychologique, grand souffle romanesque ! Une lecture passionnante.

— Genre : saga —

Composé et édité
PAR LES ÉDITIONS HARLEQUIN
Achevé d'imprimer en février 2004

BUSSIÈRE
GROUPE CPI

à Saint-Amand-Montrond (Cher)
Dépôt légal : mars 2004
N° d'imprimeur : 38161 — N° d'éditeur : 10399

Imprimé en France